# Apreciada señora Christie

Núria Pradas

# Apreciada señora Christie

Núria Pradas

Traducción de Manuel Pérez Subirana

Ediciones Destino
Colección Áncora y Delfín
Volumen 1674

Título original: *Benvolguda senyora Christie*


Ediciones Destino, un sello editorial de Editorial Planeta, S. A.
Avda. Diagonal, 662-664, 08034 Barcelona (España)
www.planetadelibros.com
www.edestino.es

La traducción de esta obra ha contado
con una ayuda del Institut Ramon Llull.

institut ramon llull
Lengua y cultura catalanas

Primera edición: enero de 2025
ISBN: 978-84-233-6668-2
Depósito legal: B. 21.944-2024
Composición: Realización Planeta
Impresión y encuadernación: CPI Black Print
*Printed in Spain* - Impreso en España

*Para Agatha:*
*Esta novela es un homenaje a Agatha Christie,*
*que me introdujo en los intricados caminos*
*del género de misterio. No solo admiro*
*su pluma ágil e inteligente, sino a la mujer*
*libre y avanzada a su tiempo que fue.*

# *Dramatis personae*

Agatha Christie.

Emma Marbury, librera de Dartmouth, Devon.

Pennelope Brent, tía de Emma.

John Blake, ayudante del carpintero.

Ernest Head, carpintero.

Angela McGregor, hostalera de The Cherub Inn.

Daisy Williams, camarera del hostal.

Betty Williams, hermana pequeña de Daisy y ayudante de Emma.

Andrew Carpenter, terrateniente de Kingswear.

May Carpenter, esposa de Andrew.

Arlena Greer, sobrina de los Carpenter.

Barbara Price, viuda respetable residente en Dartmouth.

Ursula Akeroyd, ama de llaves de Barbara.

Agnes Cowley, vecina de Dartmouth.

Dr. Edgar Saunders, médico del pueblo.

Violet Saunders, esposa del médico.

Eduard Bantry, superintendente de la policía de Exeter.

Inspector Legge, oficial jubilado de Scotland Yard.

Hector Tucker, abogado y notario de Dartmouth.

Mary Gannet, casera.

Olivia Butler, cocinera.
Frank, el hombre del ferri.

Caso Crippen

Hawley Harvey Crippen (Dr. Crippen), el primer asesino de la historia capturado con la ayuda del telégrafo.

Ethel Le Neve, la amante.

Cora Turner (Belle Elmore), la esposa asesinada.

Inspector Walter Dew, oficial de Scotland Yard encargado del caso.

Anne Foster, mujer policía que custodia a Ethel Le Neve en el barco.

Ashley Brewis, marido de Ethel.

# Primera parte

La guerra lo ha trastocado todo, y nos ha trastocado a todos.

Agatha Christie

# El plan

*Recuerdo con una exactitud sobrecogedora el lamento de las tijeras al cortar el primer mechón de pelo.*

*Una brizna roja. Una pluma de sangre. Un pestañeo y el suelo quedó alfombrado de aquel tono rojizo que era mi orgullo.*

*Una vez terminada la obra, me miré al espejo, que me devolvió una imagen desconocida. Me había convertido en un joven, casi un niño, que me observaba con los ojos grandes y muy abiertos propios de una mirada desconcertada. Casi temerosa.*

*Los dos, él y yo, nos contemplamos durante un rato. En silencio. Y después me eché a reír. Primero fue solo una risa sorda que nacía en el vientre y hacía que mis hombros temblaran con espasmos incontenibles. Después, la risa tomó fuerza y se convirtió en sonido y lágrimas.*

*Al otro lado del espejo, el chiquillo me seguía mirando en medio de un silencio que ahora era de perplejidad, y yo me tuve que apoyar en el marco de la puerta para serenarme. Todavía quedaba mucho por hacer antes de que llegara Hub. Mucho por hacer.*

*Fui al trastero y revolví entre la ropa vieja que dormía allí olvidada. Estaba segura de que encontraría algo que sirviera a mis propósitos. Aquella habitación era una caja de sorpresas.*

*Enseguida apareció lo que buscaba. Un trajecito viejo de Hub de cuando era un muchachito flacucho. Incluso más flacucho que ahora. Era de lanita, de un color gris marengo. Pantalón, chaqueta y chaleco. No podría haber imaginado nada mejor. Desprendía un terrible olor a cerrado, pero no había tiempo de ventilarlo. La brisa marina se llevaría el perfume del tiempo.*

*Esparcidos por aquí y por allá, con el desorden que impone el olvido, había algunos sombreros. La mayoría eran de mujer. Estrafalarios sombreros llenos de plumas y flores marchitas. Debían de ser de Cora. ¡Pobre Cora! Seguí revolviendo hasta que encontré lo que estaba buscando. Una sencilla gorra con visera.*

*Corrí a la habitación para vestir al chiquillo del espejo. Mi nuevo yo.*

*Había estado pensando en ello toda la noche. No había parado de dar vueltas en la cama, incapaz de encadenar dos horas seguidas de sueño, prisionera de mis pensamientos y del calor sofocante de aquellas primeras noches de julio. Con cada vuelta que daba, un nuevo eslabón de mi plan se ponía en su sitio encajando con el que le precedía.*

*La mañana anterior había recibido una visita que me había hecho saltar todas las alarmas: la del inspector jefe del Metropolitan Service de Londres, Walter Dew. Su presencia era la señal de que las cosas no iban bien y de que la luna de miel que Hub y yo estábamos disfrutando desde hacía unos meses, lejos al fin de las salidas de tono de Cora, llegaba a su fin.*

*Cuando el inspector llamó a la puerta, yo estaba sola en la casa de Hub, en Hilldrop Crescent, donde me había instalado poco después de que Cora desapareciese el último día de enero de aquel mismo año.*

*No puedo negar que cuando Dew se identificó y me comunicó su voluntad de ver a Hub, el corazón me dio un triple salto mortal. Por suerte tengo bastante capacidad de improvisación ante los problemas y un gran dominio de mí misma. Estoy segura de que en mi rostro no se reflejó ningún estupor. Como siempre me decía Hub, si hubiese querido habría podido ser una gran actriz. Mucho mejor que Cora, que no era más que una patética artista de Music Hall enmascarada bajo el pomposo nombre de Belle Elmore.*

*Así pues, respiré, sonreí y, con toda amabilidad, invité al inspector a entrar en la casa y le ofrecí un té. Ante aquella hospitalidad, él dibujó una especie de sonrisa ausente que no me engañó lo más mínimo. Entró, con el sombrero entre las manos, pero no tomó asiento ni me aceptó el té.*

*Mientras él inspeccionaba la sala con mirada perspicaz, yo lo estudiaba en silencio, disimuladamente, como quien no quiere la cosa. El inspector Dew era, sin lugar a dudas, de ese tipo de personas que imponen con su presencia. Bajo pero robusto, vestía de forma elegante, con traje gris de rayas, camisa de cuello duro y bombín negro a pesar del calor.*

*Volvió a preguntarme por el dueño de la casa y, al decirle yo que en ese momento estaba en la consulta, se volvió a poner el sombrero, se despidió y se marchó.*

*Hub llegó media hora después. No lo hizo solo. El inspector jefe Walter Dew lo acompañaba.*

*Hub enseñó toda la casa al inspector. Se mostraba tranquilo y amable mientras abría y cerraba puertas esperando con paciencia a que el policía registrara cada habitación. Solo yo podía percibir el leve temblor de su barbilla y cómo sus ojos buscaban los míos en una muda súplica de complicidad.*

*Tras el registro, llegó el interrogatorio. Les serví unos vasos de limonada en la sala de estar mientras Hub le relataba al policía la historia de la desaparición de su esposa Cora sin dejar de mirarle por encima de las gafas como si fuera una lechuza.*

*Sí, sí, ya le había contado los hechos a todo el que se había interesado por Cora, como debía de saber. Y, como era de imaginar, no le gustaba demasiado hablar del tema porque le dolía ir pregonando por ahí que su esposa era una mujer poco fiel. Aunque, para ser sinceros, todo el mundo lo sabía. Tampoco le negaría que él y yo, Ethel Le Neve, su secretaria desde hacía cinco años, éramos amantes. Eso no lo podía desmentir. Pero había que tener en cuenta que su matrimonio hacía agua desde mucho antes.*

*Dew seguía la narración de los hechos atentamente. Las cejas le bajaban juntas en una mueca que tanto podía ser de enojo como de incredulidad. La frente se le había llenado de arrugas. Hub prosiguió con su historia, ajeno a la actitud adusta del inspector.*

*El último amante de Cora era un americano, un tal Bruce Miller. Lo podía comprobar fácilmente porque medio Londres estaba al corriente de esa relación. Ella no se escondía; al contrario, presumía de ello. La noche del pasado 31 de enero, lo recordaba porque habían cenado en casa con unos amigos, Cora había huido con su amante hacia Nueva York. Lo había hecho sin despedirse de nadie, ni siquiera de él, que era su marido desde hacía más de diez años.*

*¿Que cómo sabía que había huido? Hombre, se había llevado sus cosas. Además, le había dicho muchas veces que lo haría. Y que si no lo hacía era por no ponerle las cosas fáciles ni a él ni a mí, su amante.*

*Llegados a este punto, yo bajé púdicamente la mirada mientras Hub seguía lamentándose del desgraciado matrimonio con Cora, que le había hecho la vida insoportable con sus aventuras y su carácter endiablado.*

*¡Había sufrido tanto en aquel desdichado matrimonio! Las advertencias de Cora de que iba a abandonarlo eran constantes, continuó contando Hub con gesto sombrío. Ante la menor discusión o el menor problema, ella amenazaba con irse. Le decía que no soportaba más aquella farsa de matrimonio. Pero él sabía que lo que más martirizaba a su mujer era otro tema. Porque, ¿sabe, señor inspector?, le interrogó Hub, como artista de Music Hall, Cora era una auténtica fracasada, y, además, los años le estaban cayendo encima a carretadas. Si se había ido a Nueva York con su nuevo amante era para huir de sus propias frustraciones y volver a empezar, no tenía ninguna duda, concluyó Hub.*

*Se quedó callado y, por unos segundos, un silencio sepulcral planeó sobre la sala. Hub y yo intercambiamos una mirada rápida. Temí que se derrumbara ante los penetrantes ojos del inspector Dew, que avanzaba la barbilla con ademán agresivo. Pero no lo hizo. En lugar de eso, dibujó una sonrisa y preguntó al inspector si deseaba algo más. El hombre se puso el sombrero y, mientras iba hacia la puerta, le conminó con voz dura a contactar con Cora como le fuera posible para confirmar su versión de los hechos y obtener una explicación plausible a aquella extraña ausencia que algunos de sus amigos habían denunciado.*

*Cuando Dew se fue, Hub me abrazó y me dijo que ya había pasado todo.*

*Yo sabía que no.*

*Y puse en marcha el plan.*

Releo lo que acabo de escribir y me doy cuenta de que no he contado gran cosa. Tampoco es que haya sido demasiado clara. Yo no sé escribir. Además, ¿para qué sirve rememorar lo que sucedió hace casi cuarenta años? Quizá lo que me impulsa a hacerlo es el recuerdo de aquel rostro, el rostro de Hub, que se me desdibuja en la mente como si se sumergiese en aguas turbias. O tal vez, simplemente, el hecho de recordar sea una de las plácidas compensaciones de la edad. Aunque soy consciente de que nunca se puede regresar del todo a un lugar que solo existe en tu memoria; es imposible ver lo que sucedió con los mismos ojos. Los caminos por los que anduvimos ya nunca más podremos recorrerlos de nuevo.

Pese a todo, debo confesar que el deseo de escribir esta historia habita en mí desde hace mucho tiempo. Y es que, aunque los diarios de toda Inglaterra, y de medio mundo, difundieron a los cuatro vientos lo que se conoció como el terrible crimen del doctor Crippen, mi verdad, la verdad de Ethel Le Neve, quedó sepultada en medio de un afilado silencio. Tan profundamente sepultada como el cuerpo de Hub en su tumba.

Así, durante años, por las noches recordaba lo ocurrido desde la cama y pensaba en cómo daría forma a esta historia, la mía, cuando por fin la vertiera en una hoja de papel: qué orden seguiría, qué tono utilizaría. Si lo contaría como si le hubiera pasado a otro o serían unas memorias personales. Le daba vueltas al asunto hasta que caía vencida por el sueño. Llevo años pensando en ello. No en vano, las palabras son el vestido de los pensamientos.

Finalmente, hoy ha llegado el día y he empezado a escribir. No sé por qué ha ocurrido hoy y no ayer o mañana. Ha ido así, e intuyo que no es necesario hacer preguntas. Las cosas pasan cuando deben pasar. He sentido la necesidad de hacerlo ahora, y con eso es suficiente.

Pero estoy cansada. Muy cansada. Los recuerdos pesan y, cuando los dejas volar libremente, se desquitan de todo el tiempo que los has mantenido relegados en la zona más recóndita de tu memoria.

Por hoy lo dejo.

# La vieja librería de tía Penn

*Dartmouth, Devon, junio de 1947*

Emma bajó del tren de vapor que había tomado en Paignton y que la había llevado hasta Kingswear. Tras dejar en el suelo la voluminosa y pesada maleta, echó un vistazo alrededor. Sonrió ante la idea de que el mundo se estaba volviendo pequeño. Aquella estación era como de juguete comparada con la de Paddington, en Londres, donde había empezado su periplo hacía tantas horas que le parecía que, desde entonces, había envejecido visiblemente. En Newton Abbot, donde había tenido que cambiar de tren por primera vez, las dimensiones se habían vuelto humanas y asequibles, y al llegar a Paignton le pareció entrar en un cuento infantil donde todo se reducía para complacer al oyente. Claro que en ese momento todavía no había visto lo que veían ahora sus ojos: la minúscula estación de Kingswear.

Salió de la estación, con un único apeadero, y, tras volver a cargar con la maleta, empezó a seguir mecánicamente a los demás viajeros. Bastaron un par de minutos para llegar a un embarcadero, donde la gente que la precedía empezó a formar una fila ordenada.

Temerosa de no encontrarse en el lugar correcto

que debía llevarla al destino final, Emma le preguntó a la mujer que, cargada de cestos, esperaba delante de ella:

—¿Para ir a Dartmouth, señora?

La mujer se giró. Tenía el rostro sonrosado y parecía sofocada por el inesperado calor de aquellos primeros días de junio.

—Dentro de cinco minutos llegará el transbordador.

Emma le agradeció la información con una sonrisa, pero enseguida otra duda asomó a sus labios:

—Y, perdone que le moleste de nuevo..., ¿Dartmouth queda muy lejos?

Una risa franca se escapó de la boca de la mujer:

—Usted no es de por aquí, ¿verdad?

Y, con un movimiento de cabeza, le mostró lo que se extendía al otro lado del río, justo delante de ellas: un pueblo de casas coloreadas que sonreían alegres entre el verde de los bosques que las protegían y el de las aguas del río Dart, salpicado de barquitas.

Emma profirió un «Oh» redondo y rotundo. Y es que los seres humanos todavía no hemos sido capaces de inventar una palabra mejor para expresar la admiración que, ante la belleza, a menudo brota de nuestra alma.

Efectivamente, Dartmouth, como Kingswear, su fiel reflejo en el espejo del río, era un pueblo que parecía pintado a la acuarela.

En cuanto puso un pie en tierra firme, Emma sintió que venía a recibirla un aire nuevo, más puro, cargado con todas las fragancias del final de la primavera. Cerró los ojos para llenarse de aquella sensación placentera y, después, con una sonrisa recién nacida, sin que ella se diera cuenta, se entregó a recorrer el largo paseo que discurría paralelo al río, sin hacer mucho caso del cosquilleo enojoso que sentía en el brazo adormilado bajo el peso de la maleta.

Sus ojos saltaban de un edificio a otro. Fachadas de vivos colores y ángulos redondeados; techos inclinados a dos aguas. Torres y torretas. Buhardillas. Y aquellos palacios que, de tan antiguos, debían soportar el peso de los años sobre columnas de granito mientras mostraban orgullosos los restos de su historia con los escudos heráldicos aún aferrados a las paredes.

Dartmouth le pareció una localidad preciosa. Un pueblo de casas en pie, en lugar de los lúgubres edificios en ruinas y los montones de escombros de Londres, donde todo estaba maltrecho. En especial, la gente.

Agotada por el largo viaje, por la incertidumbre y la emoción, y, ¿por qué no decirlo?, por el miedo, las dudas, y también por el peso de la maleta, Emma se sentó en uno de los bancos del paseo que miraban al río. Con un gesto fatigado se apartó los cabellos que se le habían escapado del moño y que, rebeldes, caían sobre su rostro. Abrió el bolso que llevaba en bandolera y sacó la carta. Tal vez fuera un gesto inútil, pues se sabía de memoria aquella corta misiva que, con fecha de septiembre de 1946 y sellada en Dartmouth, en el condado de Devon, le anunciaba que la señorita Penelope Brent, su tía Penn, había expirado y le había dejado en herencia todo lo que tenía: un negocio y la casa en la que vivía. Había momentos, como este, en que Emma aún dudaba de que todo aquello fuera real y necesitaba volver a leer la carta. Así pues, la abrió y sus ojos vivos, color de almendra, se posaron sobre las letras.

... puede venir a instalarse en The Blue House, que es como se conocen la casa y la tienda de la señorita Brent en Dartmouth, cuando quiera. Le hago llegar también un juego de llaves...

La chica rebuscó en el interior del bolso y sacó las llaves. Se las quedó mirando embobada. Volvió a la carta:

> Instálese cómodamente y dese un tiempo para tomar decisiones. Después, viene a verme a la dirección que le adjunto en la carta y hablamos de todo.
>
> Su tía sentía un gran cariño por usted, y siempre hacía las cosas con calma. Tómese también usted su tiempo.
>
> Atentamente:
>
> Hector Tucker
> Abogado y notario

Emma levantó los ojos de la carta y dejó que su mirada vagase por las tranquilas aguas del Dart. Al otro lado del río, en Kingswear, el sol, juguetón, le guiñaba un ojo entre las copas de los árboles.

«Su tía sentía un gran cariño por usted», se repitió mentalmente. Y no pudo contener una sonrisa triste mientras aquella añoranza turbadora que tan bien conocía le llegaba al corazón y lo agujereaba un poco más con su aguijón lacerante.

De su tía, Emma recordaba el pelo oscuro y rizado. Al parecer, este era un rasgo típico de la rama femenina de la familia. Ella lo tenía igual. Como su tía, también era pequeña y delgada. Pero aquí se terminaban las semejanzas. Pennelope había sido poseedora de unos ojos vivos y expresivos, así como de un delicado óvalo facial. Era una mujer muy hermosa. Tenía además una personalidad luminosa; se hacía notar allá donde iba, sobre todo por su deliciosa manera de conectar con la gente, sin esfuerzo aparente. Y también por la determinación que se intuía en aquella mirada segura y radiante.

Emma estaba convencida de que ella, en cambio, caminaba por el mundo como si quisiera pasar completamente desapercibida. Quizá porque la vida no le había puesto las cosas fáciles y la guerra había multiplicado las dificultades, entre las cuales discurría su existencia, lo que la convertía en una joven tan taciturna que parecía que llevase el invierno en el corazón. Y, sin embargo, aunque no fuera muy consciente de ello, bajo esa aparente aspereza se escondía una joven decidida que nunca se daba por vencida y que poseía unos firmes golpes de intuición que le habían permitido seguir adelante en las circunstancias adversas que le había tocado vivir.

Enredada en estos pensamientos, la joven exhaló un suspiro largo y angustioso mientras volvía a guardar la carta y las llaves en el bolso. No quería teñir de tristeza su llegada a Dartmouth. Pero pensar en su tía Penn la entristecía irremediablemente. Y en ese momento aún más, porque, a pesar de saber que era del todo imposible, puesto que su tía ya no se contaba entre los vivos, tenía un sentimiento cercano al de esas personas que están a punto de reencontrarse con un ser amado que no han visto en mucho tiempo pero que, sin embargo, siempre ha estado muy presente en sus vidas.

Amanda Marbury, la madre de Emma, había muerto cuando la niña tenía tres años. Para ella no era más que un nombre sin rostro. La hermana de la difunta, Pennelope, había aceptado entonces la invitación de su cuñado de irse a vivir con ellos y criar a la pequeña huérfana. Penn lo había considerado un deber que nacía del amor que había sentido hacia su hermana. Un amor que enseguida depositó en su sobrina. Le había hecho de madre. Había cuidado de ella. La crio, la arropó con mimo. La educó y la amó con generosidad. Consiguió que su infancia fuera feliz y que la carencia de la madre no la marcara para siempre. Pero esta idílica relación se truncó el día que, cuando Emma acababa de cumplir once años, Penn desapareció de su vida.

La niña no pudo entender aquel abandono, que consideró una traición. Hubo muchos llantos y continuas discusiones con su padre, un hombre poco dado a las demostraciones sentimentales que no supo, o no quiso, ofrecerle ninguna explicación razonable sobre la ausencia de Pennelope. Y, por mucho que la pequeña preguntara y exigiera saber qué había pasado, las respuestas siempre eran vagas: su tía tenía derecho a rehacer su vida, le decía a veces su padre. Y, en otras ocasiones, argumentaba que ahora que ella ya era lo bastante mayor podían salir adelante por sí solos y no era necesario seguir exigiéndole a Penn que continuase haciéndole de niñera.

Llegó un momento en que cesaron los llantos y las preguntas. Y quizá también la rabia. Y entonces, desde una aceptación dolorosa, Emma fue capaz de recordar nítidamente la imagen de la tía Penn de los últimos tiempos; la imagen de una mujer que empezaba a adentrarse en una madurez de silencios tristes, quizá de recuerdos llenos de melancolía, por mucho que siempre acabara levantando el rostro y sonriendo.

Emma nunca supo las verdaderas razones de la marcha de su tía. Pero lo que más le dolió fue el silencio que siguió a su desaparición. En todos aquellos años no había recibido ni una sola carta de ella. ¡Ni una felicitación de Navidad, con lo mucho que a las dos les gustaba! Ni un regalo de cumpleaños.

¡Nada!

Solo un silencio desgarrador y la inexplicable sensación de que a partir de ese momento todo iría de mal en peor, como así fue.

Hay personas, pensó Emma levantándose del banco y volviendo a cargar la maleta, que son capaces de encender una chispa en el alma de los demás. Pero su desaparición provoca mucho más dolor que la felicidad que hemos sentido en su compañía. Un dolor insoportable. Sin tía Penn, la vida empezó a resultarle muy dolorosa. Y por eso se obligó a esconder su recuerdo en un lugar recóndito del corazón del que nunca pudiera escapar.

Emma se había pasado las largas horas del viaje de Londres a Dartmouth, de estación en estación, y de un tren a otro, jugando a adivinar qué tipo de negocio le habría dejado en herencia su tía Penn.

La mujer había sido una gran cocinera. A Emma todavía se le hacía la boca agua al recordar el sabor de sus púdines y pasteles. ¿Quizá su tía había montado una pastelería en aquel insospechado retiro en Devon? ¿O una lechería? ¿Un salón de té?

Claro que también era buena costurera. ¿Y si le esperaba una mercería? La idea le pareció estimulante, pues Emma ya había trabajado en una en Londres, antes de la guerra, y sabría manejarse bien. Además, ¿qué pueblo que valiese la pena no tenía una mercería como Dios manda?

Pero, al llegar frente al número 8 de Foss Street, la joven casi pudo oír el estruendo de los castillos que había hecho en el aire al derrumbarse.

Nunca podría olvidar ese momento.

No, por muchos años que viviera nunca olvidaría el momento en que vio por primera vez The Blue House.

Delante de ella, que se había quedado clavada en el suelo y ni siquiera respiraba, se levantaba un edificio estrecho pintado de un intenso color azul añil, con una tienda abajo y una planta con vivienda encima. La tienda tenía un escaparate a la derecha que estaba vacío y lleno de polvo, a través del cual podía verse el interior. Al lado del escaparate, había una puerta de cristal con un marco tan azul como el resto del edificio y de la que colgaba el cartel de CERRADO.

La chica levantó los ojos. Pintado en la parte superior de la fachada, con letras rojas, pudo leer:

THE BLUE HOUSE
LIBRERÍA

Emma, con los ojos como platos y la respiración acelerada, dejó la maleta en el suelo, abrió la boca y exclamó:

—¡Oh, Dios mío!

Cuando, tras varios minutos peleándose con la cerradura oxidada que se resistía a ceder, Emma logró abrir la puerta de la librería, recibió en plena cara la bofetada inclemente del aire enrarecido que se escapaba veloz del espacio que lo retenía. Entró con cuidado y dejó la puerta abierta detrás de ella para ventilar.

La luz de aquel día resplandeciente se colaba por el escaparate. Aún con el asombro pegado a la piel, la chica miró a su alrededor. El espacio de la tienda era pequeño, con todas las paredes cubiertas hasta el techo de viejas baldas de madera, repletas de libros, que reclamaban a gritos una mano de barniz. Se dio cuenta de que había un par de escaleras apoyadas en los estantes y pensó que debían de servir para poder llegar a los más altos. El suelo era de tarima de madera y estaba muy desgastado. Al pisarlo se quejaba perezoso como si lo hubieran despertado de un sueño placentero. Arrumbado en el escaparate había un expositor lleno de libros que también parecían dormir. Al fondo, una mesa de roble con cajones a ambos lados debía de haber servido de mostrador, ya que encima había una caja registradora gruesa y negra que se mantenía reluciente como si la acabaran de abrillantar y una lámpara con una anticuada pantalla de color verde que Emma se apresuró a encender. También vio un cuaderno desgastado por el uso que al hojearlo resultó ser un libro de caja. Los cajones de la mesa contenían una especie de archivos como los que se encuentran en las bibliotecas.

Al lado del mostrador, una cortinilla blanca ocultaba lo que la chica supuso que sería una trastienda. Descorrió la cortina y se adentró con cierta aprensión. Al instante, la invadió un remoto perfume de libros viejos y de todas las historias de tinta que escondían.

Por las rendijas de los postigos de una puerta se colaba una luz mortecina. Intentando no tropezar con las sombras, Emma avanzó insegura hasta la puerta, que chirrió cuando la abrió y le mostró un minúsculo patio lleno de humedad que iluminó tenuemente la trastienda. Los objetos que allí descansaban fueron tomando forma ante los ojos de la chica: cajas apoyadas en las paredes que la observaban silenciosas, columnas de libros apilados en el suelo, una lámpara de pie, un sillón orejero y una mesita baja con un precioso samovar, una pieza de artesanía.

Emma encendió la luz y se sentó en el sillón. Entornó los ojos. Sin que la voluntad pudiera impedirlo, la imaginación le trajo la imagen de aquellas tardes invernales en Londres. Su tía le leía historias fantásticas mientras ella, sentada a sus pies, la escuchaba embelesada.

Por un momento le pareció que podía ver a tía Penn en aquella trastienda leyendo tranquilamente con una taza de té entre sus manos. Sonrió al imaginarla recorriendo con energía el espacio minúsculo de la librería; encaramándose a la escalera para alcanzar algún libro oculto en lo alto de una estantería. Pasando amorosa una mano por los lomos de los volúmenes.

Se le dibujó una sonrisa al comprender que esa librería había constituido el universo de la tía Penn.

Y que su alma todavía vagaba por allí.

# La decisión

El piso también era minúsculo. Un puñetazo. Con una ojeada, Emma tuvo suficiente para comprobar que estaba limpio y perfectamente ordenado, y que disponía de todo lo necesario para que una persona pudiera vivir allí cómodamente.

Se entraba directamente a una pieza con el espacio justo para el comedor y la cocina. La luz irrumpía a sus anchas por la gran galería que se abría a Foss Street, encima de la tienda. Justamente en ese rincón luminoso se acomodaban una mesa con un pequeño banco arrimado a la vidriera y un par de sillas. Detrás, dejando un estrecho espacio de paso, había un sofá cubierto con una alegre manta de ganchillo.

A la izquierda, el cuartito de baño, y a la derecha una puerta daba al dormitorio, que tenía una ventana desde la que se veía el patio de la trastienda. Había una cama doble, una mesita de noche y un armario de un solo cuerpo.

Los pocos muebles distribuidos por la vivienda eran de líneas sencillas, funcionales. Las cortinas y el papel de las paredes aportaban una nota de color al conjunto. Emma percibió enseguida en ese espacio el gusto y el amor que su tía solía poner en todas las cosas, y la emoción la invadió al darse cuenta de que aquellas cuatro paredes habían ido recogiendo durante años la esencia de Pennelope.

Aparte de los utensilios necesarios para el día a día, Emma constató de un vistazo que no había objetos personales de su tía por ninguna parte. Ni ropa en los armarios. Ni libros en la sala. En el baño tampoco encontró ningún frasco de aquella agua de colonia de azahar que tanto le gustaba.

Nada.

Era como si su tía hubiera querido desprenderse de todo antes de partir. Como si hubiera querido dejar el piso preparado para que ella pudiera empezar una nueva vida allí sin ninguna atadura del pasado. Esto le hizo pensar que Pennelope debía de haber presentido su final y, teniendo en cuenta como era, había invertido el tiempo que le quedaba de vida en dejarlo todo a punto.

Y es que, como bien decía el señor Tucker, Pennelope Brent siempre hacía las cosas con calma.

Emma arrastró la maleta hasta el dormitorio. Se dio cuenta de que allí dentro el aire era cálido e inerte. De hecho, en toda la casa parecía percibirse la quietud que deja tras de sí la muerte de alguien.

La chica experimentaba una extraña sensación por el hecho de ocupar aquella habitación. Tenía un sentimiento de intrusismo al apropiarse de unos espacios que no le pertenecían. Claro que *apropiarse* no era la palabra adecuada para la ocasión, ya que Emma aún no sabía si se quedaría en Dartmouth. Quizá no sería más que otra parada dentro del terrible estado de provisionalidad a través del cual se deslizaba su vida desde hacía tanto tiempo. La apurada economía familiar la había obligado hacía años a abandonar los estudios de maestra y a procurarse la subsistencia en mil y un trabajos precarios para los que nadie la había preparado. Luego vino la guerra. El piso donde vivía con su padre fue bombardeado en 1945. Él había muerto bajo el estallido de las bombas. Tras su desaparición, Emma se había quedado sola en el mundo. Lo había perdido todo, su vida se había vuelto todavía un poco más triste y, si cabe, aún más provisional.

Fue precisamente esa transitoriedad la que hizo que la carta del notario tardara tanto en llegar a sus manos. Su tía había muerto en septiembre de 1946. En esa fecha, el notario le había escrito una carta que Emma no recibió hasta marzo de 1947. Durante seis meses, un milagro la había estado buscando. Todavía no sabía cómo era posible que la hubiera encontrado en aquella tienda de comestibles de un barrio marginal de la periferia londinense donde trabajaba y donde compartía habitación con la hija de los dueños. Pero había sucedido. Tal vez los milagros existían.

Dentro del piso hacía calor. Emma volvió a la sala y abrió la ventana. El aire de la calle soplaba hacia dentro con una agradable tibieza. Se fijó en la gente que pasaba. Le parecía diferente a la gente de Londres: eran apuestos, como las casas, y no caminaban atemorizados ni encorvados.

Se sentó a la mesa de la galería. Qué rincón más bonito para comer, para leer; incluso para escribir, si tuviera a alguien a quien escribir.

Suspiró.

Pese al calor, un escalofrío le recorrió el cuerpo. Había pasado demasiados años con la sensación de que todo lo que le rodeaba era inseguro, y ahora, de pronto, el destino le mostraba un camino nuevo, insospechado. ¿Qué debía hacer? Había leído en alguna parte que cada uno ha de seguir su propia estrella dondequiera que le lleve. Ahora solo tenía que averiguar si Dartmouth y la librería eran su estrella antes de tomar una decisión.

Esa palabra se le clavó en medio del pecho: ¡una decisión! Si se hubiera encontrado con una lechería, o quizá incluso con una panadería, se habría visto capaz de sacar adelante un buen negocio. Pero nadie con dos dedos de frente querría ser el propietario de una librería en aquellos tiempos. Todo el mundo sabía lo difícil que era vivir de vender libros. Y, tal y como estaba la situación después de la guerra, aún lo era más.

Por otra parte, las librerías tenían algo que despertaba en Emma recuerdos llenos de calidez. Su olor, por ejemplo, que era como una especie de perfume que desprendían tantas historias almacenadas. No hay ningún perfumista en el mundo capaz de crear un *coupage* como ese; una mezcla embriagadora de aromas del pasado, con una salida de romero, azahar y bergamota, el aroma de los clásicos, sabiamente mezclada con el chisporroteo picante del sándalo y el vetiver de las obras contemporáneas.

Aquel era el perfume de sus días de estudiante; de unos días razonablemente tranquilos y cómodos que parecían trazados en línea recta. ¡Cómo le gustaba entonces entrar en una librería y acariciar los libros! Era una experiencia completamente sensual. En aquel tiempo ella era una gran lectora. Su tía le había inoculado ese hábito en la sangre incluso antes de que supiera enlazar dos letras seguidas. Desde muy pequeña ya le leía historias en voz alta, porque Pennelope Brent vivía entre libros, y cuando se fue, cuando la abandonó, Emma descubrió que leer era la manera menos dolorosa y más placentera de recordarla y que con un libro en las manos la sentía cerca.

La chica se levantó con pereza y volvió a la habitación para empezar a vaciar la maleta en la que guardaba toda su vida: ropa, libros, papeles y lo poco que le había quedado tras el bombardeo, que se lo había llevado casi todo.

Mientras lo hacía, no dejaba de encadenar un pensamiento con otro. La vida de tía Penn se había convertido en un misterio absoluto desde aquel último beso de buenas noches que le había dado hacía tantos años. Los secretos de su tía permanecían intactos y no sabía si algún día conseguiría desentrañarlos. Pero cuanto más pensaba en ello, más natural le parecía que se hubiera refugiado en aquel templo azul lleno de libros a orillas del Dart. A su tía aquello le iba como anillo al dedo. Pero, claro, ella no era librera. Había trabajado en un montón de comercios y tiendas, pero nunca en una librería. ¿Cómo iba a convertirse en librera si ni siquiera podía considerarse la gran lectora que había sido hacía tiempo, cuando la vida todavía era relativamente amable?

En cualquier caso, el legado de su tía Pennelope llegaba en el momento más oportuno. Tanto si decidía rescatar aquella librería sin librera, y quizá sin clientela, como si decidía liquidarla y regresar a Londres, su situación mejoraría y le proporcionaría cierta seguridad. Eso era lo importante. Quizá ese legado inesperado le serviría para dejar atrás la sensación de que el mundo se deslizaba bajo sus pies.

El cielo iba perdiendo brillo y oscurecía los tejados que Emma contemplaba desde la galería. Exhaló un suspiro de agotamiento, se llevó las manos a los riñones y echó el cuerpo hacia atrás. La barriga le rugió enfadada. ¿Cuántas horas llevaba sin comer? Hasta que no se aclarase lo de la herencia de tía Penn, debía distribuir sabiamente el poco dinero que le quedaba para no morirse de hambre. Tal vez no podía permitirse el lujo de ir a cenar fuera, y quizá tampoco era muy normal que se pasease sola al anochecer por un lugar desconocido; pero las tripas protestaban de mala manera y decidió que, a pesar de todo, saldría a comer algo caliente.

En la calle se percibía una sensación de calma que le resultaba desconocida y placentera. La noche se anunciaba tan espléndida como lo había sido el día, que languidecía poco a poco.

Echó a andar sin rumbo. Era agradable vagar por aquellas calles tranquilas y desconocidas. Tuvo la sensación de que todo aquello tenía un no sé qué de irreal e intangible. Parecía que la guerra no se hubiera atrevido a extender su mano negra por ese paraje. Quizá fuera porque allí no había los montones de escombros que todavía podían verse en las calles de Londres. ¡Cómo le dolía ver a su ciudad, antes tan esplendorosa, convertida en un fantasma gris!

Rememorar todo lo que se había llevado la guerra le provocó un nudo en la garganta. Tuvo que suspirar con fuerza para tranquilizarse. La imagen de su padre y de la casa que había sido el escenario de su infancia era como un velo que cubría sus pensamientos.

Recordó la promesa que se había hecho al terminar el conflicto: no volvería a hablar de la guerra. Como tanta otra gente, como la mayoría, se propuso salir adelante sin pensar en ella. Pero era imposible. Tarde o temprano, la guerra se hacía de nuevo presente en las conversaciones del día a día, en las miradas aún temerosas, en los recuerdos dolorosos. La guerra se había infiltrado en la vida de la gente, y ya nunca más podrían sacársela de encima.

Emma no tuvo que caminar demasiado para llegar a Higher Street, una de las muchas callejuelas estrechas del centro histórico de Dartmouth. Lo que allí encontró la dejó clavada en el suelo.

The Cherub Inn era un hostal al más puro estilo Tudor. Un edificio que parecía sacado de un cuento, y no solo por la fachada asimétrica con estuco blanco, vigas de madera y ventanas de inspiración medieval, sino por el aire que allí se respiraba y que, indudablemente, remitía a quien lo contemplaba a épocas muy pretéritas. La chica lo observó extasiada. Detuvo la mirada sobre las letras que anunciaban el hostal y el restaurante. Y después la levantó hasta aquel enorme querubín dorado que, con las alas extendidas y colgado de la esquina del segundo piso, parecía vigilar la calle.

El interior de The Cherub Inn no la decepcionó. Era tan cálido y acogedor que Emma se reafirmó en la idea de que ese lugar no era de este mundo. Al menos, del mundo que ella conocía. Las vigas de madera del techo, las luces que pintaban el local de un suave tono amarillento, las mesas redondas y pequeñas, y los detalles de las paredes, que parecían sacados de barcos antiguos, formaban un conjunto irrepetible. La gente se sentía bien allí dentro, como lo demostraba el hecho de que no cupiera ni una aguja; y las risas y las conversaciones alegres ponían la música de fondo.

Emma se quedó parada en medio del local mientras sus ojos buscaban tímidamente un hueco donde sentarse. No lo encontró y no sabía muy bien qué hacer. Algunas miradas demasiado curiosas empezaban a clavarse en ella, y pensó que quizá sería mejor volverse a casa; pero, entonces, una joven alta y corpulenta salió de detrás de la barra, se le acercó, la atravesó con sus ojos nerviosos de un verde apagado y le preguntó con un deje de extrañeza:

—¿Viene sola, señorita?

Emma retrocedió un par de pasos y tartamudeó una respuesta:

—Yo..., yo..., no hace falta que...

—Le hago sitio enseguida, señorita. No debe preocuparse por nada.

La camarera se dirigió con gran determinación a un hombre joven que estaba sentado a una mesa arrinconada bebiendo una pinta.

—¡Eh!, tú, Alec, mueve el culo y ve a beber a la barra, que me tienes la mesa ocupada desde hace horas.

—¡Venga, Daisy! ¡No me fastidies!

La chica puso los brazos en jarras y una expresión feroz asomó a sus ojos. Estaba claro que era una joven malcarada y brusca, y que seguramente siempre acababa saliéndose con la suya. El tal Alec se quedó mirando a la chica con expresión incierta; a continuación, se levantó mientras murmuraba algo y, dócilmente, se sentó a la barra.

—¿Ve qué fácil? ¡Ya tiene su mesa! Aquí nadie la molestará —afirmó Daisy con cierto orgullo en la voz y recuperando el tono jovial.

—Pero no es necesario, no quiero... —intentó intervenir Emma.

—¡Ca! Si es que se apoltronan en las mesas y no se van nunca. Y la gente quiere cenar. Porque supongo que usted quiere cenar, ¿no? Pues claro que quiere cenar. Y dígame, ¿qué quiere cenar, señorita?

—No tengo demasiada hambre —mintió Emma mientras su barriga rugía ofendida—. Quizá tomaré un té.

A Daisy se le volvió a nublar la mirada. Se alisó el delantal e intentó poner orden en su pelo rubio, que llevaba totalmente despeinado.

—Es que ahora no es la hora del té, señorita; es hora de cenar. ¿Verdad que me entiende?

Emma no sabía qué cara poner ni qué contestar. Entonces, una voz empezó a abrirse paso y la figura de una matrona lustrosa de ojos brillantes y perspicaces se materializó en la escena.

—A ver, Daisy, ¿cómo puedes tardar tanto en tomar un pedido? Ya te he dicho que a la hora de las cenas no puedes entretenerte.

—Es que esta señorita no quiere cenar, señora McGregor. La señorita quiere tomar té, y yo no sé si a la hora de cenar le podemos servir té, porque tampoco es muy normal que la gente tome té cuando lo que tiene que hacer es cenar, porque...

—Yo me ocupo —dijo la mujer, soltando un paciente suspiro—. Ve a la barra, que hay gente a la que atender.

La joven camarera dio media vuelta y desapareció como un relámpago mientras Emma, roja como un pimiento, se levantaba y balbuceaba unas palabras:

—Le ruego que me disculpe... No quería... Yo ya me voy.

La hostelera la detuvo y con un gesto la invitó a sentarse de nuevo. Observaba a la chica con curiosidad.

—No le haga caso a Daisy. Aquí estamos acostumbrados a servir lo que la gente nos pide y cuando nos lo pide.

La hostelera ensanchó la sonrisa y bajó la voz en tono de confidencia:

—Es que la chica es nueva, ¿sabe? La he tenido que coger porque estoy hasta arriba de trabajo, y ahora es ella la que me lo da. Pero, mire, casi es una obra de caridad, ¿sabe, señorita? Daisy es hija de una viuda de guerra del pueblo; Rebecca Williams, se llama. La pobrecita se ha quedado sola y con cinco bocas que alimentar. Ya me dirá usted cómo lo ha de hacer...

—No, es que... —intentó sin éxito intervenir Emma.

—Daisy es la mayor. Es buena moza, pero ¿cómo se lo diría?... Un poco tontita, ¿sabe? Pero usted no tiene que preocuparse de nada. Quédese tranquila, que enseguida le traigo su té, acompañado, eso sí, de una buena ración de pudin de Yorkshire, que no es bueno acostarse con el estómago vacío.

A Emma se le hizo la boca agua.

—Sin carne, por supuesto. ¡Maldito racionamiento! —se lamentó la mujer, poniendo los ojos en blanco.

Y, mientras desaparecía detrás de una cortinilla que debía esconder la cocina, añadió:

—Pero con unas verduritas que se le desharán en la boca.

En cuanto se quedó sola, Emma miró a su alrededor y vio que se había convertido en el centro de atención. Todos los parroquianos la observaban llenos de curiosidad mientras murmuraban entre sí. Ella pensó que, en un lugar como Dartmouth, todavía debía de ser más extraño que en Londres ver a una chica sola en un local, sobre todo de noche. Sepultó la cabeza en el bolso y fingió estar buscando algo para esconder el rojo de sus mejillas, que parecían arderle. Se le había pasado el hambre.

La señora McGregor volvió enseguida con un servicio de té y un plato con una generosa porción de pudin de Yorkshire con verduras. Fue dejándolo todo sobre la mesa. El estómago de Emma volvió a despertarse.

La hostelera era sin duda de ese tipo de personas capaces de hacer dos cosas a la vez. No era difícil adivinar, tampoco, que le gustaba tener el control sobre quién entraba y salía de su local. Quizá incluso sobre quién llegaba y salía del pueblo. Aunque en ese momento Emma lo ignoraba, la señora McGregor venía a ser una especie de jefe de los servicios de información vecinales de Dartmouth. Por eso, mientras servía aquel pequeño ágape, empezó su particular interrogatorio:

—Usted no es de por aquí, ¿verdad? Lo digo porque no la tengo vista.

El té que la mujer acababa de verter en la taza desprendía un aroma delicioso y cálido. Emma se concentró en aquello mientras respondía de forma mecánica:

—No, señora. Soy de Londres.

—¡De Londres! Antes de la guerra recibíamos la visita de mucha gente de Londres. Y de otros puntos de Inglaterra, por supuesto. Pero ahora es distinto. Nos está costando recuperar a los visitantes. Ya se sabe, la guerra se ha llevado tantas cosas...

La chica desvió la mirada hacia el plato de pudin.

—Soy la señora McGregor. Angela McGregor, para servirla.

La hostelera observó con satisfacción cómo Emma atacaba con deleite el pudin y continuó con el interrogatorio:

—Y dígame, ¿ha venido a ver a alguien? ¿Tiene familia por aquí?

—Mi tía vivía aquí.

—¿Su tía, dice? ¿Y ya no vive aquí?

—Ha fallecido. Me ha dejado un negocio.

Los ojos de Angela McGregor se abrieron desmesuradamente.

—¿De quién estamos hablando, señorita? —preguntó, aunque sabía de sobra cuál sería la respuesta.

—De mi tía Penn.

La hostelera se dejó caer en la silla de enfrente de la chica, que la observaba con la boca llena.

—¡Oh! ¡Por san Salvador, patrón de quienes navegan por el río! —exclamó, y se santiguó mientras observaba con ojos desorbitados a la chica—. Usted es Emma, la sobrina de la señorita Pennelope Brent. ¡Oh!, alabado sea el Señor.

Los pedidos se retrasaban y Daisy iba arriba y abajo sin dejar de jadear. Cada vez que pasaba por delante de la mesa donde su jefa y aquella intrusa seguían charlando tranquilamente soltaba un sonoro bufido. Por fin, con la soltura que la caracterizaba, exclamó:

—Señora McGregor, los de la mesa de al lado de la ventana dicen que si no les servimos se largan.

—Chica, ¿quieres hacer el favor de no interrumpir? ¿Acaso no ves que la señorita de Londres y servidora estamos hablando?

Daisy lo veía. Por supuesto que lo veía. ¡Y se hacía cruces! ¿De qué podía estar hablando la dueña con aquella chica que se aventuraba sola y de noche por las calles y que pedía un té para cenar? ¿Y qué podía ser tan importante para hacerle perder el oremus a la hora de más trabajo del local?

—Quiero que sepa, señorita, que aquí tiene su casa para lo que necesite —decía en ese momento la hostelera con gran circunspección—. Sepa que puede venir a comer cuando quiera y lo que quiera. Está invitada. Por suerte, los hostales no sufrimos un racionamiento tan estricto y todavía podemos servir razonablemente bien a nuestros clientes. ¡Oh, Señor! ¿Cuándo se acabará todo esto?

A Angela McGregor se le humedecieron los ojos y tuvo que secárselos con la punta del delantal impoluto. Los ojos de Emma, entretanto, permanecían muy abiertos mientras seguía sorbiendo el té.

—La librería de su tía Pennelope fue para Dartmouth como... —La mujer hizo una pausa para buscar la palabra—. Como un faro, ¿entiende lo que quiero decir?

Emma dijo que sí con la cabeza. Pero en realidad le costaba digerir todas aquellas novedades que unos meses atrás, antes de recibir la carta, le habrían parecido imposibles.

—Cuando ella abrió la librería, creo que era a principios de los años treinta, aquel todavía era un buen negocio. Su tía podía ganarse la vida porque antes de la guerra la gente aún tenía ansia de libros y de buenas historias. Además, ella sabía lo que se hacía. Era buena con los libros. ¡Ya lo creo que lo era! Hubo mucha gente aquí en el pueblo que se aficionó a leer gracias a ella, ¿sabe, señorita Emma?

—No, no lo sabía; de hecho, sé pocas cosas de mi tía.

La hostelera pareció ignorar este último comentario. No era raro, porque estaba enfrascada totalmente en su monólogo. Siguió hablando de Pennelope con entusiasmo.

—Tenía mano para las ventas. Se lo digo yo, que sé

de qué hablo. Se entusiasmaba con los libros. Y nos contagió a todos. ¡Tenía unas ideas!

Soltó una ruidosa carcajada y se echó hacia atrás moviendo la cabeza a ambos lados.

—¿Qué ideas?

—¡La señorita Brent se inventó el Té Literario!

—¿Cómo? ¿El Té Literario?

—Sí. Hacíamos uno el primer domingo de cada mes. Ella preparaba pasteles, púdines, mermeladas caseras... Ya sabrá que su tía era muy buena cocinera, ¿no?

Hizo una pausa. Por un momento, el entusiasmo de los recuerdos pareció apagarse:

—¡Tengo que reconocer que su tarta de manzana era mejor que la mía!

La mujer expulsó el aire por la nariz como un toro mientras hacía una mueca de disgusto. Era evidente que eso todavía le dolía. Sacudió la cabeza para deshacerse de aquella pequeña nube negra:

—Abría las puertas de la librería a todo el mundo que quisiera asistir, y unas semanas antes proponía una lectura. La gente llegaba allí con los deberes hechos; bueno, la mayoría, ya sabe que en todas partes cuecen habas...

Emma intentaba seguir los razonamientos de la hostelera, pero le resultaba difícil. ¿Qué tendrían que ver las habas con la librería de su tía?

—Perdone, ahora me he ido un poco del tema, ¿no? Entonces ella nos contaba el libro que habíamos leído de esa manera que tenía de contar las cosas, ¿sabe? ¡Por supuesto que lo sabe! Total, a lo que iba, que entonces todo el mundo entendía la historia la mar de bien.

Fijó la mirada en Emma, que ni respiraba.

—El último Té... ¡Ay! Ese fue...

—¿Cómo? ¿Cómo fue?

—Las cosas ya no eran como antes. Estábamos en guerra y en la librería entraba poca gente.

Hizo una pausa dolorosa.

—Siempre he pensado que en ese momento la señorita Brent ya estaba enferma, pero ella no hablaba de eso con nadie...

—¿Usted sabe de qué murió mi tía?

—Nunca dijo nada al respecto. Pero estoy segura de que la tristeza que Pennelope arrastraba se le había metido en el corazón.

La voz de la hostelera se convirtió en un susurro.

—No sufrió, créame. No en el momento de la muerte, que llegó mientras dormía.

Emma le devolvió una mirada agradecida. La voz de la hostelera brotó de nuevo clara y vibrante.

—Estábamos hablando del último Té Literario antes de que The Blue House cerrara definitivamente a principios de 1942.

No quedaba ni una miga en el plato ni una gota de té en la taza. Emma engullía ahora cada palabra de la hostelera con afán y se bebía cada recuerdo que la mujer desgranaba.

—El último, sí. Pero los que estábamos allí nunca lo olvidaremos.

—¿Por qué? ¿Y qué hicieron en esa reunión?

—Nos habíamos leído una novela de Agatha Christie, *Y no quedó ninguno*. ¿Lo sabía, verdad, que su tía era una gran lectora de la señora Christie?

La chica no respondió; de hecho, no tuvo ocasión porque la señora McGregor hablaba sin pausa. Pero las palabras de la hostelera acababan de despertar en ella uno de esos recuerdos que guardaba encerrados en el corazón bajo siete llaves. Sí, tía Penn era una gran lectora de Agatha Christie. Los ojos se le humedecieron.

—No sabe cómo nos lo pasamos aquel día, señorita Emma. Su tía nos leyó algunos trocitos en voz alta. ¡Qué bien leía! ¡Qué intención que ponía! Pasé miedo de verdad mientras la escuchaba.

Angela McGregor sonrió envuelta en recuerdos felices.

—Y luego la señorita Brent repartió los personajes e incluso hicimos una pequeña representación. ¡Se nos caía la baba! ¡Cómo disfrutamos!

De repente, se quedó callada y suspiró profundamente.

—¡Ay, Señor! ¿Cómo podíamos saber que aquel sería el último Té Literario de The Blue House? ¿Cómo podíamos saber que Pennelope estaba tan enferma? ¿Y cómo podíamos saber todo lo que vendría después? —dijo la hostelera enjugándose los ojos.

Emma pensó que, efectivamente, si supiéramos cuándo hacemos algo por última vez, quizá pondríamos todo el corazón en ello.

Estaba agotada. Había sido un día lleno de emociones; ¡de descubrimientos y de interrogantes!

Sin embargo, y aunque se moría de ganas de acostarse y descansar, antes de ir al piso pasó por la librería. Quería saber si su tía tenía libros de Agatha Christie en la tienda. Lo podría haber dejado para el día siguiente, por supuesto. Pero cuando a Emma se le metía algo en la cabeza no tenía espera.

Al entrar encendió todas las luces y paseó la mirada entre los estantes. ¿Cómo encontraría los libros de un autor determinado entre todas aquellas hileras que llegaban hasta el techo? Enseguida se dio cuenta de que en las baldas había pequeños rótulos escritos a máquina y pegados a la madera. Se acercó: poesía, historia, pensamiento, misterio...

¡Misterio! ¡Ahí estaba! Recorrió los libros de ese apartado con un dedo, hasta descubrir un nuevo rótulo:

AGATHA CHRISTIE

*El misterioso caso de Styles*, *El hombre del traje color castaño*, *El misterio del tren azul*, *Asesinato en el Orient Express*...

Había un montón de títulos. El último era *Y no quedó ninguno*. Había más de un ejemplar. Pensó que su tía debía de haber encargado varios para aquel último Té Literario. Cogió uno y se dirigió a la trastienda. Encendió la lámpara de pie y se dejó caer en la butaca.

Abrió el volumen con reverencia:

> En un ángulo del vagón de primera clase para fumadores, el juez Wargrave, retirado hacía poco de los tribunales, mordisqueaba su cigarro mientras repasaba con interés las noticias políticas de *The Times*.
>
> Dejó el periódico y echó un vistazo por la ventanilla. Estaban pasando por el condado de Somerset.

Ahora, Emma ya no leía. Era la voz de su tía Penn la que le contaba aquella historia tan inquietante. Ella tenía poco más de seis años y estaba sentada a sus pies, muerta de miedo:

> Diez soldaditos se fueron a cenar,
> uno de ellos se ahogó y entonces quedaron nueve.

Siguió leyendo y leyendo mientras caía la noche y los colores y los sonidos de fuera desaparecían a su alrededor.

> Cuando el mar se calme, desde tierra firme vendrán barcos y hombres. Y en la Isla del Soldado encontrarán diez cadáveres y un problema insoluble.

Había llegado al final.
Cerró el libro.
Supo que su tía estaba allí, a su lado.
Y que ella había llegado a casa.

# La reforma

Emma subió al piso e intentó dormir un poco. Pero, pese al cansancio del viaje y las emociones de aquel primer día en Dartmouth, solo logró bordear un sueño inquieto y fugaz. Finalmente, cansada de dar vueltas en la cama, se levantó, fue al comedor, se dejó caer en el sofá de tía Penn y se acurrucó allí como un gatito cubriéndose con la manta de ganchillo. Por la galería solo entraba una penumbra lechosa.

Estaba hecha un mar de dudas. En su interior tenía lugar una lucha entre la Emma escéptica y la que empezaba a hacerse ilusiones. Era consciente de que había llegado a una bifurcación del camino: tenía que decidir si se hacía cargo de la librería de su tía —lo que implicaba quedarse a vivir en Dartmouth— o la liquidaba y volvía a Londres con lo que sacara de la venta. Era una decisión difícil. No podía precipitarse; se jugaba mucho, porque de lo que decidiera podía depender un cambio absoluto en su vida. Claro que tampoco podía quedarse de brazos cruzados. Su situación económica la impelía a tomar una decisión lo antes posible.

La joven recapituló lo que había sucedido ese día. Las pocas horas que había pasado en Dartmouth habían sido suficientes para hacerle ver lo diferente que sería vivir allí y dejar atrás la precariedad de Londres.

Se imaginó a sí misma sacando adelante la librería de tía Penn. Debía reconocer que la idea hacía que le nacieran mariposas en la boca del estómago. En esa sensación reconoció la voz de una vieja y conocida compañera: la intuición. Y la intuición rara vez le había fallado.

Cuando la luz del sol que entraba por la galería empezaba a dibujar un rectángulo dorado sobre el suelo de la pequeña estancia, Emma abrió los ojos. El cansancio la había vencido y se había quedado dormida. Se levantó del sofá y desperezó todo su cuerpo para liberarse de los últimos coletazos de sueño. Recordó enseguida que tenía algo urgente que hacer. Sin ese primer paso, no podría terminar de tomar una decisión.

Tenía que ir a ver al notario Tucker.

Hector Tucker era un hombre de presencia distinguida. Tenía el pelo blanco y ondulado, vestía con elegancia y hablaba muy lentamente, como si sopesara cada palabra antes de decirla.

Recibió a Emma con gran amabilidad. Su actitud no era ni mucho menos lo que la joven esperaba de un notario. Esto la tranquilizó considerablemente.

—Señorita Marbury...

—Emma, por favor.

El hombre hizo un gesto de agradecimiento con la cabeza y mostró una leve sonrisa.

—La muerte de la señorita Pennelope Brent, su tía, fue una gran pérdida para esta comunidad. Y, por supuesto, una gran pérdida para usted, su única familia. Le ofrezco mis condolencias.

Emma se removió nerviosa en la silla.

—Bueno... Verá, mi tía Penn y yo...

El hombre la detuvo con un gesto suave de la mano:

—Lo sé, lo sé... Habían perdido el contacto. Créame si le digo que la señorita Brent no era solo una clienta para mí. Tengo el orgullo de poder decir que gozaba de su confianza. Ella me contó que llevaban años sin verse.

—Sí, así es.

El señor Tucker convirtió su voz en un susurro:

—No piense ni por un momento, señorita Emma, que ella se había olvidado de usted.

La chica se enderezó incómoda en el asiento. Tenía que entrar en materia. Se sentía prisionera de emociones contradictorias y no se veía con ánimo de compartirlas con un desconocido.

—El caso es, señor Tucker, que estoy considerando la posibilidad de quedarme en Dartmouth y hacerme cargo de la librería.

Fijó los ojos en la cara del hombre para captar su reacción, pero nada modificó la expresión atenta y educada del notario. Tras unos segundos que a Emma se le hicieron eternos, él afirmó:

—Quizá haya un par de cosas que valdría la pena que comentáramos, señorita Marbury.

El cambio de tratamiento hizo que a Emma se le encogiera el estómago.

—Usted dirá.

—¿Está segura de que sabe lo que hay que saber para poner en marcha un negocio?

La joven soltó el aire que retenía en los pulmones. Precisamente, esa era una de las pocas cosas de las que estaba segura. Desde que había tenido que dejar la carrera de maestra, Emma se había movido entre todo tipo de tiendas y comercios en Londres. Había aprendido a desenvolverse en un negocio. Había aprendido mucho. Antes de la guerra, sin ir más lejos, había sido la encargada de una mercería. Se ocupaba de los pedidos, de las ventas, de las cuentas. De hecho, llevaba sola el negocio y la dueña le daba toda su confianza porque ella demostraba a diario que sabía lo que tenía entre manos.

—... por todo lo que le acabo de explicar, es decir, por mi experiencia previa, he pensado que lo primero que se debería hacer es llevar a cabo una mínima reforma. Un lavado de cara a la librería, ¿me entiende? Eso sí, minimizando los gastos todo lo posible. Por eso debo saber con qué cuento. Es decir, cuál es exactamente el legado de mi tía. Y, claro, en qué situación se encuentra The Blue House.

Emma apoyó la espalda en la silla y soltó una densa bocanada de aire. Ya estaba. Lo había dicho. Las palabras le habían salido con fluidez, tal vez algo deslavazadas. El hombre le había preguntado si sabría cómo poner en marcha un negocio y ella le había dado una respuesta clara y contundente. Había puesto al señor Tucker al corriente de sus conocimientos y habilidades. Casi de su vida. Al menos, en lo referente al aspecto laboral.

Sus ojos se encontraron durante los breves instantes que duró el silencio.

—Se necesita cierta magia para sacar adelante una librería —dijo al fin el hombre, sin dejar de observar a Emma—. Vender un libro quizá sea fácil. Pero saber elegir con resolución la obra adecuada para cada cliente, rescatarlo de su vagar errático por las estanterías; saber cómo satisfacer las necesidades de cada lector... Como le decía, eso es magia.

La chica bajó la mirada. Quizá el notario llevaba razón. Una librería no se parecía en nada a una mercería.

—Pero, querida señorita, recuerdo perfectamente el momento en que Pennelope... —rectificó enseguida—, en que la señorita Brent llegó a Dartmouth y abrió The Blue House. Entonces, ella tampoco poseía esa magia. Pero no tardó mucho en adquirirla.

Dibujó una sonrisa amable:

—Creo que usted está más que preparada para enfrentarse a un negocio tan inverosímil como este.

El corazón de Emma latió lleno de esperanza mientras el señor Tucker empezaba a ponerla al día de la situación económica de su tía. Fue así como la joven se enteró de que Pennelope había evitado con cuidado contraer deudas que gravaran el negocio. Los agujeros financieros los había ido tapando con sus propios ahorros, sobre todo en los últimos tiempos, por eso ahora no había ningún tipo de deuda, pero tampoco demasiadas reservas en efectivo.

La chica vaciló un momento y se mordió el labio en un gesto de impaciencia.

—¿Entonces...?

—El piso y la tienda eran propiedad de Pennelope Brent, y ahora son suyos. Si usted quiere emprender una reforma para reabrir la librería, ¿qué le parecería hacer una hipoteca sobre el piso? Concierte una cita con el banco. Es el consejo que le doy.

La joven esbozó una sonrisa. El camino hacia The Blue House se iba despejando.

Durante las semanas siguientes, Emma se fue familiarizando con el pueblo, con la casa y, como es obvio, con la librería. Tenía una sensación extraña: la de estar exactamente en el lugar que le correspondía y, al mismo tiempo, no encajar del todo allí. Una especie de familiaridad intensa y de distancia, todo mezclado. Sin embargo, con el paso de los días, las dudas se fueron diluyendo y supo que había tomado la decisión correcta, pues sentía como si acabase de llegar a puerto después de un largo viaje. Su nueva vida y las nuevas rutinas la hacían muy feliz. En cuanto se despertaba salía a la calle e iba a desayunar a The Cherub Inn. La charla matinal con la señora McGregor le resultaba imprescindible para ponerse al día de los intríngulis de lo que ocurría en Dartmouth. Daisy, a su vez, le contaba con todo lujo de detalles quiénes eran sus vecinos, si bien la camarera tenía la lengua muy larga, y también algo afilada, y Emma no acababa de estar segura de si lo que le decía aquella charlatana empedernida era fruto de la observación o de una imaginación algo desbordada.

Después del desayuno, la joven caminaba un rato por el paseo del río y se sumergía en la vida cotidiana del pueblo: en el ir y venir de la gente, o en la música de las barquitas que se balanceaban sobre las aguas del Dart. Le gustaba vagar sin rumbo para descubrir nuevos rincones y calles todavía desconocidas, y se detenía ante los escaparates de las tiendas para anotar ideas que pudieran serle útiles. Las iba guardando en una libreta de cuero negro que se había comprado, donde también escribía la lista de todo lo que había que hacer en la librería.

Lo primero, sin duda, era un lavado de cara. Emma bautizó aquella primera tarea como la Gran Limpieza, porque le supuso días y días de trabajo que pusieron a prueba su paciencia y perseverancia.

La Gran Limpieza se convirtió, durante las primeras jornadas, en un caos que amenazaba con desbordarla. Pero ella no se dejó llevar por la desesperación ni se dio por vencida. Inasequible al desánimo, la joven limpió el polvo, sacó las telarañas, tiró, ordenó, fregó y pulió hasta que, de repente, el sol venció a las nubes. Y fue entonces cuando se dio cuenta de que, pese al abandono de los últimos años, la librería de tía Penn seguía siendo una joya, y no lo era solo por las preciosas baldas de nogal que brillaban ahora impolutas; ni por el espléndido parqué, que parecía haber renacido después de pulirlo. Lo era también por sus libros, tan sabiamente escogidos y tan amorosamente cuidados.

Y es que, pese a sus reducidas dimensiones, la librería ofrecía un importante surtido de lecturas, si bien Emma era consciente de que faltaba espacio para que los libros y los clientes pudieran conocerse cara a cara. La joven estaba convencida de que podía sacarle mucho más provecho al pequeño local.

—Ernest Head es como es —había afirmado con rotundidad la señora McGregor cuando Emma le había solicitado información sobre el carpintero del pueblo porque quería que le hiciera un par de muebles expositores que tenía en la cabeza—. Un hombre *rarito*, si quiere que le diga la verdad. Pero sin duda es un buen carpintero.

—Pues iré a verlo y le enseñaré un dibujo de lo que he pensado.

Como no quería retrasar mucho más la inauguración de la librería, fue a ver al carpintero enseguida para hacerle el encargo.

Ernest Head era un hombre de estatura baja pero bastante robusto. Tenía un rostro avejentado, lleno de arrugas prematuras, y se le podía ver la coronilla, quemada por el sol, entre el pelo canoso. Era bastante parlanchín, y saltaba de un tema a otro sin que viniera a cuento, por lo que su conversación resultaba bastante indigesta. Por esta razón, a Emma le costó un poco entender que no daba abasto con el trabajo que tenía y que tardaría un par de semanas en poderle servir el encargo. Pero finalmente se pusieron de acuerdo.

La joven estaba impaciente por recibir los muebles nuevos, pero como no tenía más remedio que esperar y no quería perder el tiempo, esa misma mañana se arremangó y empezó a hacer el inventario.

Durante las semanas siguientes, The Blue House se puso a temblar bajo el empuje de Emma. Los libros abandonaron los confortables estantes donde dormían y empezaron a apilarse por el suelo de la tienda y de la trastienda, ocupando cada rincón.

La incipiente librera empezaba a familiarizarse con la distribución de los espacios del establecimiento. También había estudiado y ordenado el archivo que había en los cajones del mostrador. Todos los libros aparecían registrados con letra meticulosa: la de Penelope. En cada ficha, su tía había hecho constar el autor, el título, la editorial, el precio y las ventas de cada volumen, así como las reposiciones, en caso de que se hubieran producido. Toda esta información la ayudó mucho a la hora de hacerse una idea clara del tipo de librería que había sido The Blue House, así como de la clientela que había tenido y de las obras que más se vendían. Claro que no había que perder de vista que el negocio había cerrado sus puertas en plena guerra. Las cosas habían cambiado, y mucho.

A medida que iba avanzando en el conocimiento del fondo del establecimiento, Emma se daba cuenta de que, en gran medida, un librero escogía qué tipo de títulos quería ofrecer a sus clientes. Se reafirmaba en esta idea por el hecho de que los libros que ahora pasaban por sus manos, llenándolas de polvo y sueños, tenían mucho que ver con Pennelope Brent. La representaban. A través de ellos podía recordarla, aunque fuera levemente y, a menudo, sin saber el motivo. Esto quería decir, pensaba la chica, que un librero, como tantos otros comerciantes, debía marcarse ciertos límites en su oferta; y esos límites, evidentemente, debían coincidir con sus gustos y su personalidad. No obstante, entendía que, una vez que abriera al público, los clientes le harían pedidos que ella debería atender, ampliando de este modo los primeros límites establecidos y provocando que su librería desarrollara poco a poco una identidad imprevisible y llena de sorpresas.

A menudo, cuando llegaba a este punto en sus reflexiones, regresaban a su cabeza las palabras del notario Tucker: «Se necesita cierta magia para sacar adelante una librería».

Al recordarlas, Emma no podía evitar estremecerse un poco. Luchaba cada minuto del día para esquivar los pensamientos negativos y el derrotismo, pues sabía que la ilusión y una actitud positiva eran imprescindibles si se quería conseguir el éxito. Pero ¿qué pasaría si aquella magia de la que hablaba el notario, y que su tía Penn poseía, a ella se le negaba? Emma sacudía la cabeza. No tenía ninguna intención de echarse atrás. Lo que tenía que hacer era seguir el camino marcado por Pennelope; estaba segura de que si seguía aquel rastro acabaría encontrando su propia magia.

Haciendo inventario de los libros y estudiando las fichas, Emma pudo comprobar que lo que le había dicho la señora McGregor y lo que ella recordaba era totalmente cierto: Pennelope Brent tenía debilidad por

Agatha Christie. La librería contaba con un abundante fondo de títulos de la autora, y se habían vendido bastantes ejemplares. No era extraño, teniendo en cuenta que la señora Christie había nacido muy cerca, en Torquay. En consecuencia, era una queridísima autora local. Por ese motivo decidió que le dedicaría uno de los nuevos expositores que había encargado, para que a los clientes les resultara más fácil ver y hojear sus obras. Había descubierto algunas primeras ediciones que parecían valiosas y que habría que destacar convenientemente. Sería un homenaje a la autora, y estaba segura de que tía Penn se hubiera sentido feliz con la iniciativa.

Cuando las largas jornadas llegaban a su fin, Emma solía coger al azar uno de los volúmenes de la pila de la autora que reposaban en el suelo esperando a ser ubicados definitivamente. Apagaba todas las luces de la tienda mientras respiraba por última vez su perfume, imaginando las vivencias y promesas que esperaban pacientemente a los futuros lectores. Ya en casa, frente al paisaje de aquellas noches todavía calurosas y tranquilas, la joven constataba una vez más lo mucho que disfrutaba siguiendo los pasos de Agatha Christie por el ingenioso laberinto de sus misterios.

Una mañana de finales de julio, Emma salió de casa dispuesta a disfrutar del sabroso desayuno de la señora McGregor. Pero, al poner un pie en la calle, sus ojos descubrieron a un hombre esperando a la puerta de la librería rodeado de bultos. ¡Los expositores!

La chica se acercó reprimiendo un grito de entusiasmo poco propio de una librera seria. Con sorpresa comprobó que el hombre que esperaba no era Ernest

Head. Se trataba de un chico más joven, alto y fuerte, con el pelo rubio y muy corto peinado hacia atrás.

—¡Buenos días! —le saludó Emma con voz vigorosa—. Esperaba al carpintero. Pero veo que...

—Soy su ayudante. ¿Dónde va todo esto?

El joven le había hablado con brusquedad, y la chica se dio cuenta de que cuando ella le había saludado él había apartado la mirada.

—Soy Emma Marbury, la nueva librera —se presentó ella, y el pecho se le llenó de satisfacción al oírse decir esas palabras. Continuó—: ¿Cómo se llama usted?

—John Blake.

El joven le había respondido con un susurro tembloroso mientras arrastraba los expositores hacia dentro de la tienda, que Emma acababa de abrir.

¿Existiría en el mundo, pensó ella, alguien más tímido que aquel chico? Sonrió mientras le indicaba dónde debía montar los expositores.

John era, en efecto, un chico muy tímido. Una de esas personas que no suelen mirar a la gente a los ojos. Pero, aunque en un primer momento pudiera parecer un individuo de carácter inexpresivo y flojo, Emma enseguida supo que era diligente y tenaz. Quizá porque ella había tenido que trabajar mucho en su vida, sabía captar el talante de la gente cuando la veía trabajar.

Mientras el ayudante del carpintero iba montando los expositores, Emma desapareció por la trastienda y regresó con dos tazas de té humeantes que había preparado en el samovar.

—Descanse un poco, John; he hecho té.

El joven se volvió de golpe y fue entonces cuando Emma se fijó en sus ojos: eran sorprendentemente claros e inmensamente tristes.

—No hace falta..., yo...

Ella le tendió la taza y John la agarró. Se quedaron uno delante de la otra con las tazas en las manos hasta que Emma rompió el silencio con lo primero que le vino a la cabeza:

—¿Así que usted trabaja para Ernest Head?

—Le ayudo cuando él tiene mucho trabajo.

—¿Y eso pasa a menudo?

Él hizo un gesto con la cabeza que tanto podía ser un sí como un no.

El té estaba muy caliente y parecía que no quería enfriarse. Emma insistió en mantener con John una especie de conversación.

—Pues aquí no hay muchos edificios que reparar. Es como si la guerra hubiera pasado de largo, ¿verdad? Debería ver cómo está Londres.

Los ojos del chico se oscurecieron. Dejó la taza sobre un tablón y se volvió para continuar con el trabajo. Emma pensó que daba la conversación por terminada. Se disponía a dar media vuelta cuando le oyó decir:

—Dicen que la guerra no empezó en Londres ni en la costa este, sino aquí.

La chica se detuvo de repente, sorprendida no solo por la cantidad de palabras seguidas que había pronunciado el joven carpintero, sino por la historia que contaban. Esperó anhelante a que John continuara. Por suerte, lo hizo:

—Algunos vecinos recuerdan muy bien que la guerra parecía algo lejano cuando una mañana un Messerschmitt sobrevoló el río y lanzó dos bombas. Por la tarde regresó. Descendió en picado y ametralló las embarcaciones.

John siguió relatando aquella historia mientras trabajaba:

—Esas bombas eran muy pequeñas, comparadas con las que caerían después. En Cornworthy, un pueblo situado más allá del Dart, un avión disparó contra el patio de la escuela mientras los niños estaban en el recreo.

—¡Dios mío!

—Algunos edificios de esa misma calle también sufrieron las consecuencias de los bombardeos.

El joven hizo un alto en su trabajo para secarse el sudor de la frente. Se volvió y se quedó mirando a la chica, que lo escuchaba boquiabierta:

—Dicen que después pareció que la guerra se alejase de este rincón del mundo.

Emma se acabó el té sin decir nada más y decidió seguir haciendo inventario en la trastienda, pues supuso que John trabajaría más tranquilo si lo dejaba solo. Lo que le acababa de contar le daba vueltas en la cabeza.

Cuando volvió a echar un vistazo, el joven había sacado una balda y se disponía a colocarla de nuevo.

—No hubiera aguantado el peso de los libros. La estoy reforzando.

—Oh, cómo se lo agradezco. Pero...

—También le repasaré las otras.

—Es muy amable, pero yo no puedo...

John se dio la vuelta y clavó sus ojos en Emma. Fueron solo unos segundos, pero bastó esa mirada para que ella comprendiera que lo había ofendido. Era evidente que no le movía el interés por el dinero.

—Lo siento —dijo la chica, confundida. Y cambiando el tono de voz por uno más alegre añadió—: Quiero decir que me haría un gran favor si repasara los estantes.

Después de esa primera ocasión, John volvió cada

día a la librería. No solo repasó las baldas, también le dio una mano de pintura a algún desconchado de la pared, reparó la grieta que había en una esquina de la puerta de entrada y se tomó muchos tés calientes con Emma. Al menos, los suficientes para que la chica se enterara de que él era de Londres, como ella; que había luchado en la guerra, y que, tras regresar herido, se había encontrado sin casa y sin familia. Huyendo de todo aquello, había terminado en Dartmouth. Así pues, les unían experiencias similares que sin duda habían ido moldeando sus caracteres y les habían convertido en las personas que eran. Esto hacía que no necesitaran demasiadas palabras para entenderse. Estaban bien juntos y disfrutaban de su amistad, que se iba fortaleciendo día a día.

Las semanas pasaron tan rápido que Emma pensó que el tiempo que regía los días y las noches de Dartmouth no tenía nada que ver con el que discurría en Londres, tan lento y monótono.

Septiembre se acercaba a pasos de gigante, y The Blue House abrió de nuevo sus puertas.

# El descubrimiento

The Blue House había vuelto a abrir sus puertas, pero eso no parecía haber impresionado demasiado a los habitantes de Dartmouth.

Emma confirmó lo que ya sabía: sacar adelante un negocio en aquellos tiempos de posguerra no era sencillo. Y si se trataba de una librería, aún menos. Había sido muy cuidadosa en los gastos. Y también en las expectativas. Sin embargo, había preparado la apertura con ilusión, confiando en que sus vecinos conservarían en la memoria el recuerdo de Pennelope Brent, la librera del pueblo, y confiarían en ella, su sucesora. Pero de momento eso no había ocurrido.

No era exactamente que la librería hubiera pasado totalmente desapercibida. Naturalmente, a veces entraban clientes; e incluso algunos compraban libros. Pero la mayoría solo iba a echarle un vistazo y salía con las manos vacías. Emma se preguntaba cómo podría pagar la hipoteca del piso y los pedidos que había hecho a los mayoristas si las ventas eran tan discretas.

Durante los ratos que pasaba sola en la librería, que eran más numerosos de lo que hubiera deseado, la joven se había dedicado a mejorar sus espacios. Creó un nuevo ambiente para los libros juveniles y cambiaba a menudo la decoración del escaparate.

¿Qué más podía hacer?

—No sé qué más puedo hacer, John.

El chico caminaba a su lado con los ojos fijos en el suelo, visiblemente afligido por lo que Emma le contaba. Tenía un corazón sencillo y amable, y se preocupaba realmente por ella.

Llegaron paseando a Bayard's Cove Fort, la fortaleza construida en el siglo XVI que tantas veces había protegido a Dartmouth de los ataques al puerto. Se quedaron en silencio contemplando cómo las barcas danzaban sobre las aguas del río mientras el cielo pasaba del azul al índigo. El viento, a finales de septiembre, era fresco y parecía arrastrar el último aliento del verano.

Emma se estremeció bajo su sencilla rebeca de lana. John se le acercó un poco más, como si quisiera protegerla con el calor de su cuerpo sin llegar a tocarla.

—Mañana es domingo —dijo tras unos segundos de silencio.

La chica asintió con la cabeza.

—Me gustaría... —John dudó—. Me gustaría que vieras algo.

—¿El qué?

Durante unos instantes, el joven se dedicó a escudriñar en silencio los secretos enterrados en las profundidades del Dart.

—Es una sorpresa —dijo finalmente.

Emma le clavó la mirada, y él, atraído por aquella luz, levantó la cabeza y también la miró.

Ambos sonrieron.

El ferri atravesaba las aguas del Dart, y Emma, entusiasmada, se reafirmó en la creencia de que no era posible que existiera un lugar más bonito en todo el mundo.

El aire, fresco y claro, pintaba el río con un brillo casi otoñal. La joven se había vestido con una cómoda falda plisada y una blusa de manga larga, y se había puesto la rebeca de lana sobre los hombros. Llevaba la cabeza cubierta con un pañuelo estampado en colores alegres, pero, aun así, tenía que lidiar con aquellos rizos rebeldes, que se empeñaban en escapar de su prisión. A su lado, John contemplaba el paisaje en silencio. De repente, con un entusiasmo inusual en la voz, exclamó:

—¡Mira, ahora pasamos por delante del *boathouse*!

Emma se puso las manos en la cabeza para detener el aleteo del pañuelo juguetón y atisbó el paisaje en la dirección que el chico le señalaba. Casi oculto a la vista, imposible de ver si no era desde el centro del río o desde la orilla, había un pequeño edificio con fachada de pizarra, muros de piedra y ventanas arqueadas.

—¡Qué bonito! ¿Qué es?

—Un cobertizo para botes. ¿Ves?, tiene un pequeño embarcadero, y estos espacios vacíos construidos sobre el río sirven para guardar las barcas.

Poco rato después, el barco fluvial en el que viajaban aminoró la marcha y se aproximó a un pequeño muelle.

—¿Hemos llegado? ¿Dónde estamos? ¿Por qué no me lo quieres contar todavía?

John dijo que no con la cabeza y sonrió levemente. Emma nunca le había visto los ojos tan risueños.

—No. Es una sorpresa.

—¡Greenway Quay! —gritaron desde el ferri mientras un hombre preparaba los cabos para amarrar.

—¿Greenway? —repitió la muchacha. Pero no obtuvo respuesta.

Desembarcaron. Emma se quedó encandilada ante la gran campana con una cadena y un letrero donde se podía leer: PARA LLAMAR AL BARCO.

—¿Has visto la campana, John? —preguntó con los ojos chispeantes—. Y las casitas de allí delante, ¿las ves? Parece que tengan que mojarse los pies en el río, ¿verdad?

El muchacho no contestó. Emma se giró y vio cómo se alejaba por una carreterita que se perdía entre los árboles de un bosque.

—¡Espérame, hombre! —gritó mientras se apresuraba para atraparlo.

El camino llegaba a una bifurcación un poco más adelante. John tomó con seguridad el sendero que se abría a la derecha y que ascendía entre los árboles. Subieron a lo alto de una pequeña colina y se detuvieron a contemplar cómo el camino, liberado de la espesura del bosque, descendía serpenteando alegremente hasta abrazar una mansión blanca que se asomaba al río entre el verde de los jardines.

—¡Greenway House!

—¿Greenway House? —preguntó Emma sin poder apartar la mirada de aquel paraje de ensueño.

—La casa de Agatha Christie.

—Como me has hablado tanto de Agatha Christie, he pensado que te gustaría ver la casa de tu autora favorita.

Regresaban a Dartmouth con el ferri. A Emma aún le brillaban los ojos y no podía borrar la sonrisa de ilusión que se le había quedado pegada al rostro.

—¡Qué maravilla! Solo de pensar que Agatha Christie puede haber estado tan cerca de mí... O yo tan cerca de ella...

Miró a John directamente a los ojos:

—¿Crees que ahora estaba allí? En la casa, quiero decir.

—No lo sé. Por lo que he oído, no vive todo el año en el pueblo; viene en verano y en Navidad. Es una casa de vacaciones.

—¡Oh!

Emma siguió pensando.

—¿Y por qué crees que ha elegido Greenway para venir a pasar los veranos? Más allá de que sea un lugar maravilloso, por supuesto. ¡Un verdadero paraíso!

—Es normal. Nació muy cerca de aquí. En Torquay.

—Qué jardines tan hermosos rodean la casa, ¿no? ¿Y has visto?, hay una pista de tenis y todo... Ojalá la hubiéramos podido ver más de cerca, ¿verdad?

—Es imposible. Se trata de una propiedad privada —dijo John con severidad.

Ella le lanzó una mirada afectuosa.

—No hay nada imposible, John.

La chica soltó un gran suspiro y retomó el hilo de la conversación con voz fantasiosa:

—¿Te imaginas que un día la señora Christie me invitara a tomar el té en Greenway? Yo me vestiría de veintiún botones y la seguiría por los pasillos y las habitaciones mientras ella me haría los honores. Y, pasados los años, podría contarles a mis nietos que Agatha Christie...

Un golpe de viento le arrancó el pañuelo de la cabeza. John, con presteza, lo atrapó al vuelo mientras la chica estallaba en risas:

—Eso me pasa por dejar volar la imaginación.

En el patio de la trastienda anidaban las hojas de color terroso salpicadas de gotas de lluvia. El viento golpeaba con fuerza las sucias paredes.

Otoño.

Las campanillas de la puerta de The Blue House no habían dado la bienvenida ni a un solo cliente en toda la tarde. Emma sabía que tampoco entraría ninguno en la media hora que faltaba para cerrar. La verdad era que, por muy bonita que hubiera quedado la librería y por mucho que se esforzara en salir adelante, a menudo el desánimo se apoderaba de ella. Y ese tiempo gris y desapacible no ayudaba precisamente a levantarle el ánimo.

Pensó que las nubes negras de su cabeza, más negras aún que las que amenazaban el cielo de Dartmouth, acabarían estallando en una auténtica tormenta de dudas, temores e ideas opresivas si cerraba la tienda y se iba a casa antes de hora. Lo mejor era mantenerse ocupada. Con este propósito, Emma entró en la trastienda. La utilizaba como almacén de los pedidos que iban llegando, pero aún quedaban un par de cajas viejas que no hacían más que acumular polvo. Si no ponía un poco de orden, pronto se quedaría sin espacio.

Con un gesto de resignación, exploró la melancólica penumbra de la estancia hasta que sus ojos se detuvieron en el rincón donde reposaban las cajas. Encendió la luz y se dispuso a abrir la primera. Estaba llena de libros viejos. Eran antiguas ediciones encuadernadas en piel y con los lomos dorados. Emma pensó que debería darles una segunda oportunidad; quizá sería una buena idea dedicar un rincón de la tienda a los libros usados. Mientras pensaba en ello, abrió la segunda caja. Lo que encontró dentro la dejó helada.

—¡No puedo creerlo! —exclamó mientras sacaba unos fajos de cartas de la caja.

Necesitó unos minutos para revisar los detalles, pues no quería equivocarse. Pero, de hecho, no había error posible. Eran cartas escritas por tía Penn y enviadas a nombre de su sobrina al 281 de Hackney Road, en Shoreditch, Londres, a la que había sido la casa familiar de los Marbury hasta antes del bombardeo. Todas habían llegado a su destino y habían sido devueltas al remitente.

Emma se dejó caer en la butaca sujetando fuertemente las cartas con las manos mientras las observaba con ojos desorbitados. El corazón golpeaba con tanta violencia que el latido se le hacía doloroso. Según lo que ahora constataba con creciente sorpresa, durante todos aquellos años Pennelope le había escrito con regularidad e insistencia. Pero las cartas le habían sido devueltas, y la chica dedujo, sin mucho margen de error, que había sido su padre quien se las había ido devolviendo con la misma insistencia y regularidad con que su tía se las enviaba.

¡Qué correspondencia tan extraña que habían establecido su tía y su padre! Enviar y devolver. Enviar y devolver. Con terquedad. Sin descanso y con firmeza. Dejando claro al oponente las propias e irrenunciables intenciones.

¿Por qué?

Se acurrucó en la butaca y cerró los ojos. Al abrirlos de nuevo, los clavó en aquellas misivas como si quisiera constatar que no las había soñado. Pero no eran ningún sueño. Estaban agrupadas por años. Cada fajo atado con una lazada. Suspiró y empezó a deshacer los lazos que las aprisionaban.

Las primeras, según mostraba el matasellos, eran

de 1930. Hizo un cálculo rápido. Entonces ella tenía unos once años, y coincidía con el momento en que la tía Penn se había ido de casa. Los otros paquetes contenían un número de cartas similar al primero, hasta llegar a las del año 1942. Entonces los envíos y las devoluciones disminuían ostensiblemente, hasta detenerse del todo en 1945. La razón estaba clara. Aquel año una bomba alemana había destruido la casa de Shoreditch y había puesto fin a la vida de su padre. Tía Penn no debió de encontrar la manera de seguirle la pista a Emma después de aquella tragedia. Pero, evidentemente, no se había rendido, su lucha había ido más allá de su propia muerte, y el señor Tucker, el notario, había logrado cumplir sus deseos. Finalmente, la carta con las últimas disposiciones de tía Penn había llegado a sus manos en marzo de 1947. Era la primera noticia que recibía de Pennelope tras diecisiete años de doloroso silencio.

Emma volvió a guardar las cartas en la caja de donde las había sacado. No se veía con valor para leerlas. Aún no. Cerró la librería y subió al piso. El crepúsculo había dado paso a la noche y del cielo colgaba la frágil curva de la luna creciente. Las horas se le habían escurrido silenciosas entre los dedos.

Mirando a la luna, pensó que había aceptado el legado de tía Penn sin hacerse preguntas. La vida le sonreía por primera vez en mucho tiempo, y eso era lo único que importaba. Tras recibir la carta del notario, había viajado a Dartmouth y se había quedado el piso y la librería, y los recuerdos de tía Penn habían empezado a salirle al paso con la misma discreción con la que la mujer había vivido toda su vida. Emma los iba recuperando poco a poco; los dejaba caminar a su lado con la condición de que no hicieran demasiado ruido y no la estorbaran. Pero, en realidad, se daba cuenta de que quedaban todavía muchos pasos que dar; muchos sentimientos que sanar. Se daba cuenta, en fin, de que ella aún no había perdonado a la Pennelope que la había abandonado. La de los silencios y el olvido. ¿Quizá en las cartas que acababa de encontrar se escondía la dulce tía Penn? ¿La que no la había olvidado? ¿La que le había escrito una carta tras otra sin llegar a rendirse nunca?

Aquella noche, se fue a dormir abrumada por una esperanzada tristeza.

Cuando a la mañana siguiente bajó a abrir la librería, Emma se encontró con la sorpresa de que un caballero estaba esperando en la puerta.

La chica sonrió. Aquello todavía no le había pasado nunca. Un cliente nuevo y muy puntual, al parecer.

—Buenos días, señor. Pase, por favor —le dijo mientras abría la puerta de la librería.

El señor Carpenter, que así se presentó, tendría una cincuentena larga de años y era todavía un hombre atractivo y elegante, aunque a Emma no le pasó desapercibida la expresión de glacial altivez que se le dibujaba en el rostro y que le endurecía las facciones.

El hombre entró en la librería detrás de la librera y se dedicó a escrutar todos sus rincones con mirada severa y gesto reprobatorio.

—Veo que ha hecho cambios, joven.

—Emma Marbury, para servirle, señor Carpenter.

El hombre no se inmutó. La chica tosió.

—Usted dirá...

—Como ya debe saber, mi esposa y yo vivimos en Kingswear.

Emma activó toda la información que tenía archivada en el cerebro gracias a la ayuda inestimable de la señora McGregor y de Daisy. Se le encendió una lucecita.

—¡Oh, sí! Ustedes viven en la casita rosa, ¿no?

Carpenter arrugó el ceño. La palabra *casita* no le había acabado de gustar demasiado. Emma pensó que quizá tuviera razón. Aunque siempre había oído a la señora McGregor referirse a *la casita rosa* cuando hablaba del hogar de los Carpenter, lo cierto era que se trataba de una gran mansión situada en una colina elevada a la salida de Kingswear. Las vistas sobre el Dart debían de ser excepcionales. La hostelera decía que desde allí seguramente se veía el Britannia Royal Naval College de Dartmouth.

El hombre conservó la expresión de disgusto, que se había añadido a su tosca indiferencia habitual. Entró en materia:

—Verá, señorita.

—Señorita Marbury —insistió Emma.

—Su antecesora, la señorita Brent, nos preparaba lotes de libros que nos hacía llegar a la mansión.

Se recreó en esta última palabra.

—Es necesario que sepa, señorita, que mi esposa May está bastante delicada y que la lectura constituye desde hace años uno de sus grandes placeres.

—¡Oh!, cómo me alegro...

La chica se tapó la boca con las manos y enrojeció:

—Me alegro de que sea una gran lectora, evidentemente. No de la enfermedad, por descontado.

Si seguía así, pensó, perdería en pocos segundos la posibilidad de tener un primer cliente fijo. El señor Carpenter, sin embargo, no había movido ni un solo músculo facial. ¿Quizá estaba un poco sordo?

—Fue un gran golpe para nosotros cuando la librería cerró. No hay otra por los alrededores. Y, con la guerra, hacer traer los libros de Paignton, o incluso de Torquay, no parecía viable.

—Lo entiendo.

—Me gustaría reanudar los tratos que tenía establecidos con la señorita Brent. Ella preparaba un lote de cuatro libros al mes. Dos clásicos y dos contemporáneos.

El corazón dio un bote dentro del pecho de Emma. Aquello era una buena noticia, sin duda alguna. Pero, al instante, las palabras del señor Tucker, las que le recordaban la magia de los libreros, le volvieron a la cabeza. Si quería triunfar, tenía que hacer las cosas bien.

—Quizá sería conveniente que hiciera una visita a la señora Carpenter, ¿no le parece?

—¿Para qué?

—Para conocer su biblioteca. Sus gustos, ya me entiende.

—No, no entiendo nada. Y no lo creo necesario. Mi esposa está delicada, ya se lo he dicho. Lo último que necesita es que la molesten.

—¡Oh, claro!

—La señorita Brent nunca falló, y no necesitó realizar visitas inoportunas —añadió Carpenter, lanzando a la librera una mirada fulminante.

La joven optó por asentir con la cabeza y reprimir sus iniciativas. No cabía duda de que se encontraba ante un hombre desagradable y condescendiente. Pero era un cliente. Y no estaba dispuesta a perder clientes.

—¿Cuándo cree que podrá llevarnos el primer lote, señorita Marbury?

Ella estuvo a punto de responder con entusiasmo que lo tendría preparado para el día siguiente, pero se tragó sus palabras. Debía hacer las cosas de forma profesional, y eso implicaba no mostrarse impaciente.

—Tengo otros lotes que preparar, claro —mintió—. ¿Le parece bien el lunes de la semana entrante?

El hombre pareció estar de acuerdo, porque se puso el sombrero y se despidió con un toque del ala.

Una vez sola, Emma giró sobre sus talones como cuando estaba en el patio de la escuela. De repente se detuvo; la mente se le acababa de iluminar con una idea.

—¿Por qué no se me había ocurrido? ¡Claro! Debía de haber más lectores en Kingswear o incluso en Totnes que le encargaban lotes de libros a mi tía.

Una puerta se acababa de abrir delante de ella. Una puerta pequeña por la que entraba un también pequeño rayo de luz. Por el momento, tenía un cliente fijo. Ahora se trataba de ofrecer ese servicio a otros compradores. A tantos como fuera posible.

Satisfecha de sí misma y contenta con esa nueva posibilidad de ampliar las ventas, Emma se dirigió hacia el fichero de su tía Penn. Empezaría por ahí. Sonrió al pensar que necesitaría la ayuda de las hosteleras para identificar la mayoría de los nombres del archivo. Claro que los clientes habrían ido cambiando durante esos años. Algunos habrían desaparecido; otros nuevos habrían llegado. Pero era un inicio.

Tras un buen rato de trabajo, levantó la mirada del archivo y desperezó el cuerpo. Era bastante estimulante pensar que tal vez los libros poseían una especie de instinto que los llevaba al hogar de sus lectores perfectos. Ella solo tendría que hacer de intermediaria.

Tenía ganas de cantar y bailar.

Tenía ganas de ver a John y contarle aquel descubrimiento.

La puerta se abrió, entró un cliente y Emma intentó contener su desbordada alegría.

—Buenos días. ¿Puedo ayudarle en algo? —preguntó con voz alegre mientras, con la cabeza a velocidad de vértigo, pensaba que la mejor manera de reunir a posibles clientes fijos era restaurar otro de los inventos de tía Penn: los Tés Literarios.

# El Té Literario

Angela McGregor estaba exultante. La punta de la nariz, larga y afilada, le temblaba como siempre que algo la emocionaba de manera especial.

—¡No puedo creer que este día haya llegado! —exclamó mientras cortaba en porciones regulares una tarta de moras—. ¡Han pasado tantas cosas desde el último Té Literario!

En The Cherub Inn, el evento se había anunciado a bombo y platillo. La señora McGregor servía cada cerveza acompañada de la noticia. Había reunido tantos cupones como había podido conseguir, además de raciones de azúcar, harina y café. Quería preparar una merienda como las de antes de la guerra. O, al menos, parecida. La ocasión lo requería.

La mujer, con la atención centrada en la tarta, bajó la voz y dejó volar la memoria y las palabras hacia el pasado:

—La guerra, la enfermedad de la señorita Brent y su muerte... ¿Quién iba a decirnos que todo volvería a ser como antes?

Emma, que llevaba una montaña de vasos en las manos, se acercó a la mesa que John había improvisado con unos caballetes y una tabla y que las del hostal habían cubierto con un alegre mantel. Fue colocando los vasos cuidadosamente.

—¿Como antes? Yo creo, señora McGregor, que nada volverá a ser como antes. Posiblemente el Té tampoco. No ha venido mucha gente a buscar el libro de lectura propuesto.

Un par de semanas atrás, Emma había colgado un vistoso cartel en el escaparate para hacer pública la reanudación de los Tés Literarios. Había ido informando puntualmente a todos sus clientes de que el encuentro seguiría las normas que la antigua librera había establecido en su día, es decir, que los interesados en asistir deberían pasar por la librería para adquirir el libro de lectura y que deberían leerlo con el ánimo predispuesto a intercambiar opiniones y comentarios durante el Té Literario que se celebraría el primer domingo de octubre. En vista de que no había habido demasiado movimiento, había incluido el libro en los lotes que servía a una media docena de clientes fijos. Así se aseguraba de que llegaba a más manos.

—Créame, señorita Emma, debe deshacerse de los miedos que tiene en la cabeza. El miedo no sirve para nada —dijo la hostelera sacando a la joven de sus negras cavilaciones.

—Tiene razón, pero es que no estoy segura de que lo de retomar los Tés Literarios haya sido una buena idea. No sé muy bien cómo encarar la sesión, la verdad.

La hostelera se irguió. Tenía el cuchillo en una mano, manchado por el negro de las moras. Enarcó una ceja de manera expresiva y se encogió de hombros mientras decía:

—Tampoco su tía sabía muy bien cómo hacer las reuniones de libros en un principio, puede creerme. Y los que acudíamos no teníamos muy claro por qué estábamos allí. Había gente que se colaba sin haber comprado el libro ni nada. ¡Iban a merendar!

Ese recuerdo dibujó un gesto de desaprobación en sus labios.

—Pero su tía enseguida los vio venir y se los sacó de encima. De buenas maneras, eso sí. Pennelope Brent nunca perdía las buenas maneras.

Se subió las gafas para ver mejor los sándwiches de pan de centeno y pepinos con mayonesa que había empezado a preparar.

—Al final quedamos un pequeño grupo. ¿Y sabe qué le digo? Que no creo que todos fuéramos por lo mismo. A algunos les gustaban los libros, no le digo que no. Pero otros lo que querían era tener una excusa para salir de casa y hacer algo distinto. Cambiar de aires y charlar con otra gente. Ya se habrá dado cuenta de que Dartmouth no es que sea un pueblo muy divertido.

Angela McGregor iba disponiendo cada sándwich en una bandeja.

—¿Y usted? ¿Por qué iba usted?

La mujer levantó la cabeza bruscamente y, sin darse cuenta, salpicó el mantel con unas gotitas de mayonesa.

—¡A mí me gusta leer, por supuesto! No exactamente lo que nos hacía leer su tía, si tengo que serle franca. Debo confesar que yo prefiero las historias de encuentros apasionados.

Dejó escapar una risita de conejo mientras con un dedo recogía la mayonesa del mantel y la volvía a poner sobre los pepinos. No podía perderse ni una gota.

—¡Pero me lo pasaba tan bien escuchando lo que nos contaba la señorita Brent! Y también me lo voy a pasar bien con lo que nos cuente usted, señorita Emma. Pongo la mano en el fuego.

Ahora Emma colocaba encima de la mesa las tazas de té que la señora McGregor había traído del hostal en una caja.

—¿Y la señora Carpenter asistía a los Tés? Según me han dicho es una gran lectora, pero no sé si en su estado...

—Oh, ella... La pobre May. Ya no es joven, la pobre May, y tiene unos ataques de reuma muy fuertes. Bueno, nosotros los pobres llamamos reuma a lo que tiene la pobre May. Los ricos lo llaman artritis.

—Según me dijo Daisy, va en silla de ruedas, ¿verdad, la pobre May?

Angela McGregor no captaba los sarcasmos. Le rebotaban. Quizá porque no los entendía.

—Eso de que va en silla de ruedas..., qué quiere que le diga, señorita Emma. No hay para tanto, me parece a mí. Si se esforzara un poco podría mover las piernas, que para cuando quiera darse cuenta ya no le servirán de nada, a la pobre May. Si no le sobrara el tiempo para rascarse la barriga, no les daría tantas vueltas a sus males. Eso es lo que le pasa.

La hostelera se distanció un poco para ver cómo había quedado la mesa. Movió la cabeza arriba y abajo y suspiró. Se quitó las gafas, se desabrochó el delantal y dijo con un deje de melancolía:

—Ya tiene razón, ya, señorita Emma, cuando dice que nada es como antes. Por supuesto que no lo es. Pero se ha hecho lo que se ha podido. Y no ha quedado del todo mal, ¿no?

—Y no sabe cuánto se lo agradezco, señora McGregor. Es usted un ángel.

El pequeño espacio de la librería ya estaba a punto. Daisy había traído algunas sillas del hostal para que todo el mundo que asistiera al Té pudiera sentarse. La había ayudado una chiquilla de brillantes ojos verdes, cabellos rojizos y la cara salpicada de pecas. Daisy se la había presentado a Emma como Betty, su hermana pequeña. También le presentó a Charlie, un mocetón alto como una torre que se la comía con ojos pícaros.

Empezaron a llegar algunas personas que entraban en la librería tímidamente, sin hacer mucho ruido, con gesto curioso. Emma, contenta al comprobar que la convocatoria no sería un fracaso estrepitoso tal y como se temía, les dio la bienvenida con una sonrisa de oreja a oreja y los invitó a sentarse. Pasado el primer momento, la gente comenzó a saludarse en voz alta mientras las risas y los comentarios trepaban por los estantes de los libros y las miradas se asomaban golosas sobre la mesa de la merienda.

Emma se acercó a Angela McGregor.

—Oh, ¿ha visto? Ha venido bastante gente, ¿verdad? ¿Usted cree que solo vienen por la merienda?

—¡Oh, claro que no! Piense que todos han comprado el libro.

Los ojos de águila de la hostelera repasaron a los asistentes.

—Bueno, casi todos —susurró al detectar que algunos habían llegado con las manos vacías.

Daisy, que escuchaba sin disimulo, quiso meter baza:

—¡Oh, miren quién acaba de entrar!: ¡la señora Collins! Esta ni ha comprado el libro ni ha leído nunca ninguno, de eso no tengo la menor duda. ¿Quieren decir que sabe leer? Seguro que si no vigilamos se llevará hasta las tazas de té.

Emma no prestó mucha atención a los improperios de la chica porque en ese momento la puerta se volvió a abrir con energía e hizo su entrada un hombre corpulento de aspecto afable y jovial seguido de cerca por una mujer que parecía mucho más joven que él. Se dirigió hacia el rincón donde Emma estaba hablando con las del hostal. Se quitó el sombrero e, inclinándose, besó la mano de la librera.

—Señorita Marbury. Ya nos conocemos, ¿verdad? Qué placer volver a verla.

Emma sonrió abiertamente.

—Bienvenido, doctor Saunders. Estoy muy contenta de que venga a tomar el té en la librería.

—¡No me lo perdería por nada del mundo!

Se volvió hacia la mujer joven.

—¿Conoce a Violet, mi esposa?

Violet Saunders se adelantó un paso y le tendió la mano a Emma, que se la quedó mirando con curiosidad.

—Encantada. Siento no haber podido pasar antes por la librería. Pero cuénteme entre sus clientes desde ahora.

—Será un placer, señora Saunders —respondió Emma.

Los Saunders fueron a sentarse con los demás. Daisy aprovechó para abrir esa boca que tanto le costaba mantener cerrada:

—Este hombre empieza a engordar un poco demasiado.

—¡Oh!, Daisy, guárdate esa lengua afilada, haz el favor.

—Y, en cuanto a su mujer, no sé qué diablos dice de hacerse clienta de la librería. Lo que le gusta a ella no es precisamente leer...

—¡Daisy! —la volvió a regañar la señora McGregor. Y dirigiéndose a Emma añadió—: Le juro que esta moza me saca de quicio.

La librera no pudo reprimir una risita. Los nervios

corrían desbocados en su interior. Se sentía un poco desorientada. ¡Todo era tan nuevo!: la librería, los libros, el murmullo chispeante de los asistentes.

Entraron algunas personas más y se sentaron. Sumaban un grupo considerable, y Emma se sorprendió al descubrir que reconocía algunas caras. Eran clientes ocasionales. Un aliento de esperanza invadió su pecho. Quizá sí que el negocio funcionaba. Más lentamente de lo que ella hubiera deseado, pero funcionaba.

La chica cogió su ejemplar de *El asesinato de Roger Ackroyd* de Agatha Christie, el libro recomendado para la sesión, y se sentó con una amplia sonrisa en los labios.

—Señoras y señores, no sé si ustedes podrán hacerse cargo del honor que supone para mí tenerles hoy aquí recuperando lo que mi tía, la señorita Pennelope Brent, instituyó como una deliciosa rutina: los Tés Literarios de The Blue House.

Hizo una pausa y observó los rostros de los oyentes. Todo el mundo había dejado de hablar y la miraban con curiosidad poco disimulada. Daisy y Charlie habían desaparecido, pero la joven Betty estaba sentada junto a la señora McGregor con sus grandes ojos verdes muy abiertos y llenos de admiración.

Emma se recostó en la silla, con los nervios más templados, y abrió el libro.

> Mistress Ferrars murió la noche del 16 al 17 de septiembre, un jueves. Me avisaron que fuera a las ocho de la mañana del viernes, día 17. No se podía hacer nada. Llevaba horas muerta.

Alzó los ojos y los fijó en los asistentes.

—Como todos ustedes deben de saber, la novela

que hemos leído y que ahora comentaremos es una de las primeras que escribió la gran novelista Agatha Christie.

—¡Vecina nuestra! —exclamó espontáneamente el doctor Saunders con un deje de orgullo en la voz.

—Sí, señor. Aunque no es por eso por lo que he elegido esta lectura. O no del todo.

Emma levantó la barbilla y la voz le tembló ligeramente.

—La he elegido, sin duda, como homenaje a mi tía Penn.

La sesión había ido como una seda y Emma estaba pletórica. Después de comentar la novela de forma bastante participativa y de compartir el rato del té, que había sido distendido y agradable, la joven se fue despidiendo de los asistentes uno por uno, agradeciéndoles la asistencia y los comentarios.

Le quedaba mucho trabajo por delante. Daisy y Charlie ya se habían llevado las sillas, pero Emma insistió en que no hacía falta que se quedaran a ayudarla. Podía limpiar los restos de la reunión y ordenar la librería ella sola. Las del hostal ya tenían suficiente trabajo. Era la hora de empezar a servir las cenas y no quería molestar más a la señora McGregor ni dejarla sin la ayuda de Daisy.

Fue a buscar una escoba a la trastienda y, al salir de nuevo, descubrió a la joven Betty recogiendo los platos sucios de la merienda.

—¡Oh, Betty! No es necesario que te molestes. Puedo hacerlo sola. Tú debes de tener trabajo. Seguro que tu madre te necesita en casa.

Emma se dio cuenta enseguida de que no serviría

de nada insistir. La chica era como una muñeca: pequeñita y delgaducha, de facciones hermosas y más finas que las de su hermana, y con esos ojos verdes que parecían querer salírsele de la cara. Pero aquella barbilla que apuntaba hacia delante con determinación demostraba claramente que también era tozuda, como Daisy, y que, al igual que ella, seguramente era de genio vivo.

—No se preocupe por mí, señorita Emma. Si le ayudo lo tendremos todo listo en un abrir y cerrar de ojos.

La joven alzó un poco más el mentón con un gesto lleno de orgullo.

—Además, el trabajo no me asusta. Trabajo desde los trece. Mamá necesita el dinero. En casa somos bastantes, y papá...

Se detuvo como si le costara pronunciar aquellas palabras. Emma lo percibió y, cambiando de tema, preguntó con curiosidad y voz alegre:

—¿Y ahora cuántos años tienes?

—El próximo mes cumpliré quince. Tengo uno menos que Daisy. Ella es la mayor de los cinco hermanos.

Betty miró a la librera de reojo:

—Pero ahora no tengo trabajo... —Dejó la frase en el aire y pareció como si las pecas quisieran huirle de la cara. Se puso roja.

—Ya lo entiendo. Es difícil encontrar trabajo en estos tiempos —respondió Emma dirigiéndose hacia el escaparate para sacar el cartel de la convocatoria.

Y fue entonces cuando la vio.

¡Esa mujer!

Soltó un grito de estremecimiento y dio un paso atrás. Betty se acercó enseguida.

Era una mujer muy extraña, inquietante, con una cara sin arrugas y de edad indeterminada y los ojos pequeños, hundidos y desconfiados. De hecho, todo su rostro parecía hostigado. Como si estuviera atrapado en la vida. Muerto. Emma se había tropezado algunas veces con ella por el pueblo. Su presencia la hacía estremecer. Y ahora la tenía allí, delante del escaparate, con una mano sobre los ojos a modo de visera para poder espiar lo que pasaba dentro de la tienda. Se escrutaron durante uno o dos segundos. Al darse cuenta de que Emma la había sorprendido, la mujer bajó la mano, le lanzó una mirada con la frente arrugada y, con gran rapidez, se esfumó.

—¿Quién es esa mujer, Betty?

La mirada verde de la jovencita se había vuelto afilada y hostil.

—Agnes Cowley. Vive a las afueras del pueblo, en el bosque. Es mejor que no tenga tratos con ella, señorita. Está un poco mal de la chaveta.

Emma no entendía exactamente por qué, pero debía admitir que la visión de Agnes Cowley la había perturbado. Si al menos John estuviera allí, podría habérselo comentado, y él, tras escucharla con gesto adusto, habría movido la cabeza lentamente y le habría contado más cosas sobre esa mujer. Y seguro que la habría tranquilizado.

Pero John no había hecho acto de presencia en el Té Literario. Emma creía que él había compartido su ilusión por aquella celebración. La había ayudado en todo, de esa manera desinteresada y eficaz con la que él hacía las cosas. Le había dicho que iría, aunque no se había leído el libro de Agatha Christie que ella le había regalado:

—No tengo tiempo. Ernest me ha dado más trabajo y no quiero retrasarme y quedar mal con él. Es un buen hombre.

Luego había levantado aquella mirada tan azul y, avergonzado, había confesado:

—Y a mí no me gusta leer, Emma.

Se habían mirado mutuamente y se habían reído. John le había prometido que, a pesar de todo, iría a la reunión.

Pero no lo había hecho.

Emma percibió enseguida algo raro en el ambiente cuando al día siguiente entró en The Cherub Inn para comer.

Había menos gente de lo habitual a esa hora, y el local estaba extrañamente silencioso. La señora McGregor no se veía por ninguna parte, y Daisy secaba vasos con un trapo detrás de la barra encerrada en un extraño silencio y con actitud ausente.

Emma se le acercó:

—Qué tranquilo, ¿no?

La muchacha siguió secando el vaso que tenía en sus manos como si le fuera la vida en ello mientras asentía levemente con la cabeza sin abrir la boca.

—¿No está la dueña?

Daisy cogió otro vaso y, sin abandonar el aire de misterio que la acompañaba, susurró:

—No. Ha salido a ver si podía averiguar algo más.

—¿Algo más de qué?

—¿No lo sabe?

—¿Qué es lo que no sé?

—¿Cómo puede haber alguien en el pueblo que todavía no lo sepa?

—¡Habla, Daisy! Me estás poniendo nerviosa.

La chica sacó medio cuerpo por encima de la barra:

—Han encontrado muerto a Ernest Head.

Emma abrió mucho los ojos. Estaba atónita.

—¿El carpintero?

—El mismo, señorita Marbury.

Se inclinó un poco más hacia delante hasta conseguir pegar la boca a la oreja de Emma:

—Asesinado.

La librera dio un salto atrás:

—Daisy, no sabes lo que te dices...

—Y eso no es todo. La policía busca a su ayudante. Ha desaparecido. ¿Se lo puede creer? Podría ser el asesino.

Daisy recuperó el trapo con el que secaba los vasos y continuó con la crónica de los sucesos que habían conmocionado a Dartmouth. Ahora que había empezado, no podía parar. Emma, sin embargo, ya no la escuchaba. Un pitido fuerte y doloroso se le había metido en los oídos. Tenía la sensación de que le iban a estallar de un momento a otro. El corazón le latía tan rápido que tuvo que llevarse una mano al pecho. Empezó a respirar pesadamente.

—John... —se oyó decir a sí misma.

En un pueblo como Dartmouth, todo el mundo conocía a todo el mundo; todo el pueblo sabía quién entraba y quién salía. Quién tenía problemas y de qué tipo de problemas se trataba. Sabían cuándo una nueva criatura venía en camino. Sabían quién había enfermado. Y quién estaba a punto de morir. En un pueblo como aquel, algo tan poco usual como la muerte violenta de uno de sus vecinos se convirtió en un abrir y cerrar de ojos en el plato del día.

Durante la tarde de ese lunes, las noticias se fueron sucediendo sin tregua. Cada hora se difundían nuevos detalles de lo ocurrido. Todo el mundo en el pueblo parecía tener en la mano una nueva pieza de aquel trágico rompecabezas.

Al atardecer, la llegada del superintendente Bantry, de la policía de Exeter, acabó de confirmar que lo sucedido era realmente serio y que le venía grande a la policía local. Los hombres de Bantry iban y venían, preguntando, mirándolo todo con ojos de lince, pero siempre con discreción, haciendo todo lo posible para que no se extendieran los detalles de la muerte de Ernest Head. Aun así, la palabra *asesinato* empezó a correr de boca en boca. Sobre todo porque la señora Gannet, que era quien había encontrado el cuerpo aquella mañana, se había ocupado de pregonar los detalles por todo el pueblo.

Mary Gannet, vecina de Dartmouth de toda la vida, había residido desde que se había casado en una pequeña casa en Lower Street, casi tocando al río. Al quedarse viuda, aquellas cuatro paredes se le caían encima y decidió ir a vivir con su única hija, que tenía dos niños pequeños. Con su modesta pensión de viudedad no podía contribuir demasiado a la economía familiar, por eso pensó que sería una buena solución alquilar la casa, que ahora mantenía cerrada. Le había costado encontrar a alguien de confianza; era muy quisquillosa y no quería problemas ni disgustos. Pero finalmente llegó a un acuerdo con Ernest Head, que en aquel entonces, de eso hacía ya más de diez años, acababa de llegar a Dartmouth y había abierto una pequeña carpintería.

A la señora Gannet enseguida le gustó aquel hombre tranquilo y pulcro, nada amante del desorden. Además, era trabajador y, por lo que había podido deducir de sus conversaciones, bastante ahorrador. Llegó a la conclusión de que Ernest Head sería un buen inquilino. Acordaron que él le pagaría tres libras esterlinas de arrendamiento, y una libra más por hacerle el desayuno y la cena los días laborables. Ambos estuvieron muy satisfechos con este acuerdo y, tal y como la viuda había supuesto, Ernest nunca le dio ningún problema.

Aquella trágica mañana, la del lunes 6 de octubre, la mujer llegó a la casa a las cinco y media, como siempre. Se puso con su tarea, porque Ernest desayunaba a las seis en punto. Ni un minuto antes ni un minuto después.

Pero el carpintero no apareció.

A las seis y cuarto, la señora Gannet ya no sabía qué hacer. ¿Y si le había pasado algo mientras dormía? Salió de la cocina frotándose las manos en el delantal nerviosamente con la intención de subir a la habitación. Pero no llegó a hacerlo porque, al pasar por la sala que tenía que atravesar para dirigirse a las escaleras, se encontró con la escena más siniestra que sus ojos habían contemplado nunca: Ernest Head yacía en el suelo en medio de un gran charco de sangre.

# Apreciada señora Christie

El edificio del tribunal Old Bailey, en Londres, había perdido su majestuosidad bajo las bombas alemanas. Durante el Blitz, había sido reiteradamente bombardeado y seriamente dañado. El Gran Salón del Tribunal Central Penal estaba cerrado. Por este motivo, el juicio por asesinato contra John Blake se celebró en otra sala más pequeña. Sin embargo, esto no impidió que Emma se sintiera impresionada al entrar y ver a John sentado en el banquillo de los acusados.

No lo había visto desde antes de aquellos trágicos sucesos que habían sacudido Dartmouth hacía dos meses. Lo habían detenido y ella no había podido hablar con él, por lo que no había escuchado de sus labios su versión de los hechos. Pero creía en su inocencia. Creía firmemente en su inocencia. Del todo.

Durante ese tiempo, había vivido como si estuviera suspendida en el vacío. Las cosas habían ocurrido con tanta celeridad que resultaban difíciles de asimilar. No había espacio ni tiempo para entender lo que estaba pasando. La vida se había puesto patas arriba, y de repente todo era trágicamente absurdo. Y ella se sentía frustrada por la ausencia de noticias e impotente por no poder hacer nada.

Cuando por fin se enteró de la fecha del juicio de

John, no dudó: preparó la maleta y se fue a Londres. La guiaba la esperanza de que la verdad aflorara y su amigo fuera declarado inocente.

Después de tres días de juicio público, de los que ella no se había perdido ni una sesión, llegó el momento de emitir un veredicto. Sola en aquella sala donde resonaban los lamentos de los condenados que habían sido sentenciados antes, Emma apoyó la barbilla sobre las manos entrelazadas y entornó los ojos. No podía hacer otra cosa que esperar.

La espera fue corta. Un rumor sordo se extendió por la sala cuando el jurado volvió a entrar y ocupó su lugar con actitud apocalíptica.

Ya había sentencia:

Culpable.

Pena de muerte.

Emma se puso en pie repentinamente. Se llevaban a John de la sala, esposado. Ella le buscó los ojos. Él también. Ambos intercambiaron una mirada llena de significado. Entonces, el chico le dirigió unas palabras silenciosas:

—No he sido yo.

El asesinato de una persona totalmente anónima en Devon no despertaba precisamente mucha curiosidad en Londres. La sala donde se había celebrado el juicio estaba medio vacía y, al salir, Emma no tuvo demasiadas dificultades para identificar al superintendente Bantry, a quien había conocido en los tumultuosos días del asesinato del carpintero y la detención de John en Dartmouth. El policía había dirigido la investigación y se había pasado bastantes días en el pueblo. Había llegado precedido por la fama de la rapidez con la que cribaba los detalles esenciales de los casos que investigaba.

La chica se acercó y le detuvo justo cuando él empezaba a bajar por la ancha escalera, que se ramificaba a derecha e izquierda en dirección a las diferentes alas del edificio.

—Perdone...

Bantry se giró y Emma fijó los ojos en aquel rostro noble de frente ancha, nariz recta y barbilla cuadrada y belicosa. Unos ojos oscuros le devolvieron la mirada. El hombre se tocó el ala del sombrero a modo de saludo.

—Señorita...

—Emma Marbury. Soy la librera de Dartmouth —respondió la chica, intentando disimular los nervios y la tristeza que sentía.

El policía la siguió mirando fijamente. Era un hombre observador de mirada inteligente y severa, y sin duda la había reconocido.

—¡Ah, claro! La librera. Recuerdo que le tomé declaración en Dartmouth, señorita Marbury. ¿Me equivoco?

—En absoluto.

—Usted tenía una relación cercana con el acusado —afirmó el hombre, frunciendo las cejas y forzándose a recordar.

—Sí, señor. Somos amigos. Muy buenos amigos.

El hombre asintió con la cabeza sin dejar de observarla.

—¿En qué puedo ayudarla, señorita?

—Sé que John no mató a Ernest.

A buen seguro, Bantry se había encontrado muchas veces en situaciones como aquella. ¿Cuántos parientes, amigos, maridos o esposas de acusados convictos le habrían asaltado con esa misma cantinela? ¿A cuántos habría tenido que sacarse de encima, con buenas palabras, eso sí, pero con actitud firme? En aquella ocasión, con Emma, las cosas fueron distintas.

—Vamos a tomar algo caliente, señorita. La veo destemplada.

El té humeaba en la mesa de aquel local cercano al tribunal. Fuera, Londres remoloneaba en medio de un día gris y plácido de diciembre.

El superintendente se había encendido un cigarrillo y fumaba tranquilamente a la espera de que Emma se rehiciera un poco antes de hablar con ella. Por fin le dijo:

—Parece que usted tiene una idea del señor Blake que no concuerda demasiado con la del resto de la gente que lo conocía.

Emma levantó los ojos de la taza y le lanzó una mirada opaca con la frente arrugada. Hizo un esfuerzo por pensar con claridad y eligió las palabras que quería decir:

—John es tímido y torpe socialmente.

—Causa mala impresión en la gente.

—Es posible que no caiga simpático... —dijo intentando matizar sus palabras— al principio.

Aspiró una gran bocanada de aire antes de añadir:

—Pero que no caiga simpático a la gente de Dartmouth no le convierte en un asesino.

—Señorita, parece olvidar que hubo una investigación. Y que en el transcurso de esa investigación, miráramos donde miráramos, créame, siempre íbamos a parar a John Blake.

El superintendente había pronunciado aquellas palabras en un tono ligeramente oficial mientras inhalaba tranquilamente el humo del cigarrillo. Emma pudo entrever, bajo aquella frialdad, al hombre de principios bien definidos que sabía distinguir perfectamente entre lo que estaba bien y lo que estaba mal. Al hombre que nunca dudaría de sí mismo. Y, sin embargo, lo que la había llevado hasta allí era demasiado importante para dejarse impresionar. Debía insistir.

—Se ha condenado a muerte a un hombre. ¿Usted cree que hay pruebas suficientes para hacerlo?

—Las manchas de sangre en la manga de la chaqueta y los pelos que se quedaron pegados... ¿Cree, señorita, que son pruebas poco sólidas?

—Durante el juicio, John ha explicado que, al encontrar a Ernest tendido en el suelo de la sala, se inclinó hacia él y lo tocó para asegurarse de que estaba muerto.

—Pero después huyó.

—Sí, no me olvido de eso —reconoció la muchacha con tristeza. Pero añadió alzando la voz—: ¡Se encontraba en estado de shock!

—¿Se olvida de que lo detuvimos en la estación de Paignton, señorita? Estaba a punto de tomar un tren. ¡Se disponía a huir!

Emma se obligó a recobrar la cautela y adoptó un tono más prudente.

—Pero ¿por qué tiene que ser John el asesino? ¿Están seguros, seguros del todo, de que no podría tratarse de otra persona, superintendente? Hay una vida en juego.

—Todo parece indicar que no; que, efectivamente, John Blake asesinó a Ernest Head.

Bantry hizo una pausa para reordenar sus ideas.

—Si no recuerdo mal, usted misma, señorita Marbury, declaró en los interrogatorios previos en Dartmouth que esperaba al acusado en un evento que se celebraba en su librería ese 5 de octubre por la tarde. ¿Me equivoco?

—No se equivoca. Era el primer Té Literario que celebrábamos allí desde que me hice cargo de la librería.

—El acto era a las cinco, creo recordar.

—Sí. A las cinco.

—Pero John Blake, pese a haberle dicho que acudiría, no lo hizo. Según el médico forense que examinó el cadáver del señor Head, el asesinato se cometió entre las cuatro y las cinco de la tarde. De esa tarde del 5 de octubre en la que John Blake desapareció. Todo parece encajar, ¿no cree?

Emma respiró pesadamente. Había pensado mucho en todo aquello. Tenía más preguntas que hacer; preguntas que llevaban meses dándole vueltas por su cabeza.

—Pero el asesino debía tener un motivo para matar al pobre Ernest. Todos los asesinatos tienen uno, ¿verdad, superintendente?

—La estancia en la que se encontró el cadáver estaba revuelta. Era el escenario típico de un robo.

—O sea, que usted cree que John mató al hombre que le daba trabajo, que se llevaba bien con él y al que consideraba una buena persona para robarle. Pero ¿para robarle qué?

—Como usted misma ha podido escuchar, pues ha asistido al juicio, en el lugar de los hechos no se encontró dinero, aunque según el testimonio de la casera, la señora Gannet, Ernest Head no se fiaba de los bancos y guardaba el dinero en casa.

Emma recordó el testimonio de la señora Gannet. ¡Esa vieja arpía! Cuando la llamaron a declarar se dispuso a gozar de unos minutos de gloria. Probablemente los primeros y únicos de su vida. Estaba excitadísima con todo aquello. Seguro que era lo más emocionante que le había pasado nunca. Pero ella había reflexionado sobre todo eso y tenía una observación que hacer:

—John no llevaba dinero encima cuando lo detuvieron.

—Podría haberlo escondido, como al parecer también escondió el arma homicida. Recuerde que la víctima murió de un fuerte golpe en la nuca propinado con un instrumento afilado y pesado. Un instrumento que nunca ha llegado a encontrarse.

—No es suficiente... No es suficiente... Usted dice que podría haber escondido el dinero y el arma del crimen, pero no sabe si lo hizo. ¿Cree realmente que se puede condenar a un hombre a muerte cuando toda la acusación se basa en probabilidades?

—Señorita, a mí me encargaron que investigase el caso del asesinato del señor Ernest Head en Dartmouth. Lo hice. Le aseguro que lo hice a conciencia. Como en todos los otros casos a los que he tenido que enfrentarme durante mi carrera, reuní tantas pruebas como pude. Todas señalaban a una persona: John Blake.

Hizo una pausa mientras apagaba el cigarrillo.

—Ahí termina siempre mi responsabilidad. Hecho esto, yo paso los resultados de la investigación a mi superior, y él los entrega al fiscal. Por eso John Blake ha tenido que comparecer ante un tribunal. Y por eso le han hallado culpable. Porque había unas pruebas que un jurado ha tenido en cuenta y que ha considerado que eran suficientes para condenarlo.

Emma escudriñó los astutos ojos del superintendente y por un momento le pareció percibir que una pequeña sombra los ofuscaba. ¿Era la sombra de una duda? Inmediatamente ahuyentó de su cabeza aquel pensamiento absurdo. Sabía que no sacaría nada más de Bantry. No si continuaba por ese camino. Y si lo había abordado no era para discutirle sus métodos, sino para que le ayudara a conseguir una visita con John. Tenía que hablar con él. Quería conocer su versión.

—¿Usted cree que me dejarían ver a John?

—No siendo familia directa es imposible.

La chica se desplomó en la silla con cara de agotamiento. Un gran silencio se instaló entre los dos.

—Ahora hay que esperar a la apelación del abogado de la defensa. Pero, créame, señorita Marbury, no se haga ilusiones. Ninguna. No hay suficientes fundamentos para una apelación.

Las palabras del policía eran como una piedra arrojada en medio de un estanque, alrededor de la cual se van formando círculos concéntricos cada vez más amplios.

—¿Y si aun así fuera inocente? —añadió Emma sombríamente.

Bantry se levantó, saludó con la cabeza y empezó a alejarse. Estaba claro que no tenía respuesta para aquella última pregunta. Pero se detuvo al oír las palabras de Emma:

—Hay un asesino escondido en algún sitio de Dartmouth. Créame. Hay un asesino entre nosotros.

Una rápida chispa de sorpresa atravesó los ojos del superintendente antes de que su reserva profesional cubriera de nuevo su rostro con una máscara.

Aquel segundo viaje de Londres a Dartmouth se le estaba haciendo mucho más largo que el primero. Esta vez Emma no llevaba la esperanza en la maleta.

Pronto llegaría a Paignton y no había podido dejar de pensar ni un minuto en todo lo que había visto y oído en Londres. Le dolía en el alma no haber conseguido el propósito de hablar con John. ¡Necesitaba tanto hacerlo! Estaba segura de que escuchar su versión fuera de la sala del tribunal le habría servido para detectar algo que se le había escapado a la policía. Un detalle. Un indicio de aquella inocencia de la que ella no dudaba ni dudaría nunca. «No he sido yo», le había dicho él sin palabras. Y, sin embargo, lo habían juzgado y lo habían condenado a muerte. No, no estaba de acuerdo con el superintendente Bantry. Le había asegurado que había hecho su trabajo y que lo había hecho bien. Pero no era cierto, porque estaban a punto de cometer el más grave de los errores: colgar a un hombre inocente.

Siempre había confiado en la policía. Pero ahora descubría con desolación que actuaban de forma mecánica y deshumanizada:

«Reunir pruebas».

«Pasarlas al fiscal».

«Comparecer ante un tribunal».

¿Eso era todo? ¿Así se impartía justicia en Inglaterra?

Suspiró con tristeza. El mar plomizo de invierno se recortaba en la ventana del tren como una fotografía. Desde dentro del vagón, Emma no podía oír el sonido de las olas. Le vino a la cabeza aquel día claro y soleado de agosto, antes de que empezara aquella pesadilla que había acabado convirtiéndose en una realidad tangible; entonces sí había oído el mar cantar. John la había llevado a Slapton Sands, una playa particularmente bonita que se había hecho famosa durante la guerra después de que se llevaran a cabo allí los ensayos del desembarco de Normandía.

Ese día, los ojos azules del chico brillaban más que nunca. Sentados en la arena, él le habló de Maureen, su esposa. Se habían casado un par de años antes de que Inglaterra entrase en el conflicto bélico. Él era muy mañoso y se ganaba bien la vida haciendo reparaciones de todo tipo por las casas. Ella trabajaba de secretaria en un despacho de abogados. Entre ambos podían pagar el alquiler de una pequeña vivienda en una calle populosa de un barrio más populoso todavía y bastante alejado del centro de Londres. Fueron los dos años más felices en la vida de John. Luego se tuvo que alistar. Combatió y resultó herido. Le dieron un permiso y regresó a casa con la ilusión de reencontrarse con su esposa. Pero la que había sido su casa había desaparecido bajo los escombros.

Ahora, en el tren, Emma pensaba que siempre se sentiría agradecida hacia John por haber querido compartir su doloroso pasado con ella. Le había gustado la manera en que ambos se habían quedado mirando el mar en silencio, como si estuvieran recolocando sus recuerdos. Ella había pensado en las experiencias comunes que habían vivido. Quizá fuera eso lo que les unía. Pero era un día demasiado luminoso para entristecerse. Dejó que el dolor se esfumara del corazón, exhalándolo con un suspiro. Agarró a John de la mano y lo arrastró hasta el agua. Estaba fría y Emma gritaba entre risas. John la contemplaba con una sonrisa en los labios. Feliz.

El tren efectuó una parada. Cada minuto que pasaba, Emma estaba más cerca de Dartmouth. Pero ahora el nombre del sitio que había elegido para empezar una nueva vida le subía a la boca con un sabor amargo.

¿De verdad? ¿De verdad no había nadie en el mundo capaz de resolver el enigma de aquel homicidio? Nadie con humanidad, ingenio y astucia para...

Se quedó inmóvil. Por unos segundos, le pareció que toda ella era quietud. Incluso el corazón había dejado de latir para no distraerla del pensamiento que ocupaba toda su mente.

No puede ser, Emma; eso que estás pensando no...

Sí podía ser. Tenía que intentarlo, y tenía que hacerlo antes de que recuperara la cordura y esta le hiciera ver que aquella extravagante idea era una auténtica locura. Un despropósito.

Sacó la libreta que la acompañaba a todas partes y un lápiz del bolso. Tenía que hacer un primer borrador. Cuando llegara a casa pasaría la carta a limpio.

Comenzó:

Apreciada señora Christie...

# Segunda parte

> Participar en algo que no se entiende en absoluto es una de las experiencias más intrigantes de la vida.
>
> AGATHA CHRISTIE

# Juicio

*Apoyado en la barandilla del buque, el chiquillo que yo había creado de la nada contemplaba cómo las estrellas y la luna, brillantes como plata líquida, se reflejaban sobre el mar.*

*El* Montrose, *el elegante transatlántico de vapor, se deslizaba a través de la noche y los ojos del niño resplandecían llenos de satisfacción. El plan que yo había ideado funcionaba perfectamente. Hub y el chiquillo se habían convertido en un padre y un hijo que, tras dejar atrás Amberes, se dirigían a Canadá para empezar una nueva vida. Nada podía detenerlos, pensaba el muchacho; el mar era la libertad.*

*Era inocente. Demasiado. No tenía malicia ni maldad. Solo sabía ver lo que quería ver. No como yo, la mujer en cuyo cuerpo vivía, que era astuta e implacable. Y también egoísta. Que parecía no tener escrúpulos ni remordimientos. Yo sí me daba cuenta perfectamente de las miradas que nos dirigía el capitán del* Montrose. *Quizá por ello, el chiquillo que se apoyaba en la barandilla del buque empezó a ver una sombra oscura en medio del mar.*

*Hub trataba de tranquilizarme. ¿Quién podría reconocernos en medio de la inmensidad del océano? Él se había afeitado el bigote y yo escondía los rasgos femeninos de mi rostro bajo el gorro con visera del chico.*

*Pero una especie de alboroto se había ido extendiendo por el barco. Todo el mundo sabía que ocurría algo, pero nadie sabía qué. Ya era demasiado tarde cuando Hub y el chico se dieron cuenta de que mi plan era una auténtica ratonera.*

*Los llamaron a cubierta.*

*El chico sintió ganas de gritar.*

*Lo vio todo definitivamente perdido cuando una pequeña embarcación abordó al* Montrose. *El barco atravesaba la vía marítima de San Lorenzo, que permitía que los buques oceánicos pudieran viajar desde el Atlántico hasta los Grandes Lagos de Norteamérica. El capitán del barco había enviado un radiotelegrama a Scotland Yard porque sospechaba de nosotros. En la embarcación que se acercaba al* Montrose *viajaban varios policías. El chico empezó a reclamar con gritos mudos mi presencia. Pero yo, Ethel, vivía escondida en el agujero más profundo de sus miedos.*

*Los policías abordaron el* Montrose. *Eran tres hombres y una mujer; finalmente, detrás de ellos, apareció la figura del inspector jefe Dew.*

*¡Otra vez Dew!*

*No tenía mucho sentido resistirse. Tampoco existía la posibilidad de hacerlo. Solo quedaba la verdad.*

*El inspector Dew había regresado a Hilldrop Crescent pocos días después de su visita del 8 de julio. Evidentemente, había encontrado la casa vacía, porque Hub y yo habíamos huido a Bruselas el mismo día 9. Allí habíamos comprado los pasajes hacia Canadá y habíamos viajado hasta Amberes para subir al barco.*

*Nuestra ausencia fue motivo suficiente para alertar a Dew. Decidió llevar a cabo un nuevo y exhaustivo registro de la casa. Sus hombres se entretuvieron especialmente en el sótano, sobre todo porque vieron que algunas de las baldosas del suelo se movían extrañamente.*

*Estaba allí. Lo que quedaba de un cuerpo. Sin cabeza ni extremidades. Poco más que un pedazo de carne que había sido una mujer.*

*Que había sido Cora.*

*Había llegado el momento de encontrar a Crippen.*

Lo que viene a continuación me resulta más difícil de trasladar al papel, porque a partir de ese momento mis recuerdos se entremezclan fatalmente confundiéndose en una espesa niebla gris. Sin embargo, intentaré hacer el ejercicio de distinguirlos y ordenarlos para poder seguir transitando por el camino de los hechos. Nadie me ha pedido que escriba estas memorias. Lo hago porque quiero. No me traicionaré a mí misma.

*Nos separaron desde el mismo instante de la detención. También por separado, Hub y yo bajamos la pasarela del* Montrose *para subir a otro barco que nos llevaría de regreso a Inglaterra. Lo hicimos bajo los flashes de las cámaras, protegidos por una prenda de ropa que nos cubría la cabeza en un intento de resguardar los pedazos dañados de nuestra intimidad.*

*Al día siguiente de nuestro arresto, el 31 de julio de 1910, los periódicos de medio mundo se recreaban en la noticia de la detención del doctor Crippen y su amante, Ethel Le Neve, mientras Dew ascendía directamente al paraíso de los héroes.*

*El muchacho que yo me había inventado para poder huir había desaparecido en el momento de la detención. Ahora volvía a ser Ethel, y estaba sola. Tenía la certeza de que nunca volvería a ver a Hub. Pero había decidido sobrevivir. Y sabía cómo hacerlo.*

*Un nuevo plan empezó a tejerse en mi interior. Fue entonces cuando comencé a crear una nueva Ethel, alejada de la imagen altiva y antipática que difundían los periódicos tras la detención. Una Ethel que debía ser, a ojos del jurado, una víctima y no una cómplice.*

*El viaje de regreso a Inglaterra fue largo. Tenía todo el tiempo del mundo, y día a día, minuto a minuto, me dediqué a crear en mi mente a la nueva criatura. Hasta que una mañana, al despertar en ese catre maloliente de la cabina que me hacía de cárcel, me sentí preparada para dejarla salir.*

*Mi carcelera era la mujer policía que había abordado el* Montrose *con Dew y que se había convertido en mi sombra desde el mismo momento en que había puesto un pie en el barco. No me perdía de vista ni un segundo y permanecía junto a mí todas las horas del día. Su misión era garantizar que yo llegaba a Londres de una pieza para poder ser juzgada.*

*Decidí probar mi nuevo yo con ella. Hasta ese momento la había ignorado. Había intentado convencerme de que no existía. No la miraba. Ni siquiera respondía a lo poco que me decía. Pero aquella mañana, cuando la nueva Ethel despertó, clavó sus ojos en la mujer, que no le pudo sostener la mirada, mientras se pasaba una mano por el pelo pelirrojo, que todavía llevaba muy corto y que estaba enredado y áspero.*

*Se sentó en la litera con la espalda recta, sin dejar de acariciarse el pelo. Tosió un par de veces para dar con el tono exacto de su nueva voz. De la voz de la mujer que se llamaba como yo, pero que ya no era yo. Le salió una voz tierna, algo ronca. Parecía estar rezando. Le serviría. Era tal y como la había imaginado.*

*—¿No podría conseguirme un peine para desenredarme el pelo? No sé cuánto hace que no me peino como es debido —dijo la nueva Ethel a su carcelera, y le sonrió con ternura.*

*La mujer se quedó quieta unos instantes. Luego, sin pronunciar palabra, se levantó y salió cerrando con llave la cabina. Volvió al cabo de un rato con un peine en la mano.*

*Cuando llegamos a Londres, Hub fue trasladado a la cárcel de Pentonville y a mí me llevaron a Holloway. Habían decidido no juzgarnos juntos. Primero juzgarían a Hub y después a mí. En ese momento todo el mundo hablaba del espantoso crimen del doctor Crippen, y a mí me otorgaban el papel de la amante cómplice. Los papeles habían sido repartidos por una sociedad ávida de historias macabras e impactantes, y nadie podría cambiarlos. La opinión pública ya había emitido su veredicto.*

*En prisión, las noticias me llegaban con cuentagotas. Aun así, sabía que el juicio de Hub, que se estaba celebrando en Old Bailey ante el presidente del Tribunal Supremo de Inglaterra, parecía abocado al desastre. La defensa se había basado en el argumento de que el cuerpo no pertenecía a Cora. Podía ser, decía el abogado defensor intentando evitar la previsible condena, el de una mujer enterrada muchos años antes en ese sótano. Pero los restos de Cora hablaron como si llevaran a cabo una última y definitiva venganza. Primero a través de una cicatriz que permitió establecer que aquel era sin duda su cuerpo. Después se encontraron restos de veneno y determinaron que*

*Cora había sido envenenada con taxina antes de ser descuartizada. Durante los registros realizados por la policía en Hilldrop Crescent se había encontrado un frasco con esa sustancia.*

*Las pruebas hablaban.*

*Los testimonios hablaban.*

*Cora hablaba y exigía justicia desde el infierno, donde habían ido a parar su cuerpo descuartizado y su alma mezquina.*

*No hacía falta nada más.*

*Era el 22 de octubre de 1910. El juicio solo había durado tres días. Al jurado le había bastado ese lapso de tiempo para condenar a Hub a muerte.*

*Menos de una semana después, vestida de negro de pies a cabeza y con un velo que ocultaba la tristeza de sus ojos, la nueva Ethel que vivía en mi cuerpo se presentó ante el tribunal. Ahora le tocaba a ella ser juzgada.*

# La carta

Agatha, con los brazos cruzados sobre el mantel de cuadros azules de la mesa de la cocina, observaba la danza de las copas de los árboles, que parecían palpitar bajo la luz invernal de aquel día hecho de sol y viento. La estancia era cálida y acogedora. Encima de la repisa de la ventana, el gallo de cerámica, el que había heredado de su abuela, miraba hacia fuera vigilante.

Tenía un pequeño cuaderno delante, pero lo ignoraba. Estaba totalmente absorta en la contemplación del paisaje exterior. Hacía tan solo un par de días que se había instalado en Greenway House con Max, su marido, para pasar las fiestas de Navidad.

Construida a finales del siglo XVIII, Greenway House era una casa de estilo georgiano rodeada de un bosque de arbustos y árboles que se deslizaba en pendiente hasta fundirse con las aguas del Dart. Agatha Christie la había comprado en 1938. Tenía cierta tendencia a conservar en la memoria y en el corazón los lugares importantes de su vida. Por este motivo, y pese a vivir felizmente con Max en Wallingford, cerca de Londres, no quería dejar atrás los paisajes de su infancia. Estaba decidida a encontrar un lugar en Devon para pasar allí algunas temporadas, ya que Ashfield, la casa familiar en Torquay, empezaba a convertirse en una desconocida para ella. Aunque, para ser sincera, los cambios se habían iniciado tras la muerte de su padre, cuando ella tenía once años.

Evidentemente se sentía ligada a Torquay. Pero también sabía que no hay nada peor que empeñarse en conseguir algo que se sabe imposible. Y en esos momentos le resultaba imposible contemplar Torquay con los mismos ojos con los que la había contemplado durante su niñez y su juventud. Recordaba que antes, alrededor de la pequeña ciudad, todo eran campos y que la carretera se fundía con el paisaje. Pero ahora aquellos prados verdes, a los que acudía cuando era niña para ver cómo pastaban las ovejas, estaban salpicados de casas y construcciones. Ya no conocía a nadie. El decorado de sus primeros años había desaparecido.

Sin embargo, había otro motivo, también poderoso, que jugaba en contra de considerar a Ashfield un hogar y un punto de referencia. A Max no le gustaba. Agatha se daba perfecta cuenta de que su marido no se sentía bien allí. Y la razón era obvia: Ashfield era su casa. La casa de Agatha y, quizá también, la de Rosalind, su hija. Pero no albergaba ningún recuerdo compartido con Max.

Cuando descubrió por un anuncio del periódico que Greenway House estaba a la venta, pensó que era la solución a sus deseos. Aquella casa tenía muchas ventajas. Compartía con Ashfield los paisajes conocidos de Devonshire, pero allí el entorno se había conservado puro e inmejorable. Era un paraíso de belleza y tranquilidad. En cuanto la vio, Agatha intuyó que Max y ella podrían crear un pequeño mundo a medida que fueran acumulando recuerdos. Por todo ello, no solo compraron la propiedad, sino que le devolvieron su aspecto original después de realizar una serie de reformas. Querían convertirla en la casa de sus sueños.

No tuvieron tiempo de disfrutarla. La guerra se lo impidió. Una nueva confrontación mundial sacudía sus vidas. Quizá esta vez la habían visto llegar y no les había cogido tan de sorpresa como la primera. Pero las guerras son implacables. Lo cambian todo. Y Max y Agatha perdieron Greenway House, que fue ocupada por el Ministerio de Marina.

Agatha suspiró ruidosamente en un intento por expulsar la tristeza de aquel recuerdo inquietante. Se levantó y se dirigió a los fogones, donde reposaba la tetera. Se sirvió una taza de té y, con la bebida calentándole las manos, volvió a sentarse frente a la mesa. Se quedó mirando la libreta. La abrió con la urgencia de anotar las primeras ideas que le rondaban por la cabeza sobre la nueva novela que quería escribir. Estaba ilusionada con ese proyecto. Por cada cinco libros que representaban un duro trabajo, uno constituía un verdadero placer.

A esas alturas ya no era aquella principiante que no se reconocía a sí misma como una auténtica escritora. Su obra era ampliamente reconocida y le proporcionaba dinero. Pese a ello, no se consideraba un genio de la escritura. Evidentemente había genios, pero pocos. Ella era una artesana. Una artesana de una actividad honesta. Había tenido que aprender las técnicas de escritura y había aplicado cuidadosamente las ideas creativas, siempre sometiéndose a la disciplina de la forma.

Como solía ocurrirle, y a pesar de la experiencia y los años de dedicación, en ese momento Agatha se sentía algo cohibida ante el nuevo proyecto. Se enfrentaba a esas tres semanas horribles, quizá un mes, en las que intentaba empezar un libro. Era el momento de sentarse frente a una libreta y ponerse a morder el lápiz. Levantarse, sentarse de nuevo, volver a levantarse y, finalmente, cuando parecía que la cabeza le iba a estallar de un momento a otro, pronunciar las inevitables palabras:

—¡Me he olvidado de escribir! Nunca volveré a escribir un libro...

¡Qué agonía!, pensó mientras se le escapaba una sonrisa. Se preguntaba si a todos los escritores les sucedería lo mismo.

Agatha cambió la sonrisa por una abierta carcajada. Por suerte era una mujer de buen carácter, optimista, con sentido del humor, que se habituaba fácilmente a todo. Valoraba enormemente la alegría de estar viva. Esto, que parece tan natural, no es algo que practique todo el mundo. Claro que también era consciente de su dificultad para concentrarse y de su constante tendencia a distraerse. Por eso era imprescindible que sin más dilación tomara buena nota de lo que le bailaba por la cabeza antes de que las ideas quedaran enterradas bajo una niebla opaca. Acercó el lápiz a la libreta. La punta negra y afilada acarició el papel. Pero sin darse cuenta volvió a levantar la cabeza y se quedó mirando fijamente el gallo de cerámica de su abuela.

—¿Miraba hacia fuera, antes? —se preguntó.

Carlo entró en la cocina con la correspondencia del día en la mano.

—¡Missus! ¡Te he buscado por toda la casa! ¿Se puede saber qué haces escribiendo en la cocina? Es más,

¿se puede saber qué haces escribiendo? Habías decidido reducir tu producción, ¿recuerdas? ¿No decías que tus libros ya te dan suficiente dinero y que no necesitas pasarte la vida trabajando?

Solo Carlo podía hablar en estos términos a Agatha y llamarla, además, por su nombre familiar. Y es que no era solo su secretaria, una secretaria totalmente eficiente capaz de sacarle las castañas del fuego a Agatha cada vez que caía en una de sus frecuentes distracciones, sino que también era su amiga íntima. Era familia.

—¡Ay, chica! Demasiadas cosas a la vez. Vayamos por partes —le respondió Agatha, y tomó aire mientras preparaba el contraataque—. Puedo escribir en la cocina y en cualquier sitio donde haya una mesa estable. Y esta lo es, ¿verdad? Parece que olvides que he escrito en Ur, en Bagdad, en Nimrud, en Nínive...

—En Nínive limpiabas las figuritas de marfil que Max sacaba de las excavaciones. ¡Tienes mala memoria! —dijo Carlo en tono de burla, sin dejar de ordenar las cartas sobre la mesa.

—¿Mala memoria, yo? ¿Cómo puedes decir eso?

Agatha se calló y se quedó pensando.

—¿De qué más me has acusado?

A la secretaria se le escapó una risa burlona.

—De que has venido aquí de vacaciones y no lo parece.

Se quedó mirando fijamente a Agatha:

—En serio. ¿No crees que podrías pasar unas vacaciones tranquilas? Has recuperado tu casa. Deberías disfrutar de ella.

Agatha asintió con la cabeza. Eso no se lo podía discutir. Recuperar la casa había sido una larga y agotadora batalla. Finalmente, la Marina les había devuelto Greenway House en la Navidad de 1945, ahora hacía dos años. Estaba todo precioso cuando regresaron con Max un soleado día de invierno parecido al de hoy. Pero también estaba salvaje; terriblemente salvaje. Los caminos habían desaparecido. El huerto donde antes crecían las lechugas y las zanahorias se había convertido en una selva de malas hierbas; los frutales llevaban un largo tiempo sin que nadie los podase. Era hermoso, pero triste.

El interior de la casa no estaba tan mal como se temían. Eso sí, del linóleo no quedaba ni rastro. La cocina se encontraba en un estado indescriptible, con las paredes negras y llenas de grasa. En la despensa habían puesto catorce escusados.

—Sí, tienes razón. Vuelve a estar todo tan bonito...

Hizo la pausa justa para volver a la carga:

—¡Pero es que esta novela me gusta mucho, Carlo!

—Como todas.

—No exactamente. Es una idea que me ronda por la cabeza desde hace mucho tiempo. He sentido cómo crecía en mi interior y sé que se convertirá en un buen libro. Que escribiré lo que deseo, y esa es la joya más preciada que puede tener un escritor.

Se quedó mirando a la secretaria, que estaba expectante:

—A menudo me pregunto si las personas que leen un libro pueden percibir si escribirlo fue un trabajo duro o un placer.

Carlo no tenía respuesta para esas palabras. Dejó reposar una mirada comprensiva sobre Agatha, y preguntó:

—¿De qué va?

—Ah, no, no, amiga mía. He aprendido a no comentar nada de una novela antes de escribirla. No entiendo por qué todo el mundo tiene tanto interés en que los escritores hablen de lo que están escribiendo y de cómo lo escriben. A mí me parece que la profesión de escritor consiste en escribir, no en hablar.

Carlo se encogió de hombros. Sabía que existían temas que no se podían discutir.

—Muy bien. Mírate las cartas. Sobre todo las del primer montón. ¡Ah!, encima de todas he dejado una que me ha parecido un poco extraña. La ha traído a mano Frank, el del ferri de Dartmouth. ¿Verdad que es curioso?

Agatha respondió con una especie de gruñido. Había hundido la cabeza en la libreta, dispuesta a convertir las ideas en palabras. Las cartas deberían esperar.

Ni el viento ni el frío intenso de aquella tarde impidieron que Max y Agatha, bien abrigados, salieran a pasear por los alrededores de la casa. Tomaron el camino de la derecha, que inclinándose en suave pendiente llegaba hasta el invernadero, justo al lado de donde había estado la viña. Aquella zona no la habían arreglado después de la guerra, aún parecía la selva que habían encontrado al recuperar la propiedad hacía dos años. Pero a ambos les gustaba ir hasta allí y hacer planes. Al llegar la primavera, y con la ayuda de un buen jardinero, limpiarían, podarían y plantarían. Soñaban con el momento en que el olor de los melocotones y las nectarinas volviera a perfumar los jardines de Greenway House.

Regresaron a casa pasando por The Fernery, el jardín de la fuente. Agatha había conservado aquel rincón tal y como la primera propietaria lo había ideado a mediados del siglo XIX. Poseía una atmósfera fresca y relajada gracias a los estrechos caminitos situados entre laderas de helechos que se deslizaban, desmayados, hasta un estanque circular con una bonita fuente en el centro.

Ya en casa, el matrimonio se dirigió a la sala de estar, un cálido espacio donde pasaban las horas en familia. El sol tenue de la tarde invernal se había ido retirando en silencio de la habitación. Era el rincón de sentarse, hablar, leer. Lo presidía un sofá isabelino de colores ocres, custodiado por un moderno conjunto de sofá y sillones tapizados en un alegre estampado verde con plumas blancas.

Agatha tenía la intención de tocar un poco el piano. De jovencita se había planteado la música como una opción profesional. Pero la timidez invencible que la incapacitaba para enfrentarse al público había frustrado sus expectativas. Ahora su único público era Max.

Al entrar en la sala, los ojos de Agatha se toparon con un montón considerable de cartas que la esperaban pacientes encima de la mesita baja que había frente a la chimenea. Se le escapó una carcajada:

—¡Carlo es invencible! Me va persiguiendo por toda la casa con la correspondencia.

—Es mejor que la obedezcas y te mires las cartas ahora. Si no lo haces, te dejará sin cenar.

Agatha se acomodó en el sofá, y Max, en un sillón situado enfrente. Ella cogió las cartas. Él empezó a encender la pipa.

—¡Fíjate! La primera no tiene matasellos. Ahora recuerdo que Carlo me ha dicho que la ha traído a mano el hombre del ferri.

—¡Qué curioso!

Abrió con cuidado el sobre y sacó una hoja de papel escrita con letra pequeña y pulida por delante y por detrás.

Apreciada señora Christie...

—¿Un admirador, querida?

Agatha no respondió. Siguió leyendo en silencio, moviendo imperceptiblemente los labios, completamente absorta en lo que le revelaban aquellas palabras.

Finalmente, levantó los ojos y los clavó en su marido:

—¡No puedo creerlo!

Max era un hombre que nunca perdía los nervios. Chupó la pipa y exhaló una nube blanca tras la cual ocultó su curiosidad.

—Me escribe una tal Emma Marbury. Dice que es la librera de Dartmouth.

—Buena noticia, que haya una librería en Dartmouth.

—Se ha cometido un crimen.

—¿En la librería?

—No, querido. En Dartmouth. Y, según esta joven, han culpado a un inocente y lo han condenado.

Se hizo un silencio. Agatha abría unos ojos como platos y esgrimía la carta con una mano como si fuera un arma arrojadiza. Max la observaba con expectación tranquila.

—¡Me pide que la ayude a demostrar la inocencia del inculpado!

—Eres experta en crímenes.

—¡Escribo sobre crímenes!

Agatha movió la cabeza a ambos lados. No podía salir de su asombro.

—Esta joven, la librera, ha confundido realidad y fantasía. La vida con la literatura. ¿Cómo es posible?

Max rectificó la postura en la que estaba sentado. Parecía lejos de experimentar la sorpresa que invadía a su mujer.

—Querida, parece que no te des cuenta de que tienes la habilidad de adentrarte tan a fondo en todo lo que haces que acabas convirtiéndote en una experta. Si alguien me preguntara el nombre de uno de los más firmes conocedores de la cerámica mesopotámica le respondería: Agatha Christie, sin duda.

Ella se levantó todavía con la carta en la mano.

—¡Oh!, sabes tan bien como yo que siempre me he limitado a limpiar con un pincelito lo que tú encontrabas en las excavaciones.

Max sonrió por debajo del bigote mientras Agatha doblaba cuidadosamente la carta y la devolvía al sobre. La dejó encima de la mesa, separada del resto.

—Mucha gente piensa en el asesinato como en un juego. ¡No es ningún juego!

Fue a tomar asiento frente al piano. Los dedos reposaron suavemente sobre las teclas, pero volvieron a alzarse como pájaros asustados.

—A fuerza de escribir sobre crímenes, acabas interesándote por la criminología. No te lo niego. Pero de ahí a inmiscuirme en un crimen real...

Ahora sí; Agatha Christie apoyó los dedos en las teclas. El piano dejó escapar un estremecimiento de dolor.

No podía dormir. ¡Ella, que había dormido como un bebé bajo las bombas que asolaban Londres durante la guerra! La carta de la librera le encendía la imaginación. Era consciente de que en ella la imaginación no era un don, sino casi un castigo que le jugaba malas pasadas. Evidentemente, le resultaba muy útil para su profesión, pero también le hacía pasar muy malos ratos.

Los personajes, esos desconocidos que poblaban la carta que acababa de leer, daban vueltas en su cabeza. Un simple carpintero asesinado; su joven ayudante acusado del crimen. Y la librera, Emma se llamaba, removiendo cielo y tierra para demostrar su inocencia. Habrían sido los ingredientes de una buena novela si no fuera porque eran reales.

Max *respiraba fuerte*, como él solía llamar el acto de roncar, junto a Agatha. Ella se levantó sin hacer ruido. Se puso la bata de lana, cogió una vela y fue al piso de abajo. Recogió la carta que había dejado en la sala de estar y se dirigió a la cocina. El gallo de la ventana dormía sin hacer caso de cómo el cielo se iba iluminando detrás de los árboles y los pintaba con un brillo plateado. Pronto se haría de día y llegaría la señora Butler, la cocinera que les ayudaba durante sus estancias en Greenway. Agatha quería aprovechar el rato que faltaba hasta que la casa se despertara.

Al pasar por el comedor de invierno, se acercó a un mueble de palisandro, abrió el cajón superior y sacó papel y pluma. Volvió a su refugio de la mesa de la cocina. La vela parpadeaba. El día iba venciendo a la noche. Ella le daba vueltas a la cabeza. Comenzó a llenar el papel con sus pensamientos. Sabía que si no lo hacía deprisa, se le escaparían:

> Es necesario saber qué tipo de persona era la víctima. Si esto se ignora, uno no puede empezar a ver con claridad las circunstancias del crimen. ¿Tenía deudas?

¿Algún enemigo? ¿Hay algún misterio en su vida? ¿O, simplemente, fue una desgraciada víctima de las circunstancias?

Continuó escribiendo:

Es necesario conseguir una historia clara de lo que ocurrió ese día, siempre teniendo en cuenta que la persona que habla puede estar mintiendo. Y lo más importante: ¿cómo murió la víctima?

Agatha releyó las reflexiones que acababa de escribir. Siempre había experimentado una gran curiosidad hacia todo lo que tuviera que ver con el crimen. A menudo, para construir los casos que poblaban sus novelas, se basaba en crímenes reales. Muchos de esos casos, así como la experiencia que había extraído de ellos, volvían ahora a su mente. Finalmente escribió:

Cuando se consigue conocer de verdad a la víctima, entonces habla. Sus labios pronuncian un nombre: el que queremos oír.

Y acto seguido se le ocurrió que quizá podría ayudar a Emma Marbury haciéndola partícipe de estos humildes pensamientos. Tal vez si asomaba la nariz por aquel crimen de Dartmouth podía incluso servirle para acabar de pulir el argumento de la nueva novela que tenía en mente. O el de alguna otra.

Sí, se dijo decidida, le escribiría una carta a la señorita Marbury.

Se levantó y fue a buscar otro papel en la cómoda.

Y empezó:

Querida señorita Marbury...

Se detuvo.

Sin duda sería mucho más sencillo coger el coche y recorrer la corta distancia que la separaba de Dartmouth y de su librera. Hablar con ella cara a cara. Preguntarle todo lo que le rondaba por la cabeza en persona.

—¡Ay, no! —exclamó—. Eso sería implicarme demasiado.

Por el momento, decidió con firmeza, continuaría con el género epistolar. Además, enviaría la carta a Dartmouth a través del hombre del ferri tal y como había hecho la señorita Marbury. Le parecía que aquel procedimiento tenía un no sé qué de literario. La divertía.

Agatha estaba escribiendo apasionadamente cuando Carlo entró en la cocina.

—¡No puedo creerlo! ¿Ahora también madrugas para ponerte a escribir?

—Carlo —le respondió ella como si no hubiera oído lo que le acababa de decir, algo que seguramente era cierto—, quiero que busques en la prensa todo lo que tenga que ver con un asesinato cometido en Dartmouth el pasado mes de septiembre. Recórtame todo lo que encuentres.

Las cejas de Carlo se arquearon de forma exagerada. Pero no dijo nada, pues sabía que sería inútil discutir. En silencio, se dispuso a cumplir las órdenes de Agatha Christie.

# Un recorte de periódico

La Navidad se acercaba a pasos de gigante y las campanillas de la puerta de The Blue House sonaban más animadas que nunca. Emma empezaba a moverse con comodidad entre libros, escritores y editoriales. La librería se había convertido en toda su vida, y trabajar en ella cada hora del día le ayudaba a no pensar continuamente en la situación de John.

Lo sucedido esos meses, la muerte de Ernest, la detención y condena de John, le había perturbado mucho. Oscilaba entre el sentimiento de añoranza por la ausencia del chico y la absoluta necesidad de luchar para que se hiciera justicia. El caso era que, mientras intentaba poner orden en aquel torrente de sentimientos desbocados, la imagen de John no se le iba de la cabeza. A menudo se preguntaba qué podía significar eso. Emma tenía veintiocho años y solo había vivido un par de aventuras románticas hacía tanto tiempo que ya ni se acordaba de ellas. Nunca había estado enamorada de verdad. ¿Lo estaba ahora? ¿Estaba enamorada de John, o solo era la amiga que quería ayudarle a salir de aquel callejón sin salida?

No lo sabía, y, de hecho, ¿qué importancia tenían sus sentimientos, fuesen los que fuesen? Después de todo lo que había pasado, ahora solo había una cosa realmente importante: salvar a John de la muerte.

Sin abandonar estos pensamientos, Emma se dirigió hacia la puerta para colgar el cartel de CERRADO. Después, como hacía cada noche, pasaría un buen rato en la trastienda, donde prepararía los encargos y se ocuparía de los pedidos y de la correspondencia mientras pensaba en el trabajo del día siguiente. Nunca tenía prisa por dar la jornada por finalizada. Pero antes de que pudiera hacerlo vio a Frank, el del ferri, emergiendo entre las sombras de la noche. Llevaba una carta en la mano, y a ella se le aceleró el corazón. Volvió a abrir la puerta.

—¡Respuesta de Greenway House! —gritó el hombre entregándole la carta.

Emma la agarró con manos temblorosas. Se le habían encendido las mejillas, y en sus ojos y en sus labios se dibujaba una gran sonrisa.

Sentada ante la galería, Emma releía una y otra vez la respuesta de Agatha Christie. ¡No podía creérselo!

Había tomado la carta de las manos endurecidas de Frank, había murmurado un *gracias* tembloroso y había corrido escaleras arriba, hacia el piso, con ese tesoro en sus manos. Al llegar, se había obligado a no ser impaciente y se había preparado un té antes de abrirla. Lo más probable era que la respuesta de la señora Christie, se decía a sí misma mirando de reojo el sobre blanco, fuera solo un puro formulismo para quitarse de encima aquel asunto que ni le iba ni le venía. Era la reacción más lógica ante su atrevimiento.

El té aún humeaba en la taza cuando, con manos trémulas, por fin abrió el sobre, sacó la carta y empezó a leerla. Y, entonces, un hilo de esperanza iluminó aquellas tinieblas tan oscuras en las que vivía sumergida.

Necesitó un buen rato para procesar todo lo que le decía la escritora. Agatha Christie sabía mucho de crímenes, y a la joven no se le había ocurrido que un asesinato se resolvía con inteligencia, haciendo las preguntas adecuadas en cada momento.

¡Dios mío! ¡Dios mío!, se repetía, mientras poco a poco y sin hacer ruido la esperanza regresaba a su corazón. Con renovada energía, se levantó y fue a buscar papel de carta. Se acomodó en la mesa del comedor y empezó a escribir. Después del saludo inicial, de darle las gracias a la escritora por su respuesta y de insistir en lo importante que era para ella, y sobre todo para John, saber la verdad de lo ocurrido, se dispuso a responder cada una de las preguntas que la escritora le planteaba en la carta.

¿Cómo era Ernest realmente?, le preguntaba en primer lugar. Ella solo lo había visto una vez y lo que sabía era lo que la gente decía de él, o lo que había podido escuchar durante el juicio. Según los testigos, Ernest Head era simplemente Ernest Head. Es decir, un hombre bastante anodino que se ganaba la vida realizando trabajos de carpintería por las casas del pueblo. No se le conocían demasiadas aficiones. No le gustaba leer ni le interesaba la política. Prácticamente no tenía vida social. La señora McGregor le había comentado que casi nunca acudía a The Cherub Inn a tomar algo y que no recordaba la última vez que había ido a comer. Daisy había añadido que esto se debía a que Ernest Head era muy tacaño.

Emma añadió que el carpintero a menudo tartamudeaba al hablar, que a veces le costaba encontrar las palabras y terminar las frases. Ella misma había podido comprobarlo cuando había ido a encargarle los expositores.

De hecho, ni siquiera la señora Gannet, su casera durante años, sabía mucho de él. Lo que más había destacado durante el juicio era que Ernest era ahorrador por naturaleza, que no confiaba en los bancos y que le pagaba el alquiler puntualmente.

La chica lo anotó todo en la hoja de papel. Añadió:

> Pero, claro, a menudo las apariencias engañan y una tampoco puede creerse todo lo que le digan. Quizá Ernest se llevó sus secretos a la tumba.

En cuanto a la segunda cuestión, la historia de lo sucedido aquel día había quedado bastante clara durante el juicio, cuando se expusieron los hechos. Emma, obviando el dolor que le despertaban aquellos recuerdos, se obligó a detallar rigurosamente a la señora Christie cómo había ido todo:

> Según las conclusiones a las que llegó la policía y que fueron expuestas durante el juicio, Ernest, el carpintero, fue asesinado el domingo 5 de octubre entre las cuatro y las cinco de la tarde. Por lo que se puede deducir, conocía al asesino, ya que no se había forzado ninguna puerta. La sala en la que apareció el cadáver estaba revuelta. En cambio, el piso de arriba, donde se ubicaba la habitación de Ernest, estaba ordenado.

Emma releyó lo que había escrito y suspiró. Ahora venía la parte más dolorosa.

> A la mañana siguiente, la casera de Ernest, la señora Gannet, descubrió el cadáver. La policía empezó a inte-

rrogar a la gente cercana a la víctima, pero no encontraron por ninguna parte a su ayudante, John Blake. Se dio la orden de búsqueda. Finalmente, transcurridas más de veinticuatro horas, lo localizaron cerca de la estación de Paignton. Fue detenido. Le encontraron restos de sangre y pelos de la víctima en la ropa. Lo que viene después, señora Christie, ya lo sabemos: el jurado consideró que la sangre y los restos en su ropa, así como el intento de fuga, probaban la culpabilidad de John y lo condenaron a muerte.

Tuvo que inspirar profundamente un par de veces para tragarse un llanto amenazador y poder continuar con la carta.

La tercera cuestión era la más importante, según la señora Christie, aunque Emma no acababa de entender por qué. Le preguntaba cómo había muerto Ernest. Se alegró de poder responder. Era un detalle que también había quedado muy claro durante el juicio, e incluso la prensa lo había hecho público. Escribió:

> A Ernest le habían dado un golpe en la nuca con un instrumento afilado y pesado. Murió en el acto. El arma del crimen nunca ha llegado a encontrarse.

La chica releyó lo que había escrito. Salvo un par de detalles que podían despejar algunos de los puntos que la señora Christie señalaba en su carta, sus respuestas no iluminaban las sombras. Por mucho que reflexionara sobre los hechos, no podía ir más allá. No sabía ni entendía en absoluto por qué alguien había asesinado a Ernest Head, un humilde carpintero de pueblo sin fortuna y con una vida totalmente corriente y anodina. También se preguntaba por qué le habían asesinado con tanta violencia y sin motivo aparente.

Resopló insatisfecha. No podía permitirse decepcionar a Agatha Christie. Debía encontrar todas las respuestas a sus preguntas. ¡Seguro que estaban en algún lugar! Pero ¿dónde?

Como siempre que la angustia amenazaba con ofuscarla por completo, Emma decidió ir a dar una vuelta. Hacía un frío gélido y eran casi las diez de la noche, pero necesitaba respirar y pensar con claridad.

Echó a andar sin rumbo por las calles de Dartmouth, absorta en sus cavilaciones. Algunas ventanas estaban iluminadas y se podía ver la vida transcurrir dentro de las casas. La luna llena blanqueaba las aguas del río. De repente, se detuvo. No se podía creer dónde la habían llevado sus pies. Había llegado a Lower Street, frente a la casa de Ernest Head.

Lo que en ese momento le pasó por la cabeza a Emma seguiría siendo un misterio para ella misma el resto de su vida. Podríamos llamarlo impulso, temeridad o locura. Fuera lo que fuera, se trató de una acción desesperada.

Transcurridos más de dos meses desde los hechos, la casa en la que había vivido la víctima del crimen seguía vacía, sin inquilinos, y dormía solitaria en la oscuridad más absoluta. La viuda Gannet iba diciendo a todo el que la quisiera escuchar que lo ocurrido la había dejado en la ruina porque nadie con dos dedos de frente querría vivir en una casa donde se había cometido un asesinato; ¿quién querría construir su hogar en el escenario de un crimen?, se quejaba con razón. Debería esperar a que el recuerdo de lo que allí había ocurrido se borrara de la memoria de la gente. O tendría que bajar mucho el precio del alquiler, algo que no parecía dispuesta a hacer.

Emma se acercó a la puerta de entrada, iluminada por la luz amarillenta de una farola. Miró a ambos lados de la calle para asegurarse de que no pasaba nadie. En el reloj de la iglesia tocaron las diez y media.

La entrada de la casa presentaba un estado de dejadez lamentable. Los tablones con los que la policía había barrado el acceso a la vivienda durante la investigación habían sido arrancados de cualquier manera y los restos permanecían esparcidos por el suelo. La chica lo encontró extraño. Pero aún le pareció más extraño que la puerta cediera con una queja perezosa cuando la empujó suavemente. Sin duda la cerradura había sido forzada. Un escalofrío le recorrió la piel al pensar que quizá la casa había sufrido algún robo. O que algún vagabundo había ido allí a buscar refugio. Cualquier persona mínimamente sensata habría tenido suficiente con estas suposiciones para dar media vuelta y desaparecer de aquel lugar maldito. Pero Emma entró.

La casa parecía dormir en un silencio angustioso. Un soplo de humedad y de muerte le golpeó el rostro. Se tapó la nariz y la boca con una mano. El miedo le latía con furia en el pecho. Se había quedado de pie en la entrada y no podía avanzar ni un paso. Tuvo la sensata idea de dar media vuelta y salir, pero no sucumbió. Estaba allí por algo, aunque no sabía muy bien por qué. Lo único que importaba era encontrar respuestas. Salvar a John.

Poco a poco, sus ojos se acostumbraron a la oscuridad. El recibidor era muy pequeño. Emma vio ante sí, trepando entre las sombras, la silueta de una escalera estrecha. A la derecha, el espacio se abría dando acceso a una sala. La inmensa luna de aquella noche lamía los cristales de la ventana y hacía visibles los contornos de un sofá destartalado y de una vitrina alta. Había una chimenea. Intentando no tropezar con nada, la joven atravesó la sala y fue hacia la puerta del fondo. Estaba cerrada y chirrió penosamente cuando la abrió. Detrás había una cocina con una mesa para comer. No era prudente encender la luz, pero una idea acudió a su cabeza. Todo el mundo guardaba velas y cerillas en los cajones de la cocina. Las restricciones de luz todavía eran frecuentes. No tardó mucho en encontrar lo que buscaba. Encendió una vela y la estancia adquirió un tono gris y uniforme.

La luz palpitante de la vela le permitió ver una puerta que debía de dar a un patio trasero como el que tenían todas aquellas casas viejas. La empujó, pero se le resistió. Seguramente también la habían barrado por fuera.

Paseó la mirada por la cocina mientras se preguntaba lo que buscaba. No lo sabía. No parecía que nada estuviera fuera de lugar. Nada llamaba la atención y, por otra parte, la policía ya había registrado la casa. Seguramente se habrían llevado todo lo que consideraron importante. Y, sin embargo, algo indescriptible e inconcreto la retenía allí, a pesar de que todo aquello le parecía un poco imprudente.

¡No!, muy descabellado.

Salió de nuevo a la sala. Sus pasos resonaban en aquel abrumador silencio. Pero aún hacían más ruido los latidos de su corazón.

La sala.

El lugar donde habían asesinado a Ernest.

Se estremeció.

Dio un paso.

Dos.

Y, entonces, sus pies tropezaron con algo. Se dio cuenta de que el corazón le galopaba desbocado mientras bajaba la vela y miraba al suelo.

Era una maleta. Estaba volcada y abierta, como si alguien la hubiera arrojado allí y se hubiera olvidado de ella. Emma se inclinó y la recompuso un poco. Observó el contenido a la luz de la vela. Había pocas cosas: un peine, un libro viejo y un pequeño caballo de madera, una especie de juguete infantil. Lo sacó todo y fue dejándolo en el suelo. Dedujo que habían utilizado la maleta para guardar las pertenencias personales de Ernest, quizá con la intención de que algún pariente o amigo suyo pasara a recogerlas. Pero, evidentemente, nadie lo había hecho.

¿Por qué habrán utilizado una maleta para guardar tan pocas cosas? ¿Realmente Ernest no poseía ningún otro objeto personal?, se preguntó. ¿O acaso la policía ya se llevó todo lo que creía importante para la investigación?

No podía saberlo. Se limitó a mover la cabeza varias veces y entornó los ojos.

Si la señora Christie estuviera aquí...

La librera que ya vivía dentro de ella no pudo dejar de sentir curiosidad por el libro de cubiertas gastadas que habían dejado en la maleta. Lo cogió y observó los detalles: el título, el autor, la editorial. Era tan viejo que parecía que terminaría sus días deshecho y convertido en polvo entre sus manos. Lo abrió con mucho cuidado y lo hojeó. Tenía unas bonitas ilustraciones. Y entonces fue cuando vio aquel papel doblado que se había quedado casi pegado en las páginas de en medio. Lo sacó con precaución. Era un recorte de periódico.

Un ruido resonó en mitad del vacío del piso. Emma

se puso de pie de repente. Agudizó el oído. El silencio lo invadió todo de nuevo.

Se metió el recorte de diario en el bolsillo del abrigo casi mecánicamente.

Otro ruido. Un crujido impertinente que provenía del piso de arriba. La chica tenía la boca seca como el yeso y la mente en blanco. Sopló la vela y, pegada a la pared, como si quisiera que se la tragara, salió de la sala y fue hacia la puerta de entrada en medio de aquella calma expectante. A pesar del frío, unas gotas de sudor se deslizaron por su rostro. Apoyó la mano en la puerta y la abrió. Salió a la oscuridad de la calle y no dejó de correr hasta llegar a Foss Street.

En lo alto de la escalera de la casa donde había vivido Ernest Head, de pie y quieto como una esfinge, un gato negro observaba la luna, que parecía querer colarse por la ventana. Alzando la cabeza y clavándole sus ojos de oro, dejó escapar un maullido largo y lastimoso.

Una vez en casa, Emma se sacó del bolsillo la hoja de periódico que había encontrado en el libro. Entonces se dio cuenta de que el artículo había sufrido también el paso de los años y que estaba medio agujereado por donde lo habían doblado.

Pertenecía a una edición dominical del *News of the World*, concretamente la del domingo 31 de julio de 1910.

La joven dejó escapar un silbido de admiración y se sentó a la mesa del comedor, donde extendió la hoja del diario con cuidado.

Toda la página estaba dedicada a un mismo tema. El titular decía:

CRIPPEN'S LIFE AT SEA

CAPTAIN KENDALL DESCRIBES HIS TERROR AND MISS LE NEVE'S MISERY

THE HUNTED MAN WITH REVOLVER IN READINESS[1]

Emma leyó el artículo con avidez. En 1910, un escalofriante crimen conmovió la ciudad de Londres y a toda Inglaterra. Un tal Hawley Harvey Crippen, un médico de Míchigan establecido en Londres desde hacía años, había descuartizado a su mujer y había escondido sus trozos en el sótano. Cuando la policía empezó a sospechar de la versión de Crippen sobre la desaparición de su mujer, este huyó con su amante, Ethel Le Neve. Se habían disfrazado de padre e hijo, y habían embarcado en el *SS Montrose* rumbo a Canadá. Pero, una vez a bordo, la pareja había despertado las sospechas del capitán del barco, que telegrafió a Scotland Yard.

El artículo contaba con gran despliegue de detalles aquel caso criminal, y se detenía especialmente en el arresto de la pareja sospechosa en el barco y los dramáticos momentos vividos a bordo. Publicaba fotografías tanto de la nave como de la tripulación, y aportaba un esquema del recorrido y del punto exacto del arresto. También había fotografías de sus protagonistas. Emma se fijó especialmente en la del doctor Crippen. No le pareció el terrible asesino que decían que era, sino un hombrecillo insignificante. Pensó que la maldad estaba en todas partes; ¿cómo podía ser, si no, que alguien aparentemente normal fuera capaz de hacer algo tan escalofriante como aquello?

1. «La vida de Crippen en el mar. / El capitán Kendall describe su terror y la miseria de la señorita Le Neve. / El hombre perseguido con el revólver a punto.»

Pronunció en voz baja el nombre del hombre, silabeando, como si masticara las letras dentro de la boca: Crip-pen... Crip-pen... Crip-pennn... Tenía un sabor desagradable. Cuanto más lo repetía, más siniestro le parecía.

Los ojos de Emma se posaron con curiosidad en la fotografía de la amante, a quien llamaban señorita Le Neve. El artículo destacaba la frialdad y la actitud altiva que había mostrado durante la detención. Era una imagen muy borrosa y de mala calidad en la que se adivinaba a medias el rostro de una mujer joven y hermosa, de mirada ingenua, tocada con un gran sombrero como los que estaban de moda hacía casi cuarenta años. ¿Tal vez esa imagen también mentía? ¿Qué horrores ocultarían los candorosos ojos de la señorita Le Neve?

Suspiró. ¿Cómo habría ido a parar a manos de Ernest Head ese viejo artículo? ¿Lo encontró dentro de aquel libro? ¿O quizá lo había descubierto en algún periódico y lo había guardado allí para no perderlo? ¿El artículo aportaba nuevos datos a aquel crimen del que acusaban a John? Probablemente no. Pero había algo que la carta de Agatha Christie le había enseñado y que ella no iba a pasar por alto: para resolver un crimen había que hacerse preguntas inteligentes y responderlas.

Era muy tarde y a Emma le quedaban pocas horas de sueño antes de abrir la librería. Sin embargo, retomó la carta de respuesta donde la había dejado y se dispuso a contarle a la señora Christie su aventura nocturna y el hallazgo que había hecho, relatándole punto por punto la noticia que destacaba aquella hoja de periódico amarillenta. Terminó dando de nuevo las gracias a la escritora. Dobló la carta y la puso en un sobre lista para ser entregada a Frank antes de que saliera el primer ferri de la mañana hacia Greenway.

Mientras se preparaba para acostarse, pensó que sería más fácil si pudiera comentar todo aquello con Agatha Christie en persona. Sonrió mientras se veía a sí misma bajando del ferri en Greenway Quay y tomando de nuevo el camino arbolado que desembocaba en la casa blanca. Entonces llamaría a la puerta y le diría a la sirvienta, o a quien fuera, que la señora Christie la estaba esperando y que traía noticias frescas sobre el asesinato del carpintero.

Se echó a reír y sacudió la cabeza, como si regañara con dulzura y paciencia a una niña traviesa. Aquello no lo podía hacer, por supuesto. Ya era suficiente osadía escribirle, robarle su tiempo. Nunca se atrevería a ir a molestarla a su casa. Lo más prudente era seguir utilizando aquella curiosa comunicación epistolar vía ferri.

# Tras las huellas de Poirot

Las vacaciones de Navidad habían pasado como una exhalación. A principios de enero, Max y Agatha habían regresado a su domicilio habitual en Wallingford, en el condado de Oxfordshire.

Aquella noche gélida, el matrimonio se había acomodado en la gran sala de estar que miraba al jardín en espera de la cena. Por el ventanal se colaba la luz plateada que anunciaba la llegada de la noche invernal y que iluminaba el cedro del Líbano, que se alzaba orgulloso entre las sombras mientras estas se oscurecían y perdían nitidez. Agatha sostenía en sus manos la segunda carta que le había escrito Emma Marbury y que había recibido en Greenway el día antes de marcharse. Su lectura le había sorprendido tanto que tenía la intención de comentarla con Max. Pero él empezó a hablar antes de que ella tuviera tiempo de ponerle al día de las últimas noticias del crimen de Dartmouth.

—Creo que ha llegado el momento —dijo Max. Y Agatha levantó la cabeza.

—Eso significa que...

El entusiasmo de Max le llevó a interrumpir a su esposa en contra de su costumbre:

—Ya sabes, querida, que los mejores hallazgos arqueológicos anteriores a la guerra provenían de Siria. Pero, actualmente, las autoridades iraquíes están dando muchas facilidades a través del Departamento de Antigüedades. Todo ello hace pensar que ha llegado el momento de reanudar nuestra labor en Oriente Medio.

Los ojos del hombre chispeaban de felicidad.

—Quiero volver a excavar en Nimrud. Es un lugar grande, un emplazamiento histórico que hay que estudiar. Nadie lo ha tocado desde hace cien años.

Agatha prestaba atención, anhelante, mientras su marido seguía desgranando sus planes con palabras claras y vibrantes llenas de entusiasmo. La proximidad de una nueva aventura arqueológica hacía que se transformara.

—Nimrud es una de las tres ciudades más importantes de Asiria. Assur era la capital religiosa; Nínive, la política, y Nimrud, o Calah, como la llamaban los antiguos, la militar. Es necesario excavarla.

Todo eso ella ya lo sabía. No en vano había acompañado a Max en 1932 cuando él había ido a Siria para excavar por sus propios medios, abandonando al equipo por culpa de la posición demasiado autoritaria de Leonard Woolley, para quien trabajaba en Ur justo cuando conoció a Agatha. Desde ese momento, la arqueología se había convertido para la escritora en una inmensa fuente de placer, ya que se dio cuenta de que era una ciencia que planteaba más preguntas que respuestas, y para ella preguntarse el porqué de todas las cosas convertía la vida en una aventura verdaderamente interesante.

Después de su matrimonio en septiembre de 1930, la vida de Max se había convertido en la vida de Agatha. Su gran capacidad de adaptación, su curiosidad infinita le permitían moverse con agilidad entre *tells*[1] y excavaciones. Pronto aprendió a distinguir las piezas de cerámica por sus acabados y sus dibujos geométricos. Y mientras sacaba el polvo de aquellos hallazgos, los seleccionaba y los fotografiaba, casi sin darse cuenta, fue concibiendo en su mente el más ambicioso libro de viajes posible: el de las migraciones del *Homo sapiens*. Y al mismo tiempo seguía escribiendo sus novelas policíacas y llenaba los estantes de las librerías de todo el mundo de los más intrincados misterios criminales. De este modo, el paisaje sonoro de las expediciones de los Mallowan se convirtió en una mezcla del repicar de las palas contra la roca y del apasionado tecleo de la máquina de escribir de Agatha Christie, que, como siempre había hecho, trabajaba en sus obras allí donde las circunstancias la llevasen.

La guerra había supuesto un paréntesis doloroso en la vida de todos los que habían tenido la desgracia de sufrirla. También en la del matrimonio. Agatha había aprendido una valiosa lección de las gentes sencillas que había conocido en las excavaciones de Siria e Irak; eran personas dignas, alegres y con gran sentido del humor. Para ellos, la muerte no era terrible. Quizá imbuida de esta manera de ver la vida y de vivir la muerte, había seguido escribiendo bajo las bombas alemanas, alejada de Max, que había sido destinado a Oriente Medio, al tiempo que ayudaba a su hija Rosalind a superar la muerte en el campo de batalla de Hubert, su marido y padre de su hijo, Mathew.

La vida continuó, y la primavera siguió al invierno

1. Colina artificial formada por la superposición de ruinas de diferentes épocas.

y lo venció. Rosalind se aferraba a su hijo para salir adelante. Max, por fin libre del ejército, desenterraba la vieja pala y se preparaba para descubrir civilizaciones milenarias. Había obtenido la cátedra de Arqueología de Asia Occidental de la Universidad de Londres y, a través de este nuevo puesto de trabajo, empezaba a vislumbrar la posibilidad de convertir en realidad aquel sueño que ya había confesado a su mujer diez años antes: ¡excavar Nimrud!

—Así pues, me parece deducir que tus intereses han cambiado. ¿Ya no te interesa la cerámica prehistórica? —preguntó, casi afirmó, Agatha en cuanto el entusiasmo del marido le permitió meter baza en la conversación.

Él negó con la cabeza.

—Pienso que debería dedicarme por completo a Nimrud, querida. Nos esperan grandes descubrimientos históricos. Serán tan importantes como la tumba de Tutankamón, Ur o Cnosos en Creta. Además...

Hizo una pausa dramática. Los ojos de Agatha se llenaron de curiosidad.

—Además, podemos pedir dinero. Al Museo Metropolitano de Nueva York, por ejemplo.

Max siguió exponiendo a su mujer los detalles de la nueva expedición. Al cabo de un par de meses, él se iría para prepararlo todo con la ayuda de Hamoudi, su capataz de siempre, que se ocuparía de reclutar a los trabajadores, conseguir y acondicionar los alojamientos, concretar el transporte y administrar la intendencia. Agatha se reuniría con él un par de meses después. Esta vez, desgraciadamente, no viajarían en el Orient Express. Ya no hacía el trayecto directo. Irían en avión.

—Viajar en avión es mucho menos apasionante que hacerlo en el Orient Express —se lamentó ella.

—Pero el tiempo que nos ahorraremos no será para nada despreciable.

Agatha no sabía si dejarse convencer por los argumentos de su marido. Tenía la cabeza en otra cosa. Aunque disponía de unos meses por delante, sabía por experiencia que se le avecinaba una gran cantidad de trabajo. Preparar el equipaje y realizar las compras necesarias para un clima caluroso suponía toda una serie de dificultades que conocía muy bien. La ropa que guardaba de otras expediciones ya no le serviría, porque había sido sometida a un desgaste considerable y a unas condiciones extremas. Ya se veía venir una nueva y agotadora peregrinación por los departamentos más exóticos de los grandes almacenes: el de cruceros, el tropical, los saldos y las rebajas... Un verdadero calvario, después del cual, con un poco de suerte, conseguiría encontrar algún sombrero capaz de hacer frente a las tormentas de arena, o se equiparía con maletas nuevas y bolsas con cremallera donde difícilmente podría acabar metiendo el equipaje de un arqueólogo.

Pensó que, en efecto, le quedaba poco tiempo para prepararlo todo. Tan poco tiempo como el que le quedaba para poder ayudar a Emma Marbury a demostrar que John Blake no había asesinado a Ernest Head.

Aquella idea le había dejado la cabeza bastante nublada. En contra de su costumbre y de su talante, había cenado en silencio, con el pensamiento lejos del comedor y de los planes y explicaciones entusiastas de Max. Aunque siempre comía con un hambre encomiable, aquella noche le pareció que el corte de rosbif que masticaba se había convertido en cemento.

Tal y como la librera le explicaba en su última carta, era más que probable que el recurso presentado en contra de la sentencia que condenaba a John Blake a muerte fuera desestimado. Una vez que esto se convirtiera en una realidad, todo se aceleraría. Era posible que a John le quedaran unos tres meses de vida, si todo seguía el camino previsto.

Consiguió tragarse la carne con un generoso sorbo de agua. Tres meses y un inocente sería ajusticiado. Porque John era inocente, ¿no? ¿Qué pruebas tenía? De hecho, solo una: la convicción absoluta de Emma en su inocencia. Y una especie de presentimiento que la llevaba a pensar que el caso no había sido aclarado del todo; y que, como la joven librera no se cansaba de repetirle en las cartas, John había sido condenado a partir de conjeturas y no de pruebas.

En efecto, en la segunda carta que había recibido de Dartmouth, Emma añadía algunas dudas más a las que ya le había expuesto. Agatha tenía ganas de volver a leerla para poder reflexionar sobre ello. Por eso, en cuanto Max se retiró a su despacho, ella fue a la sala de estar para recuperar la carta. La leyó de nuevo con ansia. La aventura de Emma entrando de noche en la casa donde se había cometido el asesinato la volvió a sorprender tanto o más que la primera vez que la había leído. Con aquella historia digna de una de sus novelas dando vueltas por su cabeza, fue a coger papel y pluma. Necesitaba escribirle una respuesta a Emma. Eso la ayudaría a pensar.

Querida señorita Marbury:

Yo no me hubiera atrevido a entrar en la casa de una víctima de asesinato. Al menos, querida, es algo que nunca he hecho. Aunque debo decirle que su acción comportaba un riesgo que no estoy segura de que le correspondiese a usted asumir, confieso que admiro su arrojo y su valentía. La felicito.

Con respecto al recorte de periódico que encontró, debo decirle que siempre he sentido un interés especial por el caso Crippen y que conservo bastante documentación. Sin duda, aquel fue uno de los asesinatos que más conmocionó a nuestro país a principios de siglo...

La pluma de Agatha dejó de rasgar el papel. Ella también se quedó inmóvil.

Reflexionaba.

Era cierto que sus novelas se basaban a menudo en crímenes reales sobre los que buscaba abundante documentación. El crimen, el crimen real, le interesaba como parte del comportamiento humano. Así había sido en *El misterioso caso de Styles*, su primera novela, publicada en 1920. Pocas veces un escritor puede olvidar cómo cocinó su primera obra, y menos aún cuando su escritura dio vida a un personaje al que debía tantas cosas: Hercule Poirot.

En esa ocasión, además, la trama de la novela se basaba en un envenenamiento por estricnina. Los críticos habían elogiado sus amplios conocimientos sobre sustancias tóxicas. Ella no le daba mucha importancia a este hecho, teniendo en cuenta que se había pasado gran parte de la Primera Guerra Mundial en el dispensario de Torquay, donde había adquirido mucha experiencia en todo tipo de remedios y venenos.

Conocer y recopilar documentación sobre la historia criminal de Inglaterra era su *modus operandi*. Por este motivo, el caso Crippen siempre le había llamado la atención y había leído al respecto todo lo que había caído en sus manos. Nunca se sabía cuándo podría resultarle útil. Pero ¿dónde guardaba aquella documentación? Era consciente de que constantemente perdía sus cuadernos de notas, y solo una persona en el mundo era capaz de encontrar con rapidez lo que ella iba extraviando: Carlo. Pero era demasiado tarde para recurrir a su secretaria. Tendría que esperar a la mañana siguiente para ponerla a desenterrar sus notas sobre el caso Crippen.

Fijó de nuevo los ojos en la carta que acababa de empezar y continuó escribiendo siguiendo el flujo de sus pensamientos:

> Volviendo al recorte de periódico, debemos preguntarnos, querida joven, qué tiene que ver el doctor Crippen con el pobre y anodino Ernest Head. Si es que tiene algo que ver, claro. Quizá si la víctima era una persona tan gris, quien ha de llamarnos irremediablemente la atención sea el asesino.

Agatha releyó estas últimas líneas. Tenía la clara sensación de que esos hechos la remitían a un argumento de una novela de misterio. Quizá a un argumento de una de sus novelas. Si así fuera, siguió reflexionando, ¿cuál sería el próximo capítulo por escribir? Quizá la pregunta que debía hacerse era: ¿cuál sería el próximo paso que daría Hercule Poirot ante un caso como el del asesinato de Dartmouth?

—¡Oh, por supuesto! ¿Cómo no lo había pensado antes?

A Agatha se le dibujó una sonrisa de satisfacción en los labios y su rostro recuperó el saludable color rosado que parecía haber perdido en las últimas horas. Las tripas le rugieron por culpa de la cena frugal. Se levantó y se dirigió alegremente hacia la cocina.

Más allá de la sala de estar, en el jardín, el cedro del Líbano abrazaba la luna.

# John

Hay algunas cosas que en las novelas resultan muy sencillas. Si quien las lleva a cabo es un personaje como Hercule Poirot, entonces todo es coser y cantar. Pero en la cruda realidad pueden resultar más complicadas. Como lo de visitar en la cárcel a un condenado a muerte para aclarar en persona algunos puntos oscuros sobre el crimen del que ha sido acusado. Agatha Christie, con la ayuda inestimable de Carlo, tuvo que tirar de varios hilos y remover a fondo su lista de contactos para conseguirlo. Pero, como le ocurría a su detective más celebrado, no parecía haber nada imposible para la escritora de misterio más famosa del Reino Unido, quien finalmente pudo hacer realidad su propósito y obtuvo un permiso del Ministerio de Estado para visitar a John Blake en la cárcel.

La mañana de la visita al centro penitenciario de Pentonville, Londres se había despertado envuelta en nubarrones bajos y espesos. Agatha tuvo la impresión de que la niebla entraba con ella en la cárcel y la seguía por los pasillos empapándolos con una densa desolación.

Tras cumplir los trámites del acceso, la condujeron hasta una pequeña sala de paredes lisas y maltratadas por el tiempo y la dejadez, con una mesa y dos sillas como único mobiliario. Se acomodó y se dispuso a esperar mientras sacaba del bolso una libretita en la que había escrito un pequeño resumen de lo que le parecía imprescindible abordar en la entrevista.

Unos minutos después, la puerta se abrió y apareció un policía seguido de un hombre esposado. John.

Agatha se volvió y lo observó:

Estatura normal.

Treinta y pocos años.

Tímido.

Torpe.

Retraído.

No parecía para nada peligroso.

Los rasgos que percibió en un primer vistazo coincidían tan plenamente con lo que Emma le había contado de John Blake que tuvo la sensación de encontrarse ante un viejo conocido.

Mientras el policía acompañaba al joven hasta la silla vacía, Agatha Christie no le quitó los ojos de encima, sin poder disimular su interés. Aunque ella no se diera cuenta, tenía la costumbre de atravesar a la gente con la mirada, por lo que a menudo provocaba en los demás cierta incomodidad. También John debió de sentirse algo incómodo bajo el foco de aquellos ojos inquisitivos; le dedicó una breve mirada antes de bajar la cabeza y fijar la vista en el suelo de la sala.

—Soy la señora Malloway —se presentó Agatha, utilizando su apellido de casada y ocultando, por tanto, para impedir que John llegara a falsas conclusiones sobre el objetivo de la visita, el nombre con el que se la conocía públicamente.

A continuación se produjo un silencio palpable. Incómodo.

—Supongo que le han avisado de mi visita —añadió intentando establecer algún tipo de contacto visual con el chico.

Entonces él levantó la cabeza y la miró fijamente. Agatha experimentó un sentimiento cercano a la compasión ante aquellos ojos de un azul estremecedor que la observaban con mirada pálida y demacrada, llenos de cansancio y angustia.

—¿Qué quiere?

Agatha Christie se irguió en la silla y tosió. Era consciente de que siempre le había costado expresarse; no era tan buena conversadora como observadora y a veces no se hacía entender como desearía. Suponía que precisamente por eso se había hecho escritora. Sabía que en ese momento tenía que esforzarse por mostrarse clara y convincente. Su timidez y su falta de agilidad verbal, mezcladas con las de John, podían dar al traste con lo que había ido a hacer allí.

—Vengo de parte de Emma Marbury.

—Emma... —susurró el chico, y la mujer percibió un universo lleno de tristeza en esas cuatro letras tan solo suspiradas—. ¿Es familiar suyo?

—¡Oh, no! —aclaró Agatha, y continuó—: La señorita Marbury cree firmemente en su inocencia, John. Y está trabajando para demostrarla. Y yo soy la persona a la que ha encargado esta investigación.

—¿Es usted abogada? ¿La ha contratado Emma? Le advierto que...

—Oh, no, no. Como le decía, soy una especie de investigadora, ¿sabe? Queremos ayudarlo.

John observaba disimuladamente a la mujer que tenía delante, escrutándola. Parecía bastante alta, y tenía una figura voluminosa. El rostro era apacible, de rasgos bien definidos y afables, y su mirada parecía franca. Vestía de forma sencilla, sin pretensiones: traje de chaqueta en tonos verdosos que parecía haber sido elegido con el único objetivo de adaptarse a la contundencia de sus formas. Iba tocada con un gorro de terciopelo con ondas alrededor que no era ningún modelo de buen gusto. Se veía de lejos que no era una mujer afectada; más bien se mostraba discreta y natural. Por eso, el chico pensó que aquella tal señora Mallowan se parecía mucho más a su difunta tía Henriette que a una investigadora. Una sonrisa rápida, afanosa, se le insinuó en los ojos. Agatha, esperanzada con esa primera muestra de humanidad, le devolvió la sonrisa. Pero el leve gesto desapareció enseguida de los labios de John. La cara se le transmutó. Volvió a clavar los ojos en el suelo.

—No creo que puedan hacer nada. Ni Emma ni usted.

—Eso no se sabe, aún no han resuelto la apelación.

Él se encogió de hombros con ademán distante y triste. El profundo cansancio que arrastraba se le reflejaba en la cara, y también en el cuerpo, que parecía demacrado.

—No pierde nada por responderme a unas preguntas, ¿verdad?

Silencio.

—Imagínese que es a Emma a quien le responde. Ella es su amiga.

—Yo no tengo amigos. En sociedad soy un inepto. Siempre me ha costado hacer amigos.

—¿Y enemigos? ¿Tiene enemigos? ¿Alguien que quisiera hacerle daño?

—¿Daño?

—Acusarle de algo que no ha hecho, por ejemplo.

John levantó la mirada y parpadeó. Se encogió de hombros con resignación. Al parecer, aquel era el gesto que mejor lo definía.

Agatha intentó darle un giro a la situación. El camino que quería abordar con su pregunta había quedado bloqueado. Tenía que centrarse en el otro tema, en el que había subrayado en su libreta.

—¿Podría explicarme qué ocurrió aquel domingo de octubre, John?

Él se revolvió en la silla y dijo que no con la cabeza.

—Ya lo he contado muchas veces y no ha servido de nada.

La eficaz técnica de Agatha de fingir que no había oído lo que no quería escuchar se puso en funcionamiento. Permaneció impasible:

—Según me comentó la señorita Marbury, usted tenía que acudir a la reunión que se celebraba en la librería aquella tarde, ¿verdad?

No hubo respuesta. Ella continuó sin inmutarse:

—Pero no llegó a ir. ¿Por qué, John?

—Fui a casa de Ernest.

—Hum... Así que fue a casa de Ernest. ¿Por qué fue allí, John?

—Los domingos iba a su casa para saber si había algún trabajo pendiente para la semana entrante.

—O sea, que ese domingo usted habló con Ernest.

—No.

—¿No?

—Entré por la puerta del patio. Cuando él estaba en casa siempre la dejaba abierta. Yo entraba por allí para que no tuviera que ir a abrir por delante.

—Lo hacían siempre así.

—Sí.

—¿Y entonces?

—Le llamé para que supiera que era yo quien había entrado. Como siempre.

—¿Y qué ocurrió?

—Que no contestó.

—Y a usted esto le extrañó.

—Un poco. Ernest nunca salía de casa los domingos. Y si salía cerraba la puerta del patio.

—Ya entiendo. ¿Y qué hizo?

—Fui a la sala.

—Y se encontró a Ernest muerto, ¿no, John?

Él dejó caer la cabeza sobre el pecho y se encerró en un silencio amenazante.

Agatha comprendió que debía sacar a John del escenario del crimen por el que ahora vagaba su mente confusa. Estaba claro que, si no reconducía la conversación, pondría en riesgo la posibilidad de que el chico le contara algo más. La confianza es una moneda que se gana y se pierde fácilmente.

—Hay algo que me interesaría mucho que me contase, John. ¿Sabe si Ernest Head era aficionado a la prensa? ¿Guardaba periódicos en casa?

El chico levantó un poco la cabeza sin llegar a mirar a la mujer.

—¿Cómo quiere que lo sepa? Yo no vivía con Ernest. Solo trabajaba para él.

Agatha asintió con la cabeza.

—Claro, claro. Pero quizá él le hablaba de sus cosas. De sus gustos. De lo que le gustaba leer en el periódico...

John reflexionó un poco:

—A Ernest no le gustaba demasiado leer.

—¿Tampoco libros?

—No, que yo sepa. Tenía un par de libros viejos en su casa. No sé de dónde los habría sacado, pero él no compraba libros. Y el periódico tampoco lo compraba. A veces recogía algunos antiguos.

—¿Y en los últimos tiempos le habló de algo en concreto que le llamara la atención?

John no respondió enseguida. Estaba completamente quieto, mirando hacia delante, hacia un punto remoto de la pared desconchada. De pronto, pareció que sus ojos brillaban bajo la presencia de algún recuerdo. Se mordió el labio, como si quisiera contener las palabras. Finalmente dijo:

—Bueno, no creo que tenga mucha importancia.

—Dígame, por favor.

Sus miradas se encontraron y los ojos de Agatha relucieron llenos de confianza. Quizá fue esa mirada la que animó a John a hablar:

—En las últimas semanas era como si estuviera obsesionado con un crimen.

—¿Con un crimen?

—Sí, un crimen de muchos años atrás. Yo no entendí cómo podía interesarle algo que había pasado hacía tanto tiempo.

—¿Recuerda qué le contaba?

—Decía que una mujer relacionada con ese crimen vivía en Dartmouth.

—¿Quién?

La pregunta surgió clara y vibrante de la boca de Agatha Christie. Había inclinado el cuerpo hacia delante sin darse cuenta.

—No sé. Yo no solía hacerle caso. Ernest hablaba mucho. Demasiado. Y a veces decía cosas raras. Y a mí no me gustan los chismes.

—John, esto puede ser muy importante para usted.

—No entiendo por qué.

—Solo le pido que piense un poco, por favor.

John parecía ser la persona con menos prisa que Agatha había conocido en su vida. Se tomó su tiempo para responder. A ella, el corazón le latía desbocado.

—Creo que dijo que, a pesar de los años que habían

pasado, él tenía claro quién era esa mujer del periódico. Y que, además, había encontrado algo que lo probaba.

—¿Y usted sabía de quién hablaba? ¿O qué era lo que había encontrado?

—No. Ernest se puso muy pesado con ese tema. Yo ya ni lo escuchaba. Tenía otras cosas en las que pensar. En mis propios problemas.

—Una sospecha... Una imagen... —insistió ella.

John se rascó la frente, como si quisiera obligarse a despertar unos recuerdos que hubiera preferido dejar enterrados:

—Pensé que hablaba de Agnes Cowley.

Agatha anotó rápidamente el nombre en la libreta mientras preguntaba:

—¿Por qué? ¿Por qué pensó en... —miró de reojo el nombre que acababa de anotar— en Agnes Cowley?

—Quizá porque es más vieja que el tiempo; tan vieja como aquella historia que le rondaba por la cabeza a Ernest. Y porque si en Dartmouth había una asesina escondida, como él creía, solo podía ser ella.

—¿Por qué dice eso?

—Porque da miedo.

—¿Agnes da miedo?

John se quedó callado y Agatha sospechó que ya no le sacaría nada más. Pero, sorprendentemente, los labios del chico temblaron y se separaron inseguros. Añadió:

—Hacía poco, Ernest me había enviado a arreglarle el tejado, ¿sabe? Allí, en las afueras, en el bosque, donde vive.

Suspiró.

—Todo allí daba miedo: el caserón, Agnes y ese perro rabioso que estuvo a punto de arrancarme una pierna.

El policía se les acercó. El tiempo se había agotado. Hizo que John se levantara y lo condujo hasta la puerta.

La escritora también se puso de pie. Las ideas le hervían en la cabeza. Estaba segura de que John podía ser muchas cosas, pero no era un asesino, por mucho que las circunstancias lo señalaran directamente. Ella sabía un poco de asesinos. Sabía, por ejemplo, que solían presumir de sus actos porque se sentían inteligentes y disfrutaban de la emoción que les provocaba lo que habían hecho. Les encantaba sentirse protagonistas. Ser el centro de atención. El chico que tenía delante, en cambio, no presumía de nada. Estaba medio muerto de miedo. Era una pobre y desgraciada víctima de las circunstancias. Además, caía mal a todo el mundo de buenas a primeras. Eso la reafirmaba en su convicción. Había muchos asesinos a los que la gente encontraba encantadores.

Agatha habría querido decirle muchas cosas a John antes de que se lo llevaran. La entrevista quizá había aportado algún dato interesante, habría que pensar en ello. Pero, sin embargo, se sentía decepcionada y triste. No había logrado despertar la más mínima brizna de esperanza en el corazón del joven. Ni siquiera un leve interés. Todo lo que le hubiera querido decir, todas las palabras de apoyo, parecían atascarse rebeldes en su garganta. Finalmente murmuró:

—Mucha suerte, John.

La voz del chico se volvió más áspera, llena de amargura.

—La vida es muy cruel.

Agatha Christie no podía estar más de acuerdo.

Agatha regresó a Wallingford conduciendo su Morris Cowley. Le encantaba ese viejo coche con un morro en forma de botella. Conducirlo le producía una sensación de libertad inigualable y le ayudaba a pensar, a esclarecer las ideas. Sin embargo, cuando aparcó y abrió la puerta de su casa, seguía teniendo la cabeza tan nublada como el cielo de aquel mediodía gris.

Mientras subía a la habitación para cambiarse, iba dando vueltas a lo que John le había dicho. Ernest le había hablado de alguien relacionado con un crimen antiguo que se escondía supuestamente en Dartmouth. Una mujer, le había contado. Una mujer que, al parecer, el carpintero asesinado había identificado a partir de la foto de un periódico. El mismo diario, no tenía ninguna duda, que Emma Marbury había encontrado en casa del muerto y que destacaba con titulares la detención de Crippen y de su amante.

De forma mecánica, se quitó los pendientes y la pulsera y los guardó en el tocador. La cabeza le hervía. Estaba totalmente concentrada en lo que había leído unos días antes en las notas sobre el crimen Crippen que la eficiente Carlo había rescatado de vete a saber dónde. Según esas notas, Hawley Harvey Crippen era un homeópata y médico estadounidense que había pasado a los anales del crimen por ser el primer asesino de la historia capturado gracias al telégrafo.

«Qué dato tan curioso», se dijo a sí misma poniéndose las zapatillas. Los pies dejaron escapar un suspiro de alivio.

Crippen, sospechoso de haber asesinado y descuartizado a su mujer, una cantante de segunda fila, fue arrestado junto a su amante a bordo del *Montrose*. Aunque se habían disfrazado de padre e hijo, el capitán del barco, Henry G. Kendall, los había reconocido y había enviado un telegrama a las autoridades británicas avisando de que la pareja viajaba a bordo.

Agatha soltó una risita escéptica mientras colgaba el traje de chaqueta en el armario del vestidor y sacaba una prenda más cómoda para estar por casa. Se preguntaba qué mente tan retorcida había podido idear una huida como aquella. De hecho, no dejaba de tener un toque genial y novelesco, aunque no hubiera servido de nada.

El caso era que la pareja de sospechosos fue trasladada a Londres. Sin duda, se habían convertido en el plato del día de la prensa mundial. Siguiendo los periódicos de la época, se podía concluir fácilmente que llegaron a Inglaterra en olor de multitudes, como demostraba la foto del diario que Carlo había encontrado, donde se veía un gran gentío esperando la llegada a Liverpool del doctor Crippen y la misteriosa señorita Le Neve.

«¿Y cómo acabó todo?», se preguntó Agatha repasando sus notas mentales. Crippen fue juzgado, condenado y sentenciado a muerte.

Ethel Le Neve fue declarada no culpable y absuelta.

«No culpable.»

«Absuelta.»

Se repitió en un susurro.

¿Y después?

Carlo la esperaba en la cocina frente a dos tazas de té perfumadas y humeantes. Agatha cogió la suya con las dos manos sin que le pareciera extraña su oportuna presencia sobre la mesa ni pararse a pensar en quién se la había preparado. Tampoco encontró nada extraordinario que Carlo estuviera allí, lista para escuchar sus reflexiones, como si no tuviera otra cosa que hacer en todo el día.

—Carlo, querida, no sé cómo lo haces para adivinar siempre mis deseos.

La secretaria dejó escapar una risita por debajo de la nariz.

—No adivino nada. Simplemente te he visto llegar por la ventana. Tenías pinta de necesitar urgentemente una taza de té.

—Es que no sé si me falla la memoria, pero en las notas que me pasaste no recuerdo haber leído nada sobre Ethel Le Neve después del juicio.

—Esta vez no te falla la memoria, Agatha. No hay nada al respecto.

—Una foto, un artículo... ¿Nada?

Carlo negó con la cabeza.

—¿Podemos entonces decir que, tras el juicio, Ethel Le Neve se desvaneció como el humo?, ¿que desapareció? —preguntó Agatha mirando el fondo de la taza como si allí se escondiese la respuesta que necesitaba.

—Recuerda que yo busco el material y tú llegas a las conclusiones. Siempre lo hemos hecho así —respondió Carlo con ironía.

La escritora le dirigió una mirada inquieta:

—¿Estará viva o estará muerta?

Evidentemente no hubo respuesta. Ninguna de las dos mujeres la tenía. Pero a Agatha su mente racional la llevaba a sopesar la posibilidad de que Ethel estuviera viviendo escondida en algún lugar, con otro nombre, intentando mantener en secreto su auténtica identidad. Era perfectamente posible que Ernest, tras ver la fotografía en el periódico, la hubiese reconocido y tuviera la certeza de que Ethel Le Neve se ocultaba en Dartmouth. También era muy posible que, a pesar de haber sido declarada no culpable, y que por tanto fuese una mujer libre, Le Neve no tuviera ningún interés en que la descubrieran. Y, ya puestos a jugar a las posibilidades, era también probable que eso le hubiese costado la vida a Ernest Head.

Por supuesto, todo eran suposiciones. ¿Quién podría reconocerla a partir de una fotografía publicada en el periódico hacía más de treinta años? Además, era de suponer que Ethel Le Neve tendría mucho cuidado en mantener en secreto su pasado. Agatha llegó a la conclusión de que lo que ella pudiera pensar no tenía importancia. Lo importante era que, por primera vez en todo aquel asunto, parecía haber encontrado un hilo del que empezar a tirar. Un hilo que el propio Ernest Head le había proporcionado a John.

Empezó a cavilar. Si realmente aquella teoría de Ernest era cierta y Ethel estaba viva, ¿cuántos años debía de tener?

—¿Cuántos años crees que tendría ahora Ethel?

Carlo hizo un rápido cálculo mental.

—Más o menos la tuya, Missus. Unos cincuenta largos.

—¡Vaya!

La pregunta que había que hacer ahora era: ¿con cuántas mujeres de esa edad se relacionaba Ernest Head en Dartmouth? ¿Para cuántas había trabajado últimamente? ¿A quién le había recordado esa foto antigua y borrosa del periódico? Además de aquella tal Agnes que John le había mencionado, ¿existían otras posibles candidatas?

Preguntas..., preguntas...

Agatha soltó un contundente suspiro. Pensar siempre resulta agotador.

—Ante un crimen nunca sabemos qué pregunta hacer. Somos como niños que juegan de noche al escondite —murmuró enfadada, levantándose de la mesa.

Pero enseguida el inicio de una sonrisa se le dibujó en los labios. No sabía estar demasiado rato enfadada. Clavó sus ojillos perspicaces en Carlo.

—Gracias, querida.

—¿Por qué, Missus? ¿Por escuchar tus interesantes reflexiones?

—¡Oh, no! No por eso. Por el té, querida Carlo. Por el té.

Las dos se rieron.

—Y ahora necesito escribir una carta.

Agatha se puso manos a la obra enseguida. Era del todo urgente comunicarle a Emma Marbury el resultado de la entrevista con John, aunque quizá omitiría los detalles más deprimentes. El caso es que habían encontrado un hilo del que tirar; un hilo pequeño y quebradizo, y Emma tenía que empezar a tirar de él porque solo ella, desde Dartmouth, podía averiguar qué mujeres se ajustaban al perfil de la fotografía del periódico. Estaba segura de que la chica podía hacerlo. Agatha ya había podido comprobar que era una joven fuerte, llena de confianza en sí misma, vital, cercana y segura a la hora de enfrentarse a una tarea peligrosa. Sin duda, pensó, estaba preparada para hacer lo que le pediría.

Para ella misma se reservaba otro trabajo: tenía que averiguar todo lo que pudiera sobre Ethel Le Neve. Cualquier cosa que descubriera de ella podía ser muy valiosa para ir deshaciendo las sombras que ocultaban su rastro.

Agatha comenzó a escribir. Se sentía satisfecha de

haber empezado a avanzar, aunque solo fuera un poco, en ese laberinto del crimen de Ernest Head en Dartmouth. Pero quedaba mucho trabajo por hacer y el tiempo corría en su contra.

> Debe tener más cuidado que nunca, querida señorita Marbury. Nos enfrentamos a un personaje desconocido. Está en la oscuridad y quiere seguir escondido. Cuando alguien ha cometido un crimen, no se arruga si tiene que cometer otro. Resulta terriblemente fácil matar a alguien. Y, entonces, el criminal empieza a pensar que no tiene importancia.

# La ayudante

Las campanillas de la puerta de The Blue House resonaron alegres. A Emma le encantaba aquella melodía, y, sobre todo, le encantaba que sonaran tan a menudo. Las fiestas navideñas habían revitalizado el negocio; las ventas habían aumentado y, aunque era cierto que a nivel general la economía en plena posguerra pasaba por momentos muy delicados, también lo era que el recuerdo de las miserias vividas durante la guerra iba quedando atrás. La gente volvía a tener ganas de celebrar la vida y todas las cosas que habían quedado enterradas bajo una capa gris y polvorienta de miedo y miseria. Como escombros de otra existencia.

El espíritu navideño regresaba después de aquellos años horribles. Ciertamente, las calles todavía no habían recuperado los colores y la alegría de antes, pero la luz de los recuerdos felices calentaba de nuevo los corazones de la gente. Quien más quien menos tenía a alguien que ya no volvería a sentarse a la mesa: los que habían quedado sepultados en los campos de batalla o los que habían desaparecido bajo los edificios destruidos; pero la propia nostalgia de los tiempos pasados les hacía disfrutar de quienes todavía estaban allí. De los vivos. Volvían a encenderse las luces de los árboles navideños y a sus pies se dejaban algunos obsequios. No importaba el qué, sino el cómo. Y por eso Emma había vendido más libros que nunca. Y también postales, libretas, lápices y todo tipo de bagatelas con las que había ido ampliando la oferta comercial de cara a las fiestas. Y lo mejor era que, una vez pasada la Navidad, algunos de los nuevos clientes ocasionales que habían entrado en la tienda aquellos días tan especiales habían continuado frecuentándola e incluso habían atraído a nuevos compradores. Por todo ello, The Blue House empezaba a tener un volumen de trabajo que permitía a Emma afrontar el futuro con algo más de optimismo.

Betty entró en la tienda con media cara tapada con una bufanda, pero con los ojos relucientes y llenos de alegres chispas.

Llevaba un par de semanas trabajando en The Blue House a tiempo completo. En cuanto Emma se había dado cuenta de que el trabajo se le acumulaba tanto dentro como fuera de la librería, ya que cada vez había más lotes por repartir, había pensado en la necesidad de contar con la ayuda de alguien joven y despierto que realizara el reparto, así ella podría dedicarse de lleno al trabajo de la tienda. Así pues, le había propuesto a Betty que se encargara de entregar los lotes de libros una o dos veces por semana. La chica había aceptado el trabajo enseguida entre grandes muestras de agradecimiento.

Había sido una grata sorpresa para Emma comprobar que, a pesar de su juventud, la jovencita tenía una gran capacidad de trabajo y que, aunque ella no se lo pidiera, a menudo se quedaba en la tienda y se ponía a limpiar o a arreglar el escaparate. Su compañía le resultaba tan agradable que llegó un momento en que ya no pudo imaginarse el trabajo diario en The Blue House sin la alegre cháchara de Betty, sin sus ideas geniales, sin sus pecas o sin sus delantales de colores. Era muy divertido trabajar con ella. Por eso la había acabado contratando como auxiliar fija.

—¿Le parece que arregle el rincón de los libros juveniles, señorita Marbury? Han llegado bastantes novedades.

Emma, que estaba leyendo *Retorno a Brideshead*, de Evelyn Waugh, una novela aparecida en 1945 y de la que acababa de llegar una nueva edición a la librería, abandonó los paisajes a los que la lectura la había hecho viajar y se quedó mirando a Betty, que en ese momento se ataba el lazo trasero del delantal con corpiño que cubría su ropa de calle. Se había dejado puesta la gruesa chaqueta de lana porque la viejísima estufa de queroseno Hibbard Spencer que Emma había heredado de la tía Penn, junto con otras antiguallas que había esparcidas por la librería, no era suficientemente potente para combatir el frío que se colaba por cada rincón; eso por no hablar del hedor tan desagradable que desprendía y que acababa por marearlas. La jovencita había cambiado los guantes de lana de calle por unas manoplas que le dejaban los dedos libres para poder trabajar cómodamente y miraba ahora a Emma esperando su respuesta. Como esta no llegaba, la chica colocó los brazos en jarras sobre la cintura y añadió:

—¿O acaso hoy he de ir a repartir encargos?

Emma colocó el punto de libro en la página que estaba leyendo.

—No, no... La primera idea me parece genial, Betty. Además...

Betty frunció el ceño. A veces Emma era un poco lenta en su manera de hablar y de transmitirle las órdenes, y eso, a ella, que era aguda y de respuestas rápidas, la ponía nerviosa.

—¿Además?

Emma, que se había levantado, había cerrado el libro y lo había dejado sobre el mostrador, fue hacia la trastienda mientras anunciaba:

—Hoy te quedarás sola un rato. Tengo que salir.

Las pecas de las mejillas de Betty sonrieron traviesas. Aquello era toda una novedad. La librera nunca la había dejado sola al frente de la librería y no acababa de entender el motivo de ese cambio, pero prefería no hacer preguntas. Quedarse sola, como dueña y señora del negocio, era una perspectiva de lo más emocionante.

Emma se abrigó, cogió la última carta de Agatha Christie y la guardó en el bolso junto con la libreta negra donde lo apuntaba todo. Salió a la calle preguntándose el porqué de aquella sonrisa de oreja a oreja de Betty.

Pronto la alegre imagen de la chica fue sustituida por la de John. ¡Oh!, cómo le dolían la tristeza en los ojos y la desesperanza en el alma que la señora Christie le describía en la carta. Hubiera dado cualquier cosa por haber estado presente en aquella entrevista en la cárcel. Para ver a John, para hablar con él, para consolarlo, para decirle en persona que estaban trabajando para demostrar su inocencia. Pero eso no podía ser. No podía visitar al joven en prisión y tampoco le quedaba el consuelo de tener contacto con él a través de la correspondencia, ya que John se había negado a recibir cartas de nadie. En cambio, según Agatha Christie le comunicaba, había otras cosas que ella podía hacer por el chico. Por eso ahora se dirigía a The Cherub Inn.

El local estaba bastante tranquilo, sumido en el dulce sopor de después del turno de las comidas. Daisy secaba vasos detrás de la barra y, al ver entrar a Emma, el rostro se le animó con una sonrisa, y los ojos, socarrones y burlones, le señalaron un rincón donde la señora McGregor daba cabezadas delante de una taza de café vacía. Emma se acercó a ella mientras devolvía un gesto de asentimiento a la chica y constataba una vez más la diferencia de caracteres entre las dos hermanas: la dulce Betty, y Daisy, la entrometida.

—¿Molesto? —preguntó suavemente para no asustar a la hostelera, que al oír la voz de la muchacha irguió la cabeza en un intento por sacudirse el sueño de encima.

—¡Claro que no! Solo había cerrado los ojos porque estaba repasando mentalmente los menús para mañana. Enseguida tendremos que ponernos con las cenas y ya no habrá tiempo para nada más. Este trabajo, créame, señorita Emma, es un no parar. Pero qué voy a contarle a usted, que también tiene un negocio...

La mujer dibujó una sonrisa, liberada ya del sueño.

—Siéntese, siéntese, hijita.

Emma lo hizo. Como surgida de la nada, una taza de café aterrizó frente a ella. Emma aspiró su aroma con deleite. Era café de verdad, como el de antes de la guerra.

—A estas horas, mejor café que té, ¿no cree? —preguntó Daisy sin esperar respuesta, y se quedó de pie y de brazos cruzados junto a la mesa que ocupaban las dos mujeres.

—¿Has terminado el trabajo, Daisy? Porque seguro que se me ocurren un millar de cosas más que podrías hacer —soltó la señora McGregor con voz y mirada de reproche.

Daisy se dio la vuelta murmurando improperios por debajo de la nariz.

—¡No entiendo qué dices, Daisy!

—¡Nada! No es nada, señora McGregor.

La mujer la miró de reojo con desaprobación, irritada todavía por la interrupción y por el comportamiento descarado de la chica.

—¡Qué moza! —se quejó—. Es un culo inquieto y una cotilla. ¡Todo el día con la nariz metida en todas partes!

Se quedó en silencio, como si estuviera pensando.

—No sé qué haré de ella. Espero que Betty tenga un talante más dócil y no le dé ningún problema en la librería, querida señorita.

—¡Oh, no hay que preocuparse por eso! —respondió Emma mientras empezaba a saborear aquel delicioso café que la hostelera conseguía en el mercado negro—. Betty es un encanto. Estoy muy contenta con ella.

—Créame que lo celebro.

Se hizo un silencio que la librera aprovechó para acabar de pensar en cómo conducir la conversación. La señora McGregor no podía sospechar de ningún modo lo que se traía entre manos. El hostal era un nido de cotilleos y, por mucho afecto que sintiese hacia la hostalera, sabía que ella era el cerebro de aquella red de rumores que cubría Dartmouth de extremo a extremo y se extendía hasta la otra orilla del río. Lo que le dijera a la señora McGregor sería de dominio público al cabo de una hora y media, a mucho tardar.

—¿Y a qué se debe que haya venido a estas horas? ¿No debería estar en la librería?

—Una vez más he pensado que sus profundos conocimientos sobre Dartmouth y sus habitantes podrían serme de mucha utilidad, señora McGregor.

A la mujer se le iluminaron los ojos.

—En todo lo que yo pueda ayudarla humildemente...

—¿La señora Carpenter...?

—¿Qué ocurre con la señora Carpenter? —la interrumpió Angela McGregor con un repentino interés.

—Según usted misma me ha dicho alguna vez, no es de por aquí, ¿verdad?

—¡Oh, no! Ella nació en Londres. Vino aquí para casarse. Y no crea que lo hizo joven. Cuando se casó ya pasaba de los treinta y se acercaba a los cuarenta, porque Andrew Carpenter se había quedado viudo...

—¿Y cuántos años cree que tiene? —la interrumpió Emma, reconduciendo la conversación hacia lo que realmente le interesaba.

—¿Quién? ¿May Carpenter?

—Sí.

—Somos del mismo año. Tenemos cincuenta y seis las dos. Claro que ella, la pobre, aparenta más —afirmó irguiendo la cabeza con un gesto de orgullo.

—¡Por supuesto! —la encomió Emma tomando aire e impulso para continuar—: Y usted debe de conocer a más señoras de Dartmouth de su edad, ¿verdad? Quiero decir año arriba, año abajo.

—¡Claro! Está Cinthya Halloway, Rosemary...

—Rosemary murió el año pasado —puntualizó Daisy desde detrás de la barra, secando los vasos parsimoniosamente y sin dejar de prestar oídos a la conversación.

—Gracias, Daisy. No sé dónde tengo la cabeza. Es cierto que la pobre Rosemary ya no está entre nosotros.

Angela McGregor hizo una pausa. A Emma le pareció que susurraba una oración. Luego continuó con su recuento:

—Anne Reynolds, Mary O'Hara. Ah, sí, claro, también Agnes Cowley tiene mi edad, aunque parezca una vieja chiflada.

—Usted debe de conocerlas a todas desde la infancia, ¿no? Incluso iban juntas a la escuela.

—No crea. Como le he dicho, May Carpenter vive en Kingswear desde su boda. Y en cuanto a Agnes, bueno, ya nadie recuerda los años que lleva en el caserón del bosque, pero lo que es seguro es que no nació en Dartmouth.

La hostelera frunció las cejas. Intentaba acordarse de algo.

—Que me maten si puedo recordar de dónde venía.

—¡Del infierno!

—¡Oh, calla, Daisy!

Emma intervino antes de que la dueña y la camarera se enredaran en una nueva discusión.

—Entonces, May Carpenter y Agnes Cowley no han nacido aquí. ¿Y usted no recuerda ninguna otra señora de esa edad venida de fuera?

A Angela McGregor se le afiló la nariz. Se quedó mirando a Emma, concentrada. Se olía que esa especie de interrogatorio escondía algo interesante y no estaba dispuesta a responder nada más si no se le informaba debidamente de lo que estaba pasando y de a qué venían tantas preguntas. A ella le gustaba más preguntar que responder. Siempre presumía de estar bien informada.

—¿Y todo esto? ¿Todas estas preguntas? —dijo aspaventosa.

—¡Oh, claro! Tendría que habérselo dicho. Me he

dado cuenta de que cuando hago los lotes de libros debo prestar mucha atención a la edad y la procedencia de los lectores. Y también si quienes van a recibirlos son hombres o mujeres. Por ejemplo, May Carpenter, al ser mujer, mayor de cincuenta años y provenir de Londres no lee las mismas cosas que la esposa del médico, que es mucho más joven, por poner un ejemplo.

—¡Es que la esposa del médico no lee! —intervino Daisy, que, como no soportaba que la ignoraran durante demasiado rato, ya se había olvidado de los vasos, se había acercado a la mesa y había ocupado su lugar en la conversación.

—Conocer la edad y la procedencia de mis clientes podría ayudarme mucho, ¿entiende? —dijo Emma con toda la naturalidad de la que fue capaz, mientras sacaba el cuadernillo negro de la bolsa y empezaba a anotar los nombres de May y de Agnes.

—¡Supongo que la bruja de Agnes tampoco tendrá mucho interés en los libros, señorita Marbury! Solo de pensarlo me dan ganas de reír.

—Daisy, no seas descarada.

La joven abrió mucho los ojos y se dirigió a Emma:

—¿Tengo razón o no? ¿Acaso es cliente suya?

Emma no pudo reprimir el escalofrío que sentía cuando pensaba en aquella mujer.

—Seguro que Ernest Head había trabajado para todas ellas, ¿no? —dejó caer la librera como quien no quiere la cosa, y suspiró teatralmente—. Me estremece pensar que tal vez había estado trabajando en casa de alguna de esas señoras cuando lo asesinaron.

—¿Eso también es importante para vender libros? —dijo con desconfianza la hostelera.

—No, yo...

Emma dejó colgada la frase mientras pensaba alguna respuesta convincente. Afortunadamente, la señora McGregor ya había empezado a responder:

—Ernest había trabajado mucho en la casita rosa de los Carpenter. Es tan grande que siempre faltan manos.

—Hace tiempo le arregló el tejado a Agnes —afirmó Daisy—. Pero el último trabajo que hizo, ¿no se acuerda, jefa?, fue en casa de la señora Price.

La señora McGregor y Emma se quedaron mirando a la chica con admiración. Parecía una enciclopedia.

—Daisy tiene razón —afirmó la mujer con un deje de frustración en la voz. A este paso, Daisy pronto la desbancaría como principal fuente de información de Dartmouth.

—La señora Price también es vieja.

La hostelera fulminó a la camarera con la mirada.

—Quiero decir que tiene cincuenta y muchos. Y también es de fuera. Mi madre fue a hacer faenas a su casa y dice que es una mujer muy fina y que ha viajado mucho.

—Barbara Price, ¿no? Nunca la he visto personalmente. Desde hace poco le llevamos lotes de libros, pero siempre va Betty.

—Es una viuda rica que vive en una casa muy grande y muy bonita.

Emma escribió el nombre de Barbara Price en la libreta. Hábilmente, desvió la conversación hacia el Té Literario que celebrarían el domingo siguiente para distraer la atención de Angela McGregor y de la espabilada Daisy.

Al salir del hostal tenía tres nombres por los que empezar a tirar de aquel hilo que la señora Christie le había tendido. En efecto, Barbara Price, May Carpenter y Agnes Cowley parecían cumplir las condiciones que la escritora le había señalado: tenían la edad precisa para ser Ethel, habían llegado a Dartmouth cuando ya eran adultas y Ernest Head había trabajado para ellas y, por tanto, las conocía bien.

Emma estaba segura de que buscaban una aguja en un pajar. Pero enseguida levantó la barbilla con aire desafiante. Últimamente se crecía ante las dificultades. Al menos, había una persona que compartía con ella la creencia en que John no era culpable. Una gran mujer: ¡Agatha Christie! Iría hasta el infierno si ella le insinuaba que era allí donde podría encontrar la manera de salvar a John.

# Visitas

—¡Es un abuso! Esto no pasa en ningún otro tipo de negocio. No hay nadie que coja las manzanas de la frutería, las manosee por todas partes, incluso les dé un bocado para probarlas y luego las devuelva a la caja —exclamó Betty airada, con esa voz aguda que aún no había abandonado del todo la infancia, mientras sus manos, que parecían tener vida propia, se movían deprisa sacando libros de los estantes, recogiendo los que se habían caído, cerrando los cajones abiertos y abriendo los cerrados.

Emma sonrió por debajo de la nariz. La experiencia de quedarse sola en la librería había hecho aflorar el sentido de observación de la chica, si bien parecía no acabar de entender las diferencias lógicas entre una frutería y una librería.

—Hojear forma parte de la tradición de una librería.

Betty detuvo en seco su actividad.

—¿Y comprar no? —respondió rápidamente, llena de un particular sentido común—. Esto parece más un museo que una librería, con tanta gente paseando y mirando los libros. Yo no respiro hasta que alguien escoge uno y se lo lleva.

—Solo esperan encontrar un libro que les guste, Betty.

Al terminar de pronunciar estas palabras, Emma miró a la chica con ojos inquisidores. Una idea bastante preocupante acababa de atravesar su mente:

—No se te habrá ocurrido perseguir a los clientes para obligarlos a comprar, ¿verdad?

Las mejillas de la chica enrojecieron y pareció que las pecas quisieran huirle de la cara.

—¿Yooo? ¡Pobre de mí!

—¿Pobre de ti? Si serías capaz de convencer a un ángel de que abandonara el cielo.

Betty quiso responder algo, pero, extrañamente en ella, las palabras se le murieron en la garganta. Emma no pudo reprimir por más rato la carcajada que le nacía dentro. La soltó y, al instante, las dos estaban partiéndose de risa.

Aquella tarde, Emma salió a repartir los lotes de libros personalmente, no sin advertir a Betty de que se portara bien en su ausencia y se abstuviera de perseguir a los clientes con una escoba para obligarlos a comprar un libro.

Había elegido cuidadosamente a las clientas que visitaría: May Carpenter y Barbara Price. Después, se acercaría hasta la casa fantasmal donde vivía Agnes Cowley. Debía hablar con ella a pesar del miedo y la desconfianza que le provocaba. Del mismo modo, debía hablar también con May y Barbara porque era importante averiguar qué relación habían tenido con el carpintero asesinado. Podía ser, según la teoría de la señora Christie, que una de ellas le hubiera recordado a Head a la mujer de la fotografía del periódico.

Agatha Christie se sentiría orgullosa de ella si la viera por un agujero. Con la cabeza alta, la autoestima más alta todavía y cargando los lotes por repartir, Emma se dirigió al embarcadero para tomar el transbordador hacia Kingswear. La primera parada sería la casita rosa de los Carpenter.

A pesar del frío invernal, Emma llegó resoplando a la colina en la que se alzaba la mansión de los Carpenter, a las afueras de Kingswear. Al verla de nuevo, la joven recordó la impresión que había tenido la primera vez que había ido allí a llevar libros cuando acababa de abrir la librería. Al descubrir la magnificencia de aquel caserón había entendido un poco más la prepotencia y acritud en el trato del señor Carpenter. Era, había pensado entonces, uno de esos terratenientes, tan habituales en el campo inglés, que pensaba más en los caballos que en los seres humanos.

La librera tomó el caminito que llevaba a la casa, custodiado por parterres durmientes que florecerían ufanos cuando regresara la primavera. En el extremo del camino había una plazoleta redonda, con un banco y un pequeño estanque cuya agua se había convertido en hielo. Acercándose a la puerta principal, Emma recordó que nunca había visto a May Carpenter en persona. Siempre que había ido a entregar los lotes la había recibido el señor Carpenter, y ella ni siquiera se había atrevido a volver a preguntarle si podía ver a su esposa. Ahora rezaba para que el dueño de la casa no estuviera. Eso quizá le facilitaría conseguir el objetivo de hablar con May cara a cara.

Fue una suerte que, efectivamente, el señor Carpenter se encontrara ausente. Pero la suerte acabó ahí. Arlena Greer, la joven sobrina de los Carpenter, vestida y maquillada como si estuviera a punto de salir para asistir a una recepción, recibió a la librera en la puerta del caserón con un aire desdeñoso que dejaba a las claras el engorro que le causaba. Sin invitarla a pasar más allá del vestíbulo, le arrancó, como quien dice, el paquete de libros de las manos con la intención de perderla de vista lo antes posible.

Emma había oído hablar de Arlena. Daisy decía que era una joven muy hermosa pero patética. Ella no se había parado a pensar a qué se refería con ese calificativo. A menudo las palabras bailaban alegremente por los labios de la jovencita y perdían su sentido. Pero debía reconocer que, al menos esta vez, Daisy había acertado, porque la señorita Greer, que poseía una belleza espléndida, transmitía a quien la observaba una imagen infinitamente fría y lejana. Tal vez se debiera a su actitud arrogante y distante, que recordaba en cierta manera a la del señor Carpenter, su tío.

Emma le tendió el recibo de entrega a Arlena para que lo firmara. Debía aprovechar esos segundos de margen para tratar de conseguir su propósito. Por eso dijo, mostrando una seguridad que ni de lejos sentía:

—Me gustaría hablar con su tía de algunas novedades que acaban de llegar. Quizá le interesaría que las incluyera en el lote siguiente.

La chica levantó la cabeza del recibo y se la quedó mirando con extrañeza.

—Está descansando —respondió finalmente en un tono glacial mientras le devolvía el papel y se cruzaba de brazos, como si el desconocimiento de Emma sobre las costumbres de su tía fuera una prueba de profunda ignorancia.

—Quizá podría esperarme un poco... o volver más tarde.

Arlena frunció el ceño enojada. Habló con una voz que parecía más bien un gruñido.

—Creo que no me ha entendido, señorita... como se llame.

Emma ya había llegado a la conclusión de que aquella joven no poseía el don de provocar algún tipo de afecto en los demás. Estuvo a punto de soltarle la respuesta que merecía. Pero se mordió la lengua e intentó hablar con calma y tranquilidad. No podía permitirse ponerse al mismo nivel de Arlena.

—La he entendido perfectamente, señorita Greer. Soy librera y solo pretendo servir a mis clientes lo mejor posible. Y mi clienta es la señora Carpenter. Por eso me gustaría hablar con ella de sus preferencias.

—Oh, no hace falta que se preocupe. Si ese es el problema, puede irse tranquila. Mi tía se lee todo lo que usted le trae. Sea lo que sea. De hecho, no hace otra cosa. Leer y leer. Eso, por supuesto, cuando no se está quejando. Como puede ver, aquí llevamos una vida extremadamente entretenida.

El tono de Arlena se había vuelto amargo. Emma percibió la oleada de inquietud que atravesaba su mirada. Pensó que debía aprovecharlo.

—Creo que el carpintero asesinado en Dartmouth había trabajado para ustedes, ¿no?

—¿A qué viene esto ahora?

—¡Un crimen en Dartmouth! Eso no ocurre todos los días. Era pura curiosidad.

La sobrina de los Carpenter alzó la voz, desafiante. Sus ojos volvían a destellear llenos de desprecio.

—Esta es una casa grande, hay gente trabajando arriba y abajo constantemente. Como se puede imaginar, no suelo confraternizar con ellos —escupió la chica empujando a Emma hacia fuera y cerrándole la puerta en las narices.

El portazo la hizo retroceder. Empezó a desandar

el camino que llevaba hasta la puerta de hierro de la entrada arrastrando un sentimiento de impotencia. Estaba enfadada por el trato recibido, y llevaba clavadas en su interior las respuestas que le hubiera gustado soltarle a la maleducada de Arlena Greer. ¿Cómo podía ser —se preguntaba— que alguien que vivía una vida cómoda y sin problemas llegara a tener un comportamiento tan aborrecible? Pensó que aquella joven era una persona turbulenta y para nada feliz. Seguramente, sus emociones habían desaparecido por la falta de práctica.

Pero el problema de Emma no era Arlena Greer. El problema era su propia torpeza. Había mostrado una gran ineptitud a la hora de enfocar la situación. La acritud de aquella chica la había sublevado y había perdido los papeles. No le había hecho las preguntas adecuadas y había dejado pasar la oportunidad de hablar con May Carpenter; y ni siquiera había averiguado si Ernest había puesto los pies en aquella casa.

¿En qué momento se había creído que podría actuar como Hercule Poirot?

Barbara Price vivía en Dartmouth, en una gran casa de construcción bastante moderna, de tejado cuadrado y con muchas ventanas, cercana al parque que daba al río. Se llegaba a ella por una larga avenida cubierta de hierba. Emma cruzó y accedió a los escalones que conducían a la puerta de entrada. Llamó al timbre y enseguida acudió a abrir una mujer de unos sesenta años, de pelo gris recogido en la nuca en un pequeño moño, frente prominente y mentón ávido. Vestía un uniforme negro con cuello blanco de puntas. La mujer miró intensamente a Emma, que estaba de pie en la puerta con el paquete de libros en los brazos. A la chica le pareció ver un brillo hostil en aquellos ojos.

—¿Qué desea? —preguntó con una voz potente y a la vez fría como el acero que a Emma le produjo un escalofrío.

—Vengo a entregar el lote de libros a la señora Price.

—¿Quién es usted? Siempre los trae la hija de la viuda Williams.

—Ay, perdone, qué mala educación la mía. No me he presentado. Soy Emma Marbury, la librera de The Blue House. Tenía que hacer unos encargos por el pueblo y he pensado que pasaría yo misma a traerle los libros a la señora Price. Me gusta conocer a mis clientes.

—¿Quiere conocer a la señora Price?

La expresión glacial del rostro de la mujer se acentuó aún más. Emma tenía la boca seca como el yeso. Ya preveía un nuevo fracaso.

—Sí, me gustaría.

Una nueva voz, mucho más agradable y dulce, se unió a la conversación, si es que a eso se le podía llamar conversación, claro.

—¿Quién es, Ursula?

—La librera —respondió esta, sin abandonar su ademán severo, mientras daba un par de pasos al lado.

Y entonces Emma pudo ver a la dueña de aquella voz. Era una mujer pequeña y de apariencia frágil. Lo que más llamaba la atención en ella era el cabello blanco y abundante, que llevaba cortado por encima de los hombros. También tenía la piel muy blanca, como de porcelana. Le sonreía amable mirándola con unos ojos grandes, oscuros y serenos. Emma pensó que de joven habría sido una mujer excepcionalmente hermosa.

—¡Oh, querida! No sabe las ganas que tenía de conocerla personalmente, ¿verdad, Ursula? Pero pase, pase, ¿qué hace ahí en la puerta?

Ursula se apartó por completo para dejar entrar a Emma, que pudo adivinar en la pose de aquella la incomodidad que sentía. La chica siguió a la señora Price por un pasillo largo y ancho de techos altos y suelo de madera. Dentro, la casa tenía el encanto de la sencillez que solo el buen gusto puede proporcionar.

Se detuvieron ante una puerta cerrada que Ursula se apresuró a abrir. Detrás se escondía una sala iluminada con la luz tenue y muy delicada de varias lámparas de pie.

Emma se había quedado quieta delante de la puerta y miraba hacia el interior con precaución, como si se estuviera asomando a un precipicio.

—Adelante, querida. No sea tímida —le dijo Barbara Price, invitándola a entrar.

Aquel era un salón muy propio de una dama, pensó Emma una vez dentro. Era evidente que la señora Price sentía debilidad por lo bello. La habitación era grande y estaba amueblada con pocos muebles pero bien elegidos: un tresillo de brocado y un sillón orejero, además de un buró y una mesa de escritorio. En ella destacaban piezas de porcelana antigua de calidad y varios grabados de buen gusto.

A una indicación de la dueña de la casa, Emma se sentó en el tresillo, mientras la mujer, sin dejar de sonreír, ocupaba un sillón frente a ella. El rugido de un coche se coló por la ventana, que quedaba oculta por las cortinas echadas. La joven tuvo la impresión de que el mundo, con sus ruidos, su frío invernal y todas sus pequeñas y grandes miserias, quedaba fuera de aquella casa y de la vida de Barbara Price.

Ursula salió de la sala y regresó al poco con un servicio completo de té. Lo sirvió y se quedó de pie detrás de la señora.

—Disculpe que no le ofrezca ninguna gollería. Ya sabe cómo cuesta encontrar harina para hacer dulces, y ni Ursula ni yo somos demasiado aficionadas.

Tras decir esto, Barbara Price pasó a comentar los libros que la chica le había traído en el nuevo lote que ahora examinaba con cuidado. Emma, seducida por la conversación agradable y sugestiva de la dama, tuvo que hacer un esfuerzo por recordar lo que la había llevado hasta allí. La experiencia que había tenido con Arlena Greer en Kingswear todavía le corroía por dentro, pero intentó serenarse y, tragándose todos sus miedos, dijo:

—No sé si a usted le gusta la novela negra, señora Price. En cualquier caso, no he incluido ninguna en este nuevo lote. He pensado que después de los hechos ocurridos en el pueblo estamos todos un poco sensibilizados y quizá no era oportuno.

Ursula movió la cabeza y clavó en Emma una mirada gélida. La señora Price, con gran tranquilidad, se alisó los pliegues de la falda de un color gris suave con una mano y, después, la llevó hasta las perlas del collar, que empezó a acariciar distraídamente.

—Sí, qué hechos tan desafortunados.

—Dígame, ¿acaso conocía a Ernest Head?

La mujer se acercó la taza de té a los labios en una exhibición de buenos modales. Luego la volvió a dejar con suavidad sobre el platillo.

—Había venido a hacernos algunas cosillas, ¿verdad, Ursula?

El ama de llaves asintió con la cabeza.

—Nos hizo un mueble con cajones para la biblioteca, bastante aceptable tratándose de un carpintero de pueblo —añadió Barbara.

Emma continuó tirando del hilo mientras tomaba el té.

—¿Y a su ayudante, al que han condenado, lo conocía?

—¿Lo conocíamos, Ursula?

De nuevo un asentimiento de cabeza.

—Ya lo ve, lo conocíamos. Quién nos hubiera dicho que...

Los ojos de Barbara Price se quedaron mirando al vacío.

—Son unos hechos muy tristes. Me apena que algo así haya ocurrido en Dartmouth, un lugar tan pacífico. Tan idílico.

La señora Price había pronunciado estas palabras mientras se levantaba e invitaba a Emma a hacer lo mismo. Al parecer, la reunión había terminado.

—Me ha alegrado mucho conocerla, querida señorita Marbury. Ha sido una conversación francamente agradable. Ursula la acompañará a la puerta.

El ama de llaves obedeció en silencio. Parecía totalmente concentrada en sus pensamientos mientras acompañaba a la librera a la puerta y se despedía de ella.

La chica salió de la casa y empezó a alejarse por la larga avenida. Unas hojas doradas, pequeñas como monedas, revoloteaban por el camino agitadas por el viento. Iba pensando en lo sucedido allí dentro. Barbara Price era una mujer fascinante. Parecía inteligente y culta, y era muy agradable. Pero resultaba muy difícil adivinar lo que le pasaba por la cabeza bajo esa capa de cordialidad. Parecía algo extraña. Y Ursula era extraña del todo. Había algo en ella, algo inaccesible, que le molestaba profundamente.

Mientras se alzaba el cuello del abrigo para protegerse del viento frío que se empezaba a levantar, la chica se preguntó si la visita había arrojado algo de luz al misterio del asesinato de Ernest Head. Debía admitir que no. Barbara Price se había mostrado atenta con ella. De hecho, le había corroborado que conocía a Ernest. Pero eso ya lo sabía. Se lo había dicho Daisy. Por tanto, no había avanzado ni medio paso.

¿En qué punto se encontraba? Sin duda, en el mismo que al principio. ¿Serviría de algo visitar a la extraña Agnes Cowley? Estaba segura de que tampoco, pero un rígido principio del deber guio sus pasos hacia las afueras de Dartmouth, donde vivía la mujer.

El final de la tarde era desapacible y ventoso. Se anunciaba otra noche fría.

Emma fue dejando atrás las casas del pueblo, que eran sustituidas por las copas de los árboles de los bosquecillos circundantes. Las luces laterales de un vehículo que pasaba por la carreterita los iluminó y ella se sintió acompañada durante esos breves segundos. Dudó de si dar media vuelta; pronto oscurecería. Pero siguió avanzando hasta que vio la casa medio escondida detrás de los árboles, que se agitaban bajo el viento inclemente del atardecer; parecía especialmente inhóspita. Dejó la carretera y bajó por el pequeño camino que se abría paso a través del bosque. Se fue acercando, pero manteniendo una distancia prudencial.

Las últimas luces del día iluminaban débilmente el caserón de Agnes Cowley, con las paredes de madera de un color gris fantasmal descolorido por el sol. Algunos cristales estaban rotos y parcheados con trapos. Lo que había sido el jardín era una maraña de ortigas y malas hierbas. La valla estaba caída, y la portezuela de entrada colgaba entre dos palos.

Emma avanzó unos pasos mientras el corazón le latía con fuerza. No quería dejarse llevar por lo que la gente del pueblo decía de aquella mujer. Tampoco por lo que su corazón le decía en ese momento. Tenía que hablar con Agnes Cowley. Pero entonces un ladrido infernal la dejó clavada en el suelo. Sin poder contenerse más, la chica dio media vuelta y echó a correr hasta que la casa, a sus espaldas, empezó a difuminarse. Y, finalmente, desapareció.

Al llegar a su casa después de cerrar la librería, Emma se fue a su habitación y se dejó caer sobre la cama. Sentía un ahogo en el pecho, y se le mezclaban las ganas de llorar con la necesidad de gritar.

Se sentía derrotada.

¡No! Es que estaba derrotada.

¿Qué había conseguido con esa especie de caricatura de investigadora de novela policíaca de tercera?

Se incorporó, cogió un pañuelo de la mesita de noche, se mocó y se enjugó los ojos. Esa reacción tampoco le servía de mucho. Con la espalda apoyada en las almohadas, Emma intentó hacer un balance más objetivo de lo que sabían hasta ahora.

En primer lugar, tenían a la víctima, Ernest Head, un humilde carpintero de pueblo que conservaba entre sus cosas un recorte de periódico en el que se describía la detención de unos criminales en alta mar; la del doctor Crippen y su amante y cómplice, Ethel Le Neve.

John, acusado injustamente del asesinato de Ernest, había comentado a la señora Christie que la foto de Ethel Le Neve había hecho volar la imaginación del carpintero, que afirmaba tener pruebas de que aquella mujer vivía en Dartmouth.

Agatha Christie había agarrado ese hilo y había empezado a tirar de él aplicando la misma lógica que empleaba en sus novelas. Había calculado que la mujer del periódico tendría ahora unos cincuenta años largos. Continuando con sus suposiciones, pensaba que esta mujer y la víctima podían haber coincidido por cuestiones del trabajo de él, ya que Ernest no tenía una vida social demasiado intensa. Probablemente, el carpintero había realizado algún trabajo en casa de la mujer y la había relacionado con la que aparecía en el periódico, en una foto borrosa de hacía más de treinta años.

Y ahora venía la mejor parte del asunto. La señora Christie le había encargado que investigara para qué mujeres de más de cincuenta años y que no fueran originarias de Dartmouth o de los alrededores había trabajado Ernest poco antes de morir.

Entonces ella —llegados a este punto, le volvieron a entrar ganas de llorar—, con la ayuda inestimable de la señora McGregor y de Daisy, había reducido la posible lista a tres personas: May Carpenter, Barbara Price y Agnes Cowley.

A la primera ni la había podido ver.

La segunda no le había dicho nada interesante.

De la tercera había huido.

Emma todavía se quedaría un buen rato tumbada en la cama, desvelada, alimentando un lamentable sentimiento de compasión hacia sí misma y su incompetencia. Finalmente, la barriga le rugió, de modo que se levantó y, arrugando la frente y sacudiendo la cabeza en un gesto de desesperada negación, fue a prepararse la cena. Mientras cenaba cogió pluma y papel. Tenía que tragarse el orgullo. No todas las misiones triunfan al primer intento. Debía decirle a Agatha Christie lo que había averiguado. O, mejor dicho, debía confesarle que no había averiguado nada.

Un fogonazo de rabia brillaba en sus ojos cuando se apoyó en la mesa y empezó a escribir:

Apreciada señora Christie...

# Tercera parte

Si los hechos no cuadran con la teoría, abandonemos la teoría.

AGATHA CHRISTIE,
*El misterioso caso de Styles*

# No culpable

El pueblo duerme en silencio. La pluma descansa en mi mano inmóvil, sin atreverse a romper la blancura inmaculada del papel. Desde el jardín, que reposa en medio de una profunda oscuridad, me llega el leve susurro de las ramas. Imagino la luz de la luna, hoy tan llena, tan redonda, extendiéndose sobre las aguas del río y pintándolas con reflejos de un gris perla.

Todo es quietud. Pero la cabeza borbotea de recuerdos que quieren ser escritos ahora que todo parece que vuelve a empezar. Mis fantasmas están inquietos y debo vaciar las maletas antes de llenarlas de nuevo.

Recuerdos.

*No culpable.*

*Dictaminó el jurado mientras la mujer que vivía dentro de mí, aquella nueva Ethel, se mantenía estoica y comedida, dejando que una lágrima se deslizase suavemente por el rostro pálido.*

*No culpable.*

*Habían visto lo que ella había querido que vieran: una mujer muy joven, locamente enamorada de un hombre que no era bueno; un hombre que no le convenía y que la había arrastrado por los tenebrosos caminos de aquel crimen horrible.*

*No culpable, la declararon.*

*Y ella recibió el veredicto sin abandonar la postura ausente que la había acompañado durante el juicio, como si todo aquel drama se le hubiera metido dentro y no pudiera sacarlo de ninguna manera. Había engañado a todo el mundo con ese carácter dulce que tan bien había fingido.*

*Y de ese modo, yo salvé la vida.*

*Era libre de nuevo, y durante unos días, quizá durante unas semanas, pensé que podría volver a ser la Ethel de siempre. A respirar como Ethel. A pensar como Ethel. Que podría deshacerme de aquella otra Ethel que había creado del mismo modo que antes me había deshecho del chico del barco. Me dispuse a recuperar mi vida, la de antes de todo aquello; la de antes de Hub.*

*Me equivocaba.*

*Enseguida entendí que no culpable no quería decir inocente. La mayoría de la gente que conocía ya no me miraba igual. En los ojos de todos percibía los destellos de la duda. Me trataban con frialdad y me observaban aprensivamente, con la sospecha reflejada en el rostro.*

*¿Por qué?, me preguntaba. Yo era una mujer libre. No me habían condenado. Y, sin embargo, sabía lo que todo aquello significaba. Sabía que poco a poco me irían ignorando. Eclipsándome. Sabía que querían convertirme en una sombra para así poder olvidar aquel crimen que no encajaba en sus tranquilas y absurdas vidas.*

*Pasaban las semanas y un cielo plomizo como mi ánimo se abatía sobre Londres. El recurso que habían presentado contra la condena a muerte de Hub había sido desestimado. Las horas, los días, avanzaban con lentitud exasperante hasta que la amenaza, la pesadilla, ese miedo que lo abarcaba todo, se hizo realidad. El miércoles 23 de noviembre de 1910, Hub fue colgado en Pentonville. De la tumba de Cora emergió una carcajada demoníaca que resquebrajó la piedra e interrumpió el descanso de los muertos.*

*A él lo enterraron en una tumba sin nombre con una foto mía. Había sido su última voluntad.*

*Después de la ejecución, tuve que rescatar a la mujer que había inventado y que había vivido dentro de mí durante el juicio y olvidarme de mí misma, no sabía si para siempre. En mi alma solo quedó lugar para una certeza: nada volvería a ser como antes.*

*Aquella mujer, vestida de luto riguroso y con el pelo rojo y brillante oculto bajo un sombrero voluminoso que también le ocultaba el rostro, embarcó en el* Majestic *rumbo a Nueva York.*

*Tenía un nombre nuevo. Se hacía llamar Alice Allen.*

*Siempre me ha enamorado la primavera. Me hubiera gustado saber pintar para poder atrapar sus colores y su luz; para poder reproducir el azul de los cielos salpicados de nubes blancas.*

*Tras una época de penurias, a principios de la primavera de 1914, conseguí un buen trabajo como mecanógrafa en Altman's, los primeros grandes almacenes situados en el distrito comercial Ladies' Mile, en la Quinta Avenida, que entonces todavía era residencial. Solía escaparme a mediodía, siempre que el tiempo lo permitía, a Madison Square Park, que me recibía con la alegría del césped brillante y el estallido de las primeras hojas que brotaban de los árboles. Los días en que el sol se escondía tras las nubes, el aire frío me aguijoneaba la cara, pero nada me hacía renunciar a un rato de descanso al aire libre con un libro entre las manos.*

*A menudo, sentada en una tumbona, notaba cómo las letras de la página que leía se volvían borrosas, mezclándose unas con otras y haciendo que las palabras perdieran su sentido. Los ojos se me cerraban y el cuerpo se relajaba. Entraba en un estado de ensoñación, y eso hacía posible que la mujer que vivía dentro de mi cuerpo pudiera salir y empezara a vagar fantasmalmente por el parque, descansando de la cárcel que yo le imponía. Era entonces cuando Ethel regresaba. Me miraba fijamente a los ojos y me obligaba a recordar y revivir lo que estaba enterrado.*

*—¡Vete de aquí! Ethel Le Neve está muerta y enterrada —le gritaba Alice llena de crispación, dando por terminados aquellos breves instantes de libertad—. Descansa con el rostro atrapado en una fotografía en la tumba sin nombre del doctor Crippen.*

*Los gritos de unos niños jugando, el crujido de unas hojas que se agitaban al viento o el susurro de una conversación lejana me devolvían a la realidad. Y tras recoger el libro, que se me había caído al suelo, me levantaba: Ethel Le Neve volvía a ser Alice Allen, y entre las dos volvíamos a enterrar de nuevo los recuerdos.*

*—Se le ha caído el libro al suelo, señorita.*

*La voz se coló a través de mis sueños. Era una voz desconocida. No pertenecía a Hub, ni al niño del barco. Ni tampoco era la de Alice Allen peleándose con Ethel por volver a ocupar su lugar. Abrí los ojos desconcertada. Otros ojos, de mirada honesta, me observaban divertidos.*

*—Oh, ¿cómo puedo haberme quedado dormida? ¡Qué vergüenza!*

*Me fijé en el caballero, que no dejaba de mirarme atraído por la dulzura ingenua de mi reacción. Era un hombre que transitaba desde hacía tiempo por los senderos de la madurez. No me pasó desapercibido el corte perfecto de su traje. La refinada elegancia de los detalles.*

*—Tengo que ser más cuidadosa con mis libros —me disculpé mientras me levantaba, cogía el libro de manos del desconocido y me recolocaba la falda y el sombrero.*

*—Ashley Brewis, señorita...*

*—Alice Allen. Mucho gusto.*

*Ese primer día, el caballero me acompañó de vuelta al trabajo. Fuimos dando un paseo, sin prisas, respirando el aire alegre de la tarde primaveral, enfrascados en una charla animada que yo salpiqué con detalles de la vida de Alice. Había aprendido a ser muy cuidadosa. Tenía su historia impregnada en la piel. Era la historia de una huérfana londinense que había sido acogida por su tía, la única pariente viva que le quedaba y que vivía en Nueva York.*

*Por su parte, Ashley Brewis me habló de sus negocios. Me confesó que, tras toda una vida de dedicación, empezaba a estar un poco cansado, pero que no podía dejarlos porque, como no había tenido hijos, nadie podría hacerse cargo de ellos. Me abrió el corazón y dejó salir la soledad que llevaba dentro. Viudo desde hacía un montón de años, últimamente la vida tenía muy poco sentido para él.*

*Alice Allen intuyó enseguida la oportunidad que el destino le presentaba en bandeja de plata. Yo la había creado, le había dado un nombre, una voz y una nueva vida. Pero esa vida no había sido ni era fácil. Si algo compartían Ethel y Alice, además de un mismo cuerpo, era que sabían detectar las oportunidades.*

*¡Las oportunidades!*

*Tenía que jugar bien las cartas, con convicción y perseverancia.*

*Tenía que construir una vida pasada que fuera más allá de la joven solitaria acogida por una pariente americana.*

*Tenía que llenar el pasado de detalles: una infancia repleta de recuerdos, de lugares a los que desear volver. De nombres y rostros que llenaran los huecos.*

*De este modo, y mientras trenzaba la historia de Alice Allen, fui urdiendo la red en la que Ashley Brewis quedaría definitivamente atrapado.*

*Unos meses después, a principios de 1915, me convertí en la señora Brewis y en la dueña absoluta de una gran mansión, a la que se llegaba por un camino bordeado de tejos.*

*Es curioso que recordemos tan bien cómo ocurrieron las cosas y, sin embargo, nunca sepamos cómo desaparecieron.*

*¿O quizá sí?*

# Las cartas de tía Penn

Los meses se sucedían con esa rapidez abrumadora que siempre nos sorprende. Emma y Betty iban dejando huella la una en la otra. La librera enseñaba a la joven ayudante todo lo que había aprendido y seguía aprendiendo de aquel negocio que cada vez sentía más suyo. Betty, por su parte, se había convertido en una ayuda imprescindible en el día a día de la librería; la chica absorbía con avidez las lecciones de la librera y se sentía plenamente satisfecha de haber conseguido aquel trabajo, el cual no solo le permitía llevar algún dinero a casa, sino que le divertía y la hacía feliz. Y es que moverse en medio del ambiente limpio y ordenado de una librería le gustaba, pero aún le gustaba más conocer gente nueva y tratar con los clientes cuando Emma se lo permitía. La joven ayudante lo encontraba de lo más estimulante.

Aquella tarde, las dos estaban ocupadas con las cajas de novedades que acababan de llegar. Ese era un momento muy emocionante para Emma, que, sentada tras del mostrador, iba abriendo una ficha para cada nuevo libro con la ayuda de Betty, que le cantaba los títulos.

—¿Has visto qué cubiertas? ¿Verdad que son preciosos los libros nuevos? Ya verás lo bien que quedarán en el escaparate.

La jovencita, que ya empezaba a aburrirse de aquel trabajo tan monótono, asintió distraídamente con la cabeza.

—¿No te entran ganas de leerlos?

—¡Oh, no! No he vuelto a leer ningún libro desde que dejé la escuela. No creo que leer sirva de mucho.

La respuesta de Emma brotó rápida pero suave:

—Yo creo que la lectura siempre ayuda, Betty.

—¿Por qué?

—Porque es una lección de vida.

Se hizo un breve silencio, que Emma rompió enseguida.

—Creo, además, que hay que leer mucho para poder aconsejar a los clientes cuando se interesan por algún libro.

La chiquilla entornó los ojos en un gesto lleno de escepticismo y, abarcando todo el espacio de la librería con las manos, preguntó:

—¿Se ha leído todos los libros de la librería?

—Claro que no. Pero leo todos los que puedo.

—Yo creo que basta con leer lo que pone detrás —respondió mientras giraba el que tenía en sus manos en ese momento—. Con lo que dice aquí, una ya puede imaginarse de qué va la historia.

—¡Ay, Betty! ¡Los libreros de pura cepa no hacen eso!

—Pero usted no es una librera de pura cepa.

Las mejillas de Betty se pusieron rojas e inmediatamente bajó el tono de su voz:

—Bueno, que yo sepa —se disculpó.

Emma se sintió tocada en la línea de flotación y se apresuró a reconducir el tema hacia donde ella quería:

—Pues a mí me gustaría mucho que te llevaras un libro para leer.

—¡Oh, no! Eso sería como llevarme el trabajo a casa.

—Ahora te parece así, pero ya verás como muy pronto leerás por placer.

La chica adelantó la barbilla con ademán desafiante y terco. Emma sabía por experiencia que ese gesto era el anuncio de que iba a salir derrotada. Debería presentar batalla; ser aún más convincente:

—¡Leer es divertido, Betty! ¿Me dejas que te recomiende un libro?

—Quizá lo que a usted le parece bueno a mí no me lo parezca —se resistía todavía la chica.

La librera esbozó una sonrisa:

—¡Hagamos la prueba! —dijo poniéndose de pie y dirigiéndose con pasos seguros hacia la estantería de los libros juveniles, de donde sacó un ejemplar y se lo tendió a Betty.

—*¿Lo que hizo Katy después?* —preguntó la chica leyendo el título.

—Creo que te gustará. La protagonista es una jovencita como tú que pasa un año viajando por Europa.

—Entonces no es como yo, porque las chicas como yo no viajan por Europa. Si algún día voy a Londres ya me daré por satisfecha.

—Eso nunca se sabe, Betty. La vida da muchas vueltas. Pero mientras esperas a que tus sueños se hagan realidad, no estaría mal acompañar a la protagonista de esta historia mientras pasea por las calles de Venecia, París o Nápoles. ¿Qué te parece?

Betty no dijo nada. Cogió el libro que su jefa le ofrecía y lo hojeó.

Aquella noche, al cerrar la librería, Emma comprobó con agrado que su ayudante llevaba el libro dentro del bolso. Sonrió satisfecha.

La luna asomaba tras los tejados del otro lado de la calle. Era una luna blanca y brillante que iluminaba el cielo e inundaba de una luz pálida la pequeña sala del piso de Emma.

En momentos como aquel, después de una cena frugal, cuando el crepúsculo daba paso a la noche llena de estrellas y todo adquiría un tono violáceo, era cuando la chica sentía sobre sí el peso de la soledad y los ojos se le nublaban de tristeza. Era el momento de recordar a John, que, una vez desestimada la apelación de la sentencia, esperaba la muerte encerrado en una celda en Londres. Y era, también, el momento de recordar a su tía Penn, porque la infancia es la única historia que perdura en el alma, y la infancia de Emma era su tía Pennelope, cada vez más presente en aquel piso de Dartmouth, en la librería y en las calles, donde los recuerdos parecían bailar en el aire, como si el pasado todavía estuviera vivo.

En otras ocasiones, Emma buscaba en el sueño y el descanso el antídoto ante tanta melancolía, pero esa noche su resistencia se vino abajo por completo. Se levantó de la mesa de un salto, fue hacia el otro extremo de la salita, abrió el pequeño secreter que había sido de su tía y tiró de un cajoncito que había dentro de uno de los compartimentos. Cogió las cartas de Pennelope y se sentó de nuevo ante la vitrina que daba a la noche.

Hacía ya un tiempo que Emma había empezado la lectura de las misivas de Pennelope. Las leía poco a poco y en orden, intentando establecer dentro de su cabeza la sucesión de hechos que llevaron a su tía a huir de casa y establecerse en Devon. Lentamente, la historia y sus protagonistas se le iban revelando bajo la luz de las palabras que su tía vertía en las cartas. Recordaba fragmentos enteros:

Vine a vivir con vosotros cuando mi hermana, tu madre, murió. Él me lo pidió.

Lo había leído en una de las primeras cartas, y se había sorprendido ante aquel *él* que se iba repitiendo una y otra vez, como si el recuerdo del nombre de su padre fuera tan doloroso para Pennelope que hubiera preferido olvidarlo.

Carta a carta, palabra a palabra, recuerdo a recuerdo, Emma había ido descubriendo entre líneas a una mujer profundamente enamorada de un hombre que nunca la valoró y que la trató con la frialdad e indiferencia con que se trata a una desconocida. Las cartas eran, en buena parte, la narración del amor frustrado que Pennelope Brent sentía hacia su padre, con quien convivía, a quien veía cada día. Y esto, para alguien que como ella había recibido una educación victoriana, se convirtió en un gran problema mental y moral. Por eso empezó a debatirse entre la necesidad de alejarse del hombre que la hacía sufrir y la de permanecer fiel a la pequeña sobrina a la que hacía de madre.

Emma había reflexionado mucho sobre el dilema que debió de vivir su tía durante años. Y en cómo lo disfrazó de alegría y entrega ante ella, empeñada en darle una infancia feliz aunque fuera a costa de su propia felicidad. A través de la lectura de las cartas sintió que percibía la esencia de Pennelope más cercana que nunca, que la entendía en toda su plenitud; abrazaba y agradecía aquella generosidad que, a sus ojos, la convertía en una mujer sabia, porque amar a otro ser humano como su tía la había amado a ella es la esencia de toda sabiduría.

A medida que Emma avanzaba en la lectura de las cartas, los años se iban sucediendo con crueldad implacable en la vida de Penn. El desamor la llevaba a la soledad, que combatía con la lectura:

> Los libros fueron para mí, en aquel tiempo, como una ventana por donde siempre asomaba la cabeza.

Y, evidentemente, se refugiaba también en ella, en esa pequeña Emma que se había convertido en su única alegría, en la razón de su vida. Hasta que no pudo más y el tiempo que se le escurría entre los dedos ganó la batalla:

> Pensé que lo que se me iba no era la juventud, sino la vida misma. A menudo sentimos que la vida duele demasiado. Al abandonar Londres, tuve la sensación de que dejaba allí una parte de mi persona y que, fuera a donde fuera a partir de ese momento, siempre sentiría la ausencia de aquella casa.

Con el recuerdo de estos fragmentos dando vueltas todavía por su cabeza, Emma se dispuso a continuar la lectura de las cartas. Abrió una que Pennelope había escrito poco antes de la guerra. Entonces ya debía de estar enferma y, evidentemente, de cada palabra se desprendía la intención y la esperanza de que su legado, su última voluntad, llegara a sus manos. Inmune al desaliento de las cartas siempre devueltas y de ese muro que su padre había levantado tras su marcha, Penn había seguido intentando comunicarse con ella.

Al llegar al final de la lectura, los ojos de la chica se anegaron de lágrimas. Pero eran lágrimas llenas de alegría. Estaba segura de que la imagen de su tía escribiendo en esa misma mesa del comedor donde ella leía ahora aquellas palabras llenas de esperanza, amándola más allá del tiempo, del odio y de las circunstancias, la acompañaría toda la vida. Como en un pacto de amor absoluto:

> Me gustaría saber que lees estas palabras en casa, en esta casa que ha sido mía y a la que tal vez tú has llegado como una mujer libre e independiente para poder mirar a tu alrededor y decidir lo que quieres.

Esa misma noche, Daisy y Betty se habían enzarzado en una agria discusión. Daisy había llegado muy tarde del hostal. Estaba cansada y malhumorada, y como no había nada en este mundo que le gustara más que meterse en los asuntos de los demás, al encontrar a su hermana leyendo tranquilamente un libro saltó como un hurón y, con esa lengua tan envenenada que gastaba, le espetó:

—¡Caramba! Te estás volviendo toda una señorita. ¿No es hora de ayudar a mamá con la cena, en lugar de estar ahí rascándote la barriga mientras te entretienes con ese libraco?

Betty ni siquiera se molestó en levantar los ojos del libro que Emma le había dejado. Le encantaba el pasaje que estaba leyendo:

> Las violetas son como tú, no sé por qué. Ay, Clover, ¿qué tipo de vestidos crees que llevaré cuando sea mayor y vaya a fiestas y cosas así? ¿Verdad que será emocionante ir juntas a elegirlos?[1]

El silencio y la indiferencia de la hermana pequeña molestaron a Daisy de tal modo que empezó a lanzarle

1. Susan Coolidge, *Lo que hizo Katy después*.

todo tipo de improperios con la intención de que la chica perdiera la paciencia y le saltara a la yugular. Sabía muy bien que, al oír los gritos, su madre acudiría al lugar de los hechos y que, al ver a su hermana de brazos cruzados, esta se llevaría la peor parte de la bronca. Pero no fue eso lo que ocurrió; por el contrario, Betty, sin levantar la vista del libro, y con una parsimonia que exasperó a su hermana, dijo:

—Los niños, mamá y yo ya hemos cenado. Te hemos dejado tu parte en un plato en la cocina. Se habrá enfriado, por supuesto. Hoy has estado demasiado tiempo con el bobo de Charlie.

Después de aquello, Daisy se había enfurecido tanto que había perdido los nervios. De las burlas había pasado a los gritos, hasta que al final, tal y como había previsto, la madre hizo acto de presencia; pero la bronca se la llevó ella por llegar tan tarde y armar tanto alboroto cuando los pequeños ya dormían.

A la mañana siguiente, Betty salió temprano de casa. El pueblo dormía en un silencio solo perturbado por el leve murmullo de las ramas de los árboles. De vez en cuando se iluminaba una ventana. El día despertaba poco a poco. Se dirigía hacia The Blue House con pasos alegres y canturreando. Emma le había encargado que abriera la librería porque ella tenía que ir al banco a primera hora. ¡No podía estar más contenta con el encargo! Quería llegar un buen rato antes de abrir. Así tendría tiempo de ordenar y dejarlo todo a punto. La señorita Marbury estaría orgullosa de ella.

Se acercaba a la librería, y el recuerdo de la rabieta de Daisy la noche anterior le hizo dibujar una sonrisa socarrona en los labios. Para ser sincera, sentía algo de lástima por su hermana, por aquellas jornadas interminables en The Cherub Inn, por sus manos enrojecidas de tanto fregar vasos e, incluso, por su relación con el mocoso de Charlie. Su hermana no tenía ninguna ambición, por eso las cosas le iban como le iban. Pero, por suerte, Daisy y ella eran tan distintas como la luna y el sol. Ella se parecía a su padre y, como él, tenía ambiciones para dar y vender. ¡Claro que las tenía!

Fue entonces, a punto de llegar a The Blue House, cuando le pareció ver una figura oscura y huidiza saliendo de la librería. Solo fue una impresión, una especie de intuición que hizo que se detuviera y que buscara refugio detrás de uno de los árboles de la calle, poseída por una sensación de extrañeza.

Y entonces sucedió.

Betty nunca supo qué fue primero, si el grito despavorido que le salió de la garganta y que alertó a toda la calle o el crujido seco que resquebrajó el escaparate convirtiéndolo en una lluvia de cristales que blanqueó la acera, como si hubiera nevado en pleno marzo.

Sea como fuere, alguien había intentado prender fuego a la librería.

# La cadena

—Deberías estar preparando el equipaje y lo sabes.

Agatha, inmune a los sermones de Carlo, sin levantar cabeza para nada, siguió escribiendo totalmente concentrada. La secretaria, enfurruñada, dio media vuelta y desapareció mascando su enfado entre dientes.

Una semana antes, inesperadamente, en contra de su costumbre e incluso en contra de las circunstancias, Agatha había decidido volver a Greenway. En ese momento estaba sentada en el comedor de invierno, una de sus estancias preferidas, donde solía escribir en los largos meses de frío, ya que se comunicaba con la cocina a través de una puerta y eso hacía que se mantuviese siempre agradablemente caliente. Además, los armarios del siglo XIX, empotrados de suelo a techo, albergaban la gran colección de porcelana de la familia y era donde Max y ella iban guardando las piezas de plata que habían acumulado a lo largo de los años. A la escritora le encantaba levantar la vista del trabajo y recrearse en esa profusión de objetos que la remitían al pasado.

Carlo volvió a aparecer con una nueva retahíla de advertencias, inmune a la pretendida indiferencia de su jefa.

—Max ya ha partido hacia Bagdad. Es hora de

preparar el viaje, y eso, lo sabes muy bien, lo harás mejor si estás cerca de Londres. Si no, tendrás que ir con prisas.

Agatha levantó finalmente los ojos del papel en el que escribía y los clavó en la secretaria.

—Querida, sé perfectamente que Max ya ha salido hacia Bagdad, que está preparando la expedición y que cuando yo llegue partiremos hacia Mosul y Nimrud.

Los ojos se le iluminaron:

—Será la segunda vez que visite Nimrud con Max. Conservo un gran recuerdo de la primera.

Dio la impresión de que aterrizaba de nuevo en el pequeño comedor:

—Pero, créeme, hay tiempo para todo, y ahora el corazón me dice que tengo que permanecer aquí, cerca de lo que está pasando en Dartmouth —le dijo a Carlo mientras con la mirada la invitaba a sentarse junto a ella.

—Pero, Missus...

—Nos conocemos desde hace muchos años, Carlo. Sabes cómo soy.

—Creo sinceramente que te estás implicando demasiado en un asunto que, por decirlo sencillamente, queda fuera de tu alcance.

—O sea, que crees que debo seguir escribiendo sobre crímenes imaginarios y no inmiscuirme en uno real, ¿no es así?

La secretaria se quedó en silencio, pero sus ojos hablaban. Sí, evidentemente era lo que había querido decir.

—Quizá sí que todo esto me viene grande, Carlo. Pero la vida de un inocente está en juego. ¿Cómo puedo olvidarme de eso?

—¿Un inocente? ¿Estás segura?

—La intuición me dice que él no lo hizo. Y no me gustaría ver cómo cuelgan a un inocente por un delito que no ha cometido. Estarás de acuerdo conmigo en que, al menos, tengo cierta intuición, ¿no?

Carlo suspiró y dejó que Agatha se explicara.

—Conocí a John en la cárcel, como bien sabes. Me entrevisté con él. Puedo equivocarme en muchas cosas, querida, pero sé que la presunción es una característica típica de los asesinos. Y John no tiene nada de presuntuoso. Puedes creerme si te digo que es un joven que está solo y sin esperanza y que no ha tenido suerte en la vida. Un chico honrado y trabajador al que le resulta difícil expresarse con palabras. Por desgracia, el destino quiso que se viera involucrado en unos hechos terribles y se asustó. Huyó de la escena del crimen, sí. Pero él no es el asesino.

Carlo escuchaba atenta, bajo un silencio respetuoso. A menudo necesitaba convertirse en la memoria de Agatha; a veces también en su mesura. Pero lo cierto era que la admiraba y la valoraba profundamente.

Tras una breve pausa, Agatha continuó exponiéndole a la secretaria las conclusiones a las que había llegado respecto a John:

—Es un joven muy tímido. Casi no se atreve ni a mirar a la cara a su interlocutor. Pienso que es de ese tipo de personas incapaces de actuar con responsabilidad cuando es necesario.

—¿Qué quieres decir?

—Según lo que declaró en el juicio, no recuerda nada de lo que hizo después de descubrir el cadáver. Pero es muy probable que huyera por miedo a que se le relacionara con el crimen. Fue una estupidez. Pero no es un asesino. Y, mientras, el verdadero criminal está muy tranquilo. No se preocupa por nada y tampoco se pone en guardia. Y es necesario aprovechar eso para atraparlo.

—Muy bien. Pero, si John Blake no mató al carpintero de Dartmouth, ¿quién lo hizo? —preguntó Carlo, que había seguido los razonamientos de Agatha atentamente.

—Esa es la primera pregunta que debemos hacernos. Y la segunda es: ¿por qué lo mataron?

—El motivo.

—¿Quién saldría ganando con la muerte del carpintero?

Se hizo un intenso silencio. Todas aquellas preguntas sin respuesta merodeaban por la cabeza de las dos mujeres. De repente, Agatha dejó escapar una de esas risas suyas tan frescas y alegres.

—Aunque hay algo en lo que tienes razón, querida. No soy la persona adecuada para resolver ese misterio. Quizá no debería ni intentarlo. Pero, al fin y al cabo, tener un caso de asesinato como este cerca de casa es una oportunidad única.

—¿Una oportunidad única? ¿Para qué?

—¡Oh, Carlo!, no me digas que no se te ha ocurrido. Tengo el argumento de una fantástica novela ante las narices.

—Ahora te reconozco. Aquí está la escritora, la auténtica y genuina Agatha Christie.

Las dos se echaron a reír. Agatha continuó hablando:

—Y, en cuanto a los preparativos del viaje a Oriente Medio, debo decir que no me preocupan en absoluto. He hecho una lista con todo lo que todavía hay que comprar y preparar. Tú te encargas de eso, querida.

—¿Cómo será que no me sorprende?

Carlo se levantó y se fue a la cocina. Al cabo de unos minutos regresó con un servicio de té. Llenó dos tazas. Ante aquella agradable y tibia columna de humo, las dos mujeres continuaron la conversación.

—¿Y qué estabas escribiendo ahora? No parecía que fuera la lista de todo lo que tendré que preparar para tu viaje.

—No, no lo era.

Agatha le dio un sorbo al té y entornó los ojos mientras el calor de la bebida la reconfortaba y revitalizaba por dentro.

—Verás, querida, la señorita Marbury y yo nos estamos repartiendo la investigación, ¿sabes?

—¡Ay, Dios mío! Una librera convertida en investigadora. Esto no puede acabar bien.

—Créeme si te digo que los libreros están hechos de una pasta especial.

Carlo se mostró escéptica. Preguntó:

—¿Y se puede saber cómo os habéis repartido el trabajo?

—Bueno, como es lógico, ella hace una labor de investigación *in situ*, mientras yo trato de acudir a las fuentes del caso que nos ocupa. ¿Me sigues?

—La verdad es que tengo bastantes dificultades para hacerlo.

—Emma Marbury se encarga de investigar a aquellas personas que podrían guardar relación con el crimen de Dartmouth. Unas personas, y ahí viene lo más interesante de todo, que también podrían estar relacionadas con un crimen del pasado.

—Con el caso Crippen, claro —afirmó Carlo moviendo la cabeza en un gesto de asentimiento—. Me preguntaba el motivo de tu interés repentino por el doctor Crippen, y por qué me habías hecho buscar todo lo que tenías archivado sobre el tema. Pensaba que era un interés literario, pero ya veo por dónde van los tiros.

—Y no te equivocas, no.

—Intuyo que tu tarea va por ahí. Tienes que intentar saber todo lo que puedas sobre este caso. Lo que no entiendo es por qué.

—¡Oh, querida! No lo entiendes porque todavía no te lo he contado. Y cuando lo haga te quedarás de piedra.

—Estoy segura de ello.

—Ethel Le Neve, la...

—... la amante de Crippen —la interrumpió Carlo como una alumna aventajada que se sabe la lección.

—La amante declarada no culpable. La amante desaparecida.

Agatha se quedó mirando fijamente a su amiga y secretaria con ojos avispados. Estaba a punto de compartir con ella la gran revelación.

—Pero ¿qué tiene que ver con...?

—La impaciencia es a menudo tu peor defecto.

Carlo se mordió la lengua mientras apoyaba las manos sobre la falda en un gesto de resignada espera.

La escritora soltó la bomba:

—Puede que Ethel Le Neve esté escondida en Dartmouth desde hace años bajo una identidad falsa.

Se quedó mirando a Carlo con ojos de lechuza. La secretaria seguía sin entender nada. Guardó silencio.

—Difícil de creer, ¿verdad? —le preguntó.

—Imposible, diría yo.

—No hay nada imposible. Y si lo piensas bien, Dartmouth es un buen sitio, o un sitio como cualquier otro, para esconderse. Ahora mi trabajo es averiguar todo lo que pueda sobre lo que pasó con Ethel Le Neve después del juicio. ¿Dónde fue? ¿Está viva o muerta?

Si está muerta, la pista que seguimos es falsa. Pero si está viva, ¿por qué se esconde? ¿Y de qué? Y la última pregunta, quizá la más importante: ¿tiene algo que ver con el crimen del carpintero?

Miró a Carlo, que seguía callada y pensativa.

—En fin, ya ves por qué he preferido la calma de Greenway para llevar a cabo esta tarea.

La secretaria se levantó y empezó a caminar por el comedor con la taza de té en las manos sin dejar de cavilar.

—No lo tienes fácil, Agatha. Puede que consigas detalles de la vida de esta mujer. Pero eso requiere tiempo y la guerra ha complicado las cosas. ¡Y de qué manera!

Agatha escuchaba atentamente los razonamientos de Carlo. No había nadie mejor que ella a la hora de desenterrar documentos escondidos del pasado.

—Muchos registros han sido destruidos, y eso ha dado oportunidades infinitas a quienes desean desaparecer sin dejar rastro.

—Estoy completamente de acuerdo contigo. Por desgracia, para llevar a buen puerto esta tarea que me he propuesto hace falta tiempo. Y no tenemos demasiado. Y, por lo que me dice la librera en su última carta, la gente no parece muy dispuesta a colaborar.

—Yo sí estoy dispuesta a ayudarte, Agatha. Ya lo sabes.

El rostro de la escritora se iluminó con una gran sonrisa.

—¡Sabía que podía contar contigo!

—Puedes hacerlo, pero debes prometerme que no te olvidarás de que tienes una vida y un tiempo limitado para dedicarle a esta investigación que, deja que te lo vuelva a recordar, no es cosa tuya.

—Por supuesto...

—Y que, de todos modos, no debes perder de vista que John ha sido declarado culpable.

—De acuerdo, tendré en cuenta todo lo que me dices. ¿Por dónde empezamos, Carlo?

—Enséñame lo que estabas escribiendo. Sospecho que tiene mucho que ver con todo este asunto.

—Tus sospechas son ciertas. Intentaba hacer una lista de gente que pudiera ayudarme a seguir el rastro de Le Neve.

—Déjame ver...

Esa misma noche, la señora Butler, la cocinera que solía ir a Greenway cuando Agatha, Max y el resto de la familia estaban allí, acudió a la casa después de que Carlo solicitara sus servicios. No podían confiar los menús de esos días a los platos sencillos que Agatha elaboraba cuando estaban solas. Ahora tenían un trabajo que hacer y poco tiempo para hacerlo. Mejor alimentarse adecuadamente.

Agatha y Carlo la recibieron en el comedor de invierno, de donde no se habían movido en toda la tarde. La esperaban impacientes, pues era la promesa de una cena deliciosa que las compensara de las horas de esfuerzos infructuosos por avanzar en el trabajo que se habían propuesto. Lo que no esperaban para nada eran las noticias que la mujer les traía.

—Pase, señora Butler. Gracias por haber venido hoy mismo. Aún no sabemos los días que nos quedaremos aquí —dijo la secretaria mirando a Agatha de reojo—. Pero su ayuda nos vendrá muy bien.

—Ningún problema. Ya saben que pueden contar conmigo siempre que lo necesiten. Faltaría más —dijo la mujer, mientras se ponía el delantal resoplando como una locomotora.

—¿Ha tenido un duro día? Lamentaría que... —empezó a disculparse Agatha.

Pero la cocinera no la dejó terminar. Miró a la escritora mostrándole su cara de mejillas eternamente enrojecidas y exclamó:

—¡Oh, no!, señora Christie. No es eso. Pero créame si le digo que una, últimamente, no gana para espantos.

—¿Qué ha pasado? ¿Algún problema familiar?

—No, no. Eso no, gracias a Dios. Pero ¿quiere creer que hoy por la mañana, cuando he salido de casa para comprar el pan, he sido testigo de un suceso que podría haber terminado muy mal?

Las dos mujeres abrieron mucho los ojos, expectantes.

—¿Qué suceso?

—Una explosión en The Blue House, la librería de Dartmouth.

—¡Qué horror! —exclamó Carlo.

La cocinera se lanzó enseguida a relatar los hechos a través de una exposición aliñada con todo tipo de detalles dignos de una novela de misterio:

—Por lo visto, ha explotado una estufa. Está claro que se la dejaron encendida, aunque la joven Williams, la ayudante de la librera, jura y perjura que ella misma, como hace siempre, la apagó anoche al cerrar la tienda.

Volvió a resoplar, esta vez con más fuerza que antes.

—¿Qué ha de decir, no creen? No confesará que se despistó y que se la dejó encendida. No se expondrá a que la librera la eche o le haga pagar los daños, ¿verdad que me siguen?

Agatha miró a Carlo. Una expresión que la secretaria conocía bien iluminaba el rostro de la escritora. Era la misma que mostraba cuando Poirot tiraba del hilo que debía conducirle hasta el asesino.

—El trabajo de Emma no ha caído en saco roto, Carlo. De todas las entrevistas que hizo, una ha tenido efectos. ¡Oh!, espero que ella también se haya dado cuenta.

—Quieres decir que...

—Quiero decir que alguien se ha asustado. Es evidente, ¿no?

—Bueno, tal vez simplemente haya sido un accidente. Un descuido. La versión de la estufa que se quedó encendida por la noche parece bastante creíble, a pesar de que el relato de la señora Butler fuese tan novelesco. Incluso creo que podría hacerte la competencia si decidiera ponerse a escribir una novela de crímenes.

Carlo iba asintiendo con la cabeza mientras hablaba como si quisiera reforzar su visión de los hechos. Añadió:

—A mí, si quieres que te diga la verdad, esas estufas de queroseno no me gustan nada. Siempre me han dado miedo. Las has de limpiar con mucho cuidado si no quieres...

Agatha no la escuchaba. Estaba exultante. La interrumpió:

—Ahora sabemos que estamos sobre la pista correcta.

Se giró repentinamente hacia la secretaria.

—Debemos ser tan inteligentes que el asesino no sospeche para nada que nosotros también somos inteligentes.

—Sí, pero...

—Ningún *pero*, querida Carlo. Si hay humo es que algo arde.

Agatha se quedó pensando en sus propias palabras:

—Nunca mejor dicho.

Estalló en una ruidosa carcajada.

—¡Oh, parece que te alegres! —se quejó Carlo—. Esa pobre muchacha debe de estar aterrorizada. Por no hablar de la librera; qué susto se habrá llevado. ¡Podría haber perdido el negocio, Missus! ¡E incluso la vida!

—Por supuesto que no me gusta la situación. ¡Pobre Emma! Pero, Carlo, esto es una buena señal. Como tú misma has dicho antes, el reloj corre en nuestra contra. Necesitamos certezas. Avances... ¡Lástima! Si dispusiéramos de más tiempo...

Después de cenar, Agatha se retiró a su habitación. Estaba sumamente intranquila. Los acontecimientos del día la habían llevado a un estado nervioso que le impedía quedarse quieta. Además, las palabras de Carlo le resonaban en la cabeza:

«Podría haber perdido el negocio. ¡E incluso la vida!».

¡Por supuesto!, pensó; Emma debía de estar muy asustada. Y, además, había cosas que la cocinera no había podido aclarar, como por ejemplo los daños que había sufrido la librería; si se daba por probado que todo se había debido a un accidente con la estufa o, por el contrario, se hablaba de otras posibilidades. Aunque lo que les había contado sobre la versión de la joven ayudante de Emma, que negaba de raíz que hubiera sido un accidente, le hacía pensar que podrían estar ante un incendio provocado.

Parecía una leona enjaulada. El cuerpo le pedía ir a comprobar personalmente lo sucedido. Solo si verificaba que la librería no había sufrido daños irreparables podría volver a dormir tranquila. Claro que también sabía que no se podía dejar ver por el pueblo a plena luz del día y husmeando por el lugar de los hechos. Para bien o para mal, era una autora bastante popular. Alguien la reconocería.

Finalmente tomó una determinación. Iría esa misma noche. Tras abrigarse, salió de la habitación y se deslizó por el pasillo del segundo piso como una sombra. El objetivo era pasar totalmente desapercibida y no despertar a Carlo. ¡Eso sería terrible!

Bajó las escaleras con pasos de pajarillo y se dirigió hacia el vestíbulo. Todo seguía en silencio cuando llegó al coche. Solo su corazón latía desesperadamente con un bum-bum escandaloso. Le pareció que el motor de su viejo Morris Cowley tronaba en medio de la noche. Pero eso no era importante porque Greenway ya había quedado atrás.

El crepúsculo había dado paso a una noche espléndida, serena e iluminada por la luna llena. Al llegar a Dartmouth, aparcó el coche cerca del río y fue caminando hasta la dirección que constaba en las cartas de Emma. Por suerte, las calles estaban vacías. Desde la guerra, la gente había adquirido la costumbre de encerrarse en casa por las noches. Pensó con tristeza en que toda una generación crecería sin bailes ni cenas ni flirteos.

Al llegar frente a The Blue House, se vio invadida por una mezcla de sentimientos contradictorios. Aquella era la librería de la señorita Marbury, una chica por la que, a pesar de no conocerla personalmente, sentía una especie de afecto especial. Quizá porque había compartido con ella esa historia digna de una de sus novelas. O quizá, ¿quién sabe?, porque tenían un carácter bastante similar.

La escritora se acercó a la tienda. Habían colocado provisionalmente unas maderas para proteger el local y habían retirado los cristales rotos de la acera, aunque aún quedaban algunos restos. La puerta de entrada también estaba bastante dañada. Resultaba muy difícil ver el interior. En la fachada, por el contrario, había pocas señales de la explosión, lo que hacía pensar que los desperfectos no habían sido muy importantes. La oportuna llegada de la ayudante de Emma Marbury seguramente había impedido una verdadera desgracia.

Con esta idea tranquilizadora rondándole por la cabeza, Agatha se dispuso a volver sobre sus pasos. Y, entonces, le pareció ver algo en el suelo. Algo que brillaba entre los restos de los cristales reclamando su atención.

Se agachó. Procurando no cortarse con ningún cristal que hubiera podido quedar en el suelo, agarró aquello y lo observó.

—Una cadena de plata con una inicial colgada. Hummm...

Abrió el bolso y guardó lo que acababa de encontrar.

—La verdad se encuentra siempre en los detalles más insignificantes —susurró parafraseando a su querido Hercule Poirot.

# Un asesino entre nosotros

—Tienes que sacártelo de la cabeza, Betty. Por suerte no ha pasado nada irreparable. Por suerte y porque tú llegaste en el momento justo para evitar una desgracia de terribles consecuencias.

La jovencita sostenía una taza de té en las manos. Era el primer día que abrían la librería al público después del accidente —o del ataque, como lo llamaba Betty—, y dueña y dependienta intercambiaban impresiones en la trastienda después de una mañana de trabajo del todo normal en la que lo único destacable había sido que la librería había recibido más visitas que ninguna otra mañana. Y es que hechos dramáticos como el del fuego llamaban más la atención, por desgracia, que la buena literatura.

Emma se quedó mirando a la joven ayudante con cara de preocupación. La chica todavía arrastraba el espanto por lo ocurrido; lo llevaba dibujado en la extrema palidez del rostro y en las ojeras oscuras de debajo de los ojos. La librera avanzó una mano y la posó cariñosamente sobre la rodilla de Betty.

—Ya está, ya ha pasado. Solo ha sido necesario cambiar el cristal del escaparate y la puerta. ¡Ya ves, un par de días y todo listo! —le dijo con voz suave y tranquilizadora.

—Pero se han quemado algunos libros, y yo vi cómo...

—Los accidentes ocurren, Betty. Son inevitables. Y los del seguro ya están trabajando en ello.

—Señorita Emma, usted me cree, ¿verdad?

La librera sonrió maternalmente:

—¡Claro que te creo! ¿Por qué no iba a hacerlo? Pero eso no quita que todo haya sido por culpa de un accidente desgraciado. La estufa era muy vieja. Aunque la dejaras apagada, pudo quedarse gas dentro de la tienda y...

—¡No! La estufa no explotó sola. ¡Se necesita alguien para provocar un incendio!

La chica se había levantado de golpe, nerviosa, incapaz de quedarse sentada tranquilamente tomando el té. A Emma, que no dejaba de observarla, le pareció que aquellos días había adelgazado. ¡Y eso que Betty ya era muy delgadita!

—¡No, usted no me cree, señorita Emma! ¡Pero yo estoy segura de que no fue ningún accidente!

—Ya sé lo que piensas: que alguien provocó el fuego porque viste una sombra que salía de la librería. Pero era muy temprano, Betty. Tú misma me has dicho que casi estaba oscuro. ¿No crees que se podía tratar simplemente de alguien que pasaba por delante en ese momento y...?

—... ¿y que salía de la librería y echó a correr como si huyera justo segundos antes de la explosión?

Se miraron en silencio. De hecho, aquella idea que Betty no paraba de repetir martilleaba la cabeza de Emma de manera inquietante. ¿Y si fuera verdad? La chica lo había visto todo, y no era aficionada a las fantasías como su hermana Daisy. Al contrario, era muy madura para su edad. ¿Por qué debería mentir?

—¿Quién podría actuar así? ¿Y por qué? ¿Solo para hacer daño? ¿Sin ningún motivo?

—Eso no lo sé, pero puede estar segura de que en este pueblo no todo el mundo es lo que parece.

Betty había vuelto a sentarse y había bajado la voz hasta convertirla en un susurro. Emma siguió observándola durante unos segundos en silencio. Le había cogido cariño a la chica; con ella en la tienda volvía a sentirse acompañada como antes se había sentido con John. De hecho, le gustaba pensar que era lo más parecido a la hermana pequeña que nunca había tenido. O a la hija que seguramente no tendría. Le dolía que se hubiera visto obligada a pasar por aquella experiencia y que le hubiera afectado tanto.

—Es normal que así sea, créeme. En todas partes hay gente que nos decepciona y con la que nunca nos relacionaríamos si no fuera totalmente necesario. Pero lo que no puede ser es que lo que ha sucedido te haga desconfiar de todos. No puedes mirar a cada cliente que entra en la librería como si fuera un pirómano.

La chica seguía enojada con el discurso de la librera y se mantenía en un tenso silencio que amenazaba con estallar en el momento menos esperado.

—En Dartmouth hay muy buena gente; es un pueblo tranquilo y...

Ahora sí. Betty saltó como un resorte.

—¿Cree usted que los Carpenter son buena gente? —preguntó con la voz llena de acritud.

—Mujer, yo...

—Especialmente la sobrina, Arlena. ¿Usted cree que Arlena Greer es una buena persona?

Negó con la cabeza para reforzar sus palabras:

—No, no lo es. Arlena Greer es una mala persona,

créame. Daisy me ha dicho que más de una vez la ha visto cuchicheando con Agnes Cowley.

—Eso no significa que...

La joven había tomado carrerilla:

—Y la mujer del médico, ¿qué me dice de la mujer del médico?

—¿Violet Saunders? Si es un encanto. Tan dulce y amable. Viene aquí a menudo y siempre se lleva algún libro.

—¿Dulce y amable? Ay, señorita Emma, no se deje engañar, esa mujer esconde un gran secreto. Daisy dice...

—Daisy dice muchas cosas, ¿no te parece, Betty? —la interrumpió Emma bruscamente—. Una no debe creer todo lo que oye.

—En un pueblo como este no podemos evitar enterarnos de ciertas cosas de la otra gente —respondió la muchacha, envalentonada.

Emma la miró con expresión reflexiva. Quizá se había equivocado al pensar que las dos hermanas Williams estaban hechas de una pasta diferente. Al parecer, compartían la afición por meterse en las vidas ajenas. Y una gran imaginación, desde luego. Y a ella no le gustaba jugar a ese juego.

—Venga, Betty. Tenemos trabajo. Y no quiero que te quedes toda la tarde encerrada en la tienda. Es mejor que te dé un poco el aire y te distraigas. Hoy irás a repartir los lotes.

Betty se levantó obediente. En sus ojos todavía centelleaban todas aquellas sospechas envenenadas.

Las campanillas de la puerta de The Blue House siguieron sonando alegremente toda la tarde. Eran muchos los vecinos que entraban para interesarse por lo ocurrido. Algunos se ofrecían a ayudar a la librera en lo que necesitara; otros simplemente se quedaban un rato echando un vistazo a las novedades que les llamaban la atención, mientras con ojos curiosos buscaban los restos de aquel incendio del que todo el mundo hablaba. A Emma le daban igual los motivos de unos y otros para entrar en la librería: fuera por lo que fuera, la caja registradora estaba experimentando una actividad inusual. Todo ello hacía que se dibujase una sonrisa en sus labios. Estaba contenta de poder volver a la actividad después de aquellos días de pausa obligada. Se esforzaba en dejar atrás el susto por lo que había pasado y, sobre todo, por lo que podría haber pasado, y disfrutaba de sentirse cada vez más integrada en aquella pequeña comunidad.

Se acercaba la hora de cerrar y la actividad iba disminuyendo poco a poco. Estaba cobrando a una clienta cuando la puerta de la tienda se abrió de nuevo y entró Hector Tucker, el notario. Emma lo recibió con una cordial inclinación de la cabeza y, en cuanto terminó con la clienta, se acercó a saludarlo.

—Bienvenido a la nueva librería, señor Tucker.

—Disculpe que no la haya venido a visitar antes —se disculpó el hombre—. La intención estaba ahí, pero a veces nos falta el tiempo para hacer todo lo que quisiéramos.

Emma asintió con la cabeza mientras el notario observaba el pequeño y renovado espacio de la librería absorto en sus propios pensamientos.

—¡Ha quedado muy bien! —exclamó finalmente.

Emma le dirigió una mirada cargada de significado.

—Pero a usted le gustaba más la antigua librería, ¿no? La de mi tía. Lo veo en su mirada.

Tucker sonrió levemente de manera pensativa.

—No me malinterprete. No es que me gustara más, es que mis recuerdos se quedaron ahí.

—¿Sabe?, encontré las cartas que durante años me estuvo escribiendo mi tía Penn. Las cartas que, una a una, mi padre le devolvía.

El hombre asintió con gesto ausente y melancólico.

—Usted conocía la existencia de estas cartas, ¿no?

—Sabía que Pennelope le escribía. Que nunca dejó de hacerlo. Yo mismo cumplí el encargo de escribirle la última, la que usted recibió en Londres. Pero créame si le digo que no sabía si guardaba las cartas que le iban devolviendo o si las había destruido antes de morir.

De nuevo esbozó una sonrisa apagada:

—Me alegro de que las haya encontrado, señorita Marbury. Supongo que leerlas habrá sido un gran consuelo para usted.

—Lo ha sido. Y no le puedo ocultar que también he sentido una gran pena, una amargura profunda, al leer esas palabras que relatan una historia tan triste. La historia de Pennelope Brent.

Emma se acercó un poco más al notario, como si no quisiera que lo que iba a decir se perdiera en el aire que los separaba:

—Dígame, usted...

Notó un temblor en el estómago; apartó la mirada y se quedó en silencio, con la frase suspendida en el aire. Estaba convencida de que no tenía derecho a abrir la puerta que estaba a punto de abrir. Pero al notario no le hicieron falta las palabras. Respondió la pregunta no formulada con expresión abatida:

—Sí, Emma, sí. Yo amé a su tía. La adoré durante años. Creo que le hice compañía en su soledad. Y también en su enfermedad.

—¿De qué murió mi tía?

—Tenía el corazón muy débil. Ya cuando llegó aquí sabía que su corazón estaba enfermo.

—Como mi madre. También a ella le falló el corazón —susurró Emma, emocionada.

—Pero eso no la detuvo a la hora de empezar una nueva vida y nuevos proyectos.

El hombre paseó la mirada entre las baldas:

—¡Esta librería!

Tras un emotivo silencio, el notario continuó hablando:

—No le confesó a nadie que estuviera enferma. Yo lo sabía, pero nunca me pidió ayuda. No me permitió desempeñar ningún otro papel que el de mudo acompañante. Pennelope tenía el instinto animal de conservar en secreto su dolor. Para ella yo era un amigo fiel. Y con eso tuve que conformarme. Con eso vivo todavía.

La joven se había quedado tan abrumada que no le salían las palabras.

—Yo..., lo siento. No tenía ningún derecho a...

Las campanillas sonaron de nuevo y la figura de Betty se materializó en la tienda. Venía sudorosa, alterada, con los ojos tan asustados que Emma miró a su alrededor para asegurarse de que no se hubiera declarado otro incendio.

—¿Betty...?

El señor Tucker aprovechó para despedirse:

—La dejo, señorita Marbury. Pasaré otro día con calma para fisgonear entre todas estas joyas de libros que tiene expuestos.

Cuando se quedaron solas, Emma reprendió a Betty:

—¿Se puede saber lo que te pasa? No puedes entrar así en la librería. Ahuyentas a la clientela.

—¡Camina!
—¿Quién camina?
—¡May Carpenter camina!

Betty había salido de la librería y había dirigido sus pasos hacia el embarcadero. La primera entrega la haría en Kingswear, en casa de los Carpenter. Mientras esperaba al transbordador, cargando el paquete con los libros, iba pensando en que Emma tenía razón. El paseo le iría bien para despejar las nubes que poblaban su cabeza desde el día de la explosión.

Apoyada en la barandilla de la pequeña embarcación, se distrajo contemplando cómo los rayos de sol llegaban al agua y se reflejaban cegadores en el cielo brumoso. Guardaba dentro del corazón el recuerdo de otros viajes como aquel. Otros viajes junto a su padre. Le parecía que ya hacía mucho que él se había ido a la guerra, de donde nunca había vuelto. Incluso le costaba recordar los rasgos de aquel rostro tan querido; unos rasgos que se desvanecían día a día. Le entristecía enormemente pensar que su padre se estaba convirtiendo poco a poco en una sombra.

Una sombra.

El viento se llevó la imagen de su padre y le devolvió la de aquella sombra reflejada en el escaparate de la librería antes de la explosión. Se estremeció. ¿Por qué nadie le creía? Que Daisy se burlara de sus miedos era de lo más normal, pero que la señorita Emma no quisiera creerle la sacaba de quicio.

Tras llegar a Kingswear emprendió el camino hacia la colina en la que se alzaba la mansión de los Carpenter sin poder deshacerse de la presencia de aquella sombra que la atemorizaba y la seguía a todas partes.

La recibió Arlena Greer. Iba muy maquillada, como siempre, con los labios de un rojo vivo y mucho rímel en los ojos. Betty pensó que escondía la maldad de su corazón detrás de aquella máscara. Le entregó el lote y le hizo firmar el recibo sin apenas intercambiar palabra. A la chica no le gustaba nada aquella casa ni ninguno de sus habitantes. Una sensación extraña, como un cosquilleo que le recorría todo el cuerpo, la impulsaba a salir de allí lo antes posible.

Se había alejado varios pasos de la casa. Las hojas, amarilleadas todavía por el último frío invernal, cubrían la grava y la hierba del camino. Y entonces la impresión de que tenía unos ojos clavados en la nuca hizo que girara la cabeza. Llegó a tiempo de ver una silueta de pie en la ventana del primer piso. Allí, dos ojos grises la observaban desde un rostro pequeño y arrugado. La figura se quedó inmóvil unos segundos. Después desapareció detrás de las cortinas.

—¡Camina! —exclamó Betty.

—¿Que May Carpenter camina?

—Sí. ¡Ya lo creo que camina! Lo he visto con mis propios ojos —dijo Betty señalándoselos, presa de una exaltación que Emma nunca antes le había conocido.

—No te habrás fijado bien. La señora McGregor me explicó que la artritis la ha dejado postrada en una silla de ruedas y que por eso nunca sale de casa y se pasa las horas leyendo.

—No es verdad. La he visto detrás de las cortinas. Estaba de pie y me ha mirado. Luego ha desaparecido. Andando. ¡Caminaba!

—¿Y si no era May Carpenter?

Betty resopló impaciente:

—¡Por supuesto que era ella! La conozco de toda la vida.

En ese momento se abrió la puerta, sonaron las campanillas y detrás apareció el rostro moreno y lleno de arrugas de Frank, el hombre del ferri.

—¡Carta de Greenway, señorita Marbury!

Emma y Betty se quedaron de una pieza, cada una por motivos diferentes.

—¿Carta de Greenway? —reaccionó por fin la chiquilla con la boca abierta y los ojos como platos.

—Ya puedes irte, Betty. Por hoy no te necesitaré más —dijo Emma cogiendo la carta de manos de Frank, con prisa por sacarse de encima a la chica.

—Pero...

Emma le lanzó una mirada seria y ella obedeció a regañadientes.

Una vez sola, Emma se apresuró a leer la carta de Agatha Christie, sorprendida de que de nuevo la escritora estuviese tan cerca de ella.

> Muy querida señorita Marbury:
>
> Me he enterado del accidente que sufrió hace unos días en la librería. Por suerte, he podido comprobar personalmente que los daños no han sido irreparables...

La joven se quedó con la boca abierta. ¿Agatha Christie se había tomado la molestia de ir a la librería? Aquello era más de lo que se podía imaginar. Continuó leyendo sin acordarse siquiera de respirar:

> Supongo, señorita Marbury, que tal y como me ha pasado a mí, este hecho extraordinario y preocupante le habrá llevado a pensar que sus investigaciones en el

pueblo no han sido tan inútiles como usted creía. Por muchas molestias y temores que este ataque miserable le haya causado, lo cierto es que ahora podemos estar completamente seguras de la inocencia de John.

Vamos por buen camino. Hay alguien que se ha asustado y ha salido de su madriguera. Debemos seguir trabajando en la línea iniciada porque, no lo dude ni un minuto, hay un asesino entre nosotros.

Emma levantó los ojos de la carta. Aquella última frase le repiqueteaba dentro del cerebro, porque era la misma que ella le había dicho al superintendente Bantry cuando estuvo hablando con él en los juzgados de Londres el día de la condena de John: «Hay un asesino escondido en algún sitio de Dartmouth. Créame. Hay un asesino entre nosotros», le dijo entonces. ¿Acaso se había olvidado de aquella evidencia? ¿Se había olvidado hasta el punto de no creerse la versión de Betty, que le aseguraba que había una mano negra tras el ataque a la librería?

Emma se enderezó con la última carta de Agatha Christie en las manos y una certeza en el corazón: alguien compartía con ella la absoluta seguridad de que John era inocente.

Y sí. En Dartmouth vivía un asesino. Y como le había dicho la escritora en alguna de sus cartas: «Los criminales casi nunca son prudentes, pero sí muy vanidosos. Hablan mucho y, por eso, a la mayoría los atrapan».

Ahora solo había que escuchar de dónde venían las palabras.

# *Tempus fugit*

Mathew apilaba piezas de madera en la sala mientras Rosalind y Agatha hablaban distendidamente.

La escritora había experimentado una grata sorpresa al recibir la visita de su hija y de su nieto en Greenway, sobre todo porque Rosalind, una chica muy capacitada, observadora y con un gran sentido práctico de la vida, no era demasiado dada a este tipo de visitas sorpresa ni a las demostraciones de cariño. Tenía que reconocer que en esto se parecían un poco. Incluso, reflexionaba Agatha, era muy probable que hubiera sido ella la que le había inculcado ese carácter fuertemente independiente con sus continuos viajes y ausencias, que empezaron cuando la niña era muy pequeña y ella estaba casada con Archie Christie, su primer marido y padre de Rosalind.

—Cuando he sabido que te encontrabas en Greenway he pensado en venir unos días con Mathew. Igual estarás más de seis meses sin verlo, ahora que te vas de expedición con Max. Cuando vuelvas, el niño ya no te conocerá.

—¡Oh, Rosalind! No seas exagerada, por favor.

—Mamá, ¿no te das cuenta de que solo tiene cuatro años? ¿Has pensado en lo que significan para él seis meses?

Agatha sonrió. Le parecía que acababa de ver en los ojos de su hija la misma expresión con la que los recibió, a ella y a Archie, después de su largo periplo por el mundo. Al llegar a casa, emocionados todavía por su experiencia en lugares lejanos y con la agradable sensación de regreso dibujada en el rostro, la niña los recibió como merecían, es decir, como si fueran unos extraños que le acabaran de presentar en aquel preciso momento.

Agatha se dejó arrastrar hasta su particular universo de recuerdos. Desde pequeña, su hija había tenido mucho carácter. Eso sí, era la niña más encantadora del mundo a la hora de escuchar historias. Gesticulaba, reía y captaba hasta el más mínimo detalle de la narración. Pero, para ella, las cosas debían ser reales. En eso no se le parecía en nada: a Rosalind no le gustaban los cuentos de hadas, ¡con lo que le habían gustado a ella de pequeña!

Quizá había que admitir que la niña había tenido muchas más afinidades de carácter con Archie que con ella. Él estaba loco por su hija. Se comprendían mutuamente; tenían el mismo sentido del humor y enseguida entendían los puntos de vista del otro. Los dos poseían un carácter firme, no daban nada por sentado.

Archie había esperado secretamente que su primer hijo fuera una niña. Agatha recordaba como si fuera ayer la confesión que le había hecho al nacer Rosalind:

—Tuve miedo de que la llegada de un niño me hiciera sombra. Un niño habría sido mucho peor. Con una niña todo funciona perfectamente.

Este era Archie, siempre con aquella necesidad de protagonismo, de ser querido, de ocupar el centro del corazón de todos aquellos que lo rodeaban. Quizá por eso, cuando el amor que ambos se habían tenido acabó enfriándose entre las sombras del día a día, él se había enamorado de nuevo. Para Agatha, tal cosa supuso el fin de una parte de su vida, que hasta entonces había estado marcada por la confianza y los éxitos. Por ese motivo, le había costado mucho aceptar la nueva realidad. Un divorcio era algo terrible, según su forma de pensar, y durante un tiempo esperó a que las cosas volvieran a su sitio. Se esforzaba en creer que para Archie aquello no había sido más que una simple aventura, que las aguas se calmarían y que ella volvería a colmar el corazón de su marido. Pero no fue así.

Carlo trató de abrirle los ojos:

—Archie no dará marcha atrás, Agatha —le dijo—. Más vale que te hagas a la idea.

Y no se equivocaba. Carlo conocía muy bien a Archie y enseguida entendió que, aunque odiase hacerle daño a Agatha y odiase también la idea de separarse de su hija, seguiría adelante con su propósito y se iría de casa, como efectivamente ocurrió.

Fue entonces cuando ella, la alegre y confiada Agatha, probó la tristeza, la desesperación y la angustia. Su madre siempre le había dicho que Archie era un hombre cruel. Pero ella lo había idealizado; solo había visto su parte clara y luminosa, su buen carácter y lo mucho que se preocupaba por las personas a las que quería. Pero en ese momento no parecía estar muy preocupado por ella ni por la pequeña Rosalind. Al contrario, a Archie solo parecía importarle su propia felicidad.

Aun así, esperó su regreso durante un año, porque pensó que le debía a su hija la oportunidad de rehacer la familia. Fue un año terrible; a menudo pensaba que todo había sido culpa suya por no haber sabido retener a su marido y haberse abandonado a una relación cómoda dando por sentados su amor y su estabilidad.

Otras veces, se decía que el culpable de todo aquel desastre era él y solo él, y entonces lo odiaba. Y odiaba al mundo entero.

Aquel año pasó y no cambió nada. Archie no volvió, y, aunque ella no quería divorciarse, al final tuvo que hacerlo y se fue a vivir a un pequeño piso de Chelsea con Rosalind y Carlo.

Fue allí, en esa soledad recién estrenada en Chelsea, donde su hija, con la devastadora sinceridad de la infancia, le dijo aquellas palabras que ella nunca olvidaría:

—Yo sé que papá me quiere y que le gustaría estar conmigo. Es a ti a quien parece que no quiere.

—¿Me estás escuchando, mamá?

Agatha levantó la cabeza y descubrió la mirada de su hija clavada sobre ella. Los recuerdos la habían llevado muy lejos de aquella habitación. ¡Qué fácil es a veces viajar en el tiempo! Rememorar algunas escenas de nuestra vida con tanta nitidez como si las estuviéramos viendo en una pantalla. ¡Y qué doloroso!

—¡Oh, perdona, Rosalind! ¿Qué me decías? —preguntó Agatha, recomponiéndose y mirando fijamente a su hija.

Y entonces pensó que Rosalind ya no era aquella niña a la que había visto crecer poco a poco hasta convertirse en una chiquilla cada vez más divertida e interesante. Ni la que se había sentido abandonada por su padre y de algún modo le había cargado a la madre toda la responsabilidad. Ella, Agatha Christie, había sido la puerta a través de la cual Rosalind Christie había entrado en el mundo. Había estado bajo su cargo durante un tiempo, pero después había volado sola, con sus grandes alas desplegadas, había florecido en libertad, por su cuenta, y ahora ella no podía sino observar cómo era su vida, la vida de Rosalind Prichard, viuda de Hubert Prichard, fallecido en combate, y madre de Mathew, un niño precioso de cuatro años.

Y, por suerte, antes de que Agatha volviera a extraviarse en sus reflexiones, y de que su hija perdiera definitivamente la paciencia, la puerta de la sala se abrió y entró Carlo, que se fundió con Rosalind en un emotivo abrazo.

—Pensaba que la señora Butler estaba equivocaba cuando me ha dicho que habías llegado con el niño.

—No, no..., ¡somos nosotros! —exclamó Rosalind divertida.

—¿A qué se debe esta grata sorpresa?

—Le da miedo que Mathew se olvide de que tiene una abuela. Una abuela loca, pero una abuela, al fin y al cabo —puntualizó Agatha.

Y añadió:

—Ya lo ves, la maternidad nos cambia a todos.

Carlo se sentó y empezó a someter a Rosalind a un interrogatorio minucioso sobre todo lo que había pasado durante los meses en que no se habían visto. Aquello dejó margen a Agatha para seguir transitando por el mundo de los recuerdos. La visita inesperada de su hija había removido en su interior algún resorte secreto.

Charlotte Fisher había llegado a sus vidas en 1924, cuando Rosalind tenía cinco años. Agatha había puesto un anuncio en un periódico de Londres. Por su casa ya habían pasado varias institutrices, con resultados nefastos. Al parecer, la niña, pese a su corta edad, era toda una experta en ahuyentar institutrices.

En el anuncio solicitaba una mezcla de niñera y secretaria. En aquel entonces ya había publicado cuatro libros y empezaba a pensar en la escritura como un medio para ganarse la vida. Le vendría muy bien alguien que le ayudara con los manuscritos y pusiera un poco de orden en su trabajo. Recibió varias respuestas y, tras clasificarlas y escoger entre ellas, se trasladó a un hotel cercano a Lancaster Gate para realizar las entrevistas. Allí vio por primera vez a Charlotte Fisher. La joven tenía veintitrés años. Era alta y esbelta, y poseía un rostro inteligente y sensible y unos ojos grises de mirada penetrante. Afirmaba que tenía experiencia con niños. También sabía taquigrafía y mecanografía, y le encantaba la idea de compaginar el cuidado de una niña pequeña con las labores de secretaria de su madre escritora.

Agatha no tuvo ninguna duda y eligió a Charlotte entre todas las candidatas. La llegada de la joven a la casa fue como una especie de milagro. Al cabo de un mes, la pequeña Rosalind ya la llamaba Carlo, y su actitud había cambiado tanto que parecía que la hubieran exorcizado con agua bendita. Y no había ningún secreto; simplemente, ella y Carlo se lo pasaban maravillosamente bien cuando estaban juntas.

Tranquila al ver cómo iban las cosas con la niña, Agatha se dispuso a dictar su nueva novela a Carlo, que se enfrentó a la prueba por primera vez con su bloc de notas y un lápiz. La experiencia no fue demasiado bien. A Agatha le horrorizaba oír su propia voz. Cada frase que dictaba le parecía peor que la anterior; cada palabra la hacía dudar y la obligaba a detenerse. Decidió volver al método de escribir los textos a mano o directamente a máquina. Pero Carlo ya era imprescindible para ella y para Rosalind. Había una cosa clara: además de institutriz y secretaria, se iba convirtiendo día a día en una auténtica amiga.

Rosalind se levantó y cogió a Mathew en brazos. Era la hora del baño del pequeño.

—A ver si consigo que se duerma después de un cuento o dos.

—Te esperaremos para cenar, querida —le dijo su madre.

Agatha y Carlo se quedaron solas mientras oían cómo el alegre parloteo del niño se perdía por el pasillo. Después de unos segundos de silencio, Carlo dijo:

—Algo te pasa, Missus. ¿Quizá esta visita te ha removido viejos recuerdos?

—Quizá los recuerdos tengan algo que ver —respondió Agatha, todavía un poco alicaída—. Pero, ¿sabes?, lo que más me preocupa es el presente. ¡Mi hija, mi preciosa niña, es tan joven y está tan sola!

Los ojos le brillaron con tristeza.

—Sola y con un pequeño que criar. Y, por si fuera poco, se empeña en vivir en esa enorme casa vacía en Pwllywrach, en Gales, lejos de Londres. Lejos de mí.

—Ya sabes que Rosalind está plenamente capacitada para cuidar de ella y del niño. Y si necesita algo te lo dirá. A tu hija nadie le dirige la vida.

—Oh, eso no hace falta que me lo recuerdes.

Carlo pensó que rara vez tenía ante ella esa versión de Agatha: melancólica, angustiada; empeñada en vagar entre recuerdos y preocupaciones. Tenía que hacer algo para distraerla. Y lo hizo.

—¿Cómo tenemos el asunto del crimen de Dartmouth? —preguntó tratando de reconducir la conversación.

—*Tempus fugit*, querida Carlo —respondió Agatha, misteriosa y con la voz llena de angustia.

De haber podido, Carlo habría dado marcha atrás y habría borrado aquella pregunta, con la que solo había logrado cambiar una preocupación por otra. Estaba claro que sacar aquel tema no había sido una buena idea.

—Ni la señorita Marbury ni yo estamos avanzando mucho en nuestras investigaciones.

—Ya te dije que sería difícil obtener información sobre Ethel Le Neve. La verdad es que, de momento, el trabajo que he llevado a cabo no ha dado ningún resultado visible —se disculpó la secretaria.

—¡Oh!, no era ningún reproche, Carlo. Sé que has estado trabajando y te lo agradezco. Pero hay que reconocer que nos hemos estancado un poco. Y se nos acaba el tiempo. Dentro de un mes se hará efectiva la condena de John. ¡Pobre chico!

Guardó silencio y Carlo lo respetó.

—Si al menos hubiera aparecido el arma del crimen... Ese sí que sería un hilo interesante del que tirar.

—Es difícil que aparezca a estas alturas, cuando ya han pasado meses desde los hechos y las pesquisas de la policía no han dado resultados.

—Lo mataron con un objeto afilado y pesado —murmuró Agatha. Y repitió como en un suspiro—: Afilado y pesado...

Carlo intentó encontrar algo positivo en todo aquel asunto. Algo que pudiera levantar el ánimo de Agatha. Entonces recordó lo que le había contado sobre el hilo del que ella y la librera de Dartmouth habían empezado a tirar. Un hilo que, según Agatha, podría llevarlas a identificar a Ethel Le Neve y descubrir qué papel jugaba aquella mujer supuestamente escondida en Dartmouth en el crimen del carpintero. A la mente racional y organizada de Carlo le resultaba difícil creer que esa teoría pudiera arrojar algún resultado positivo, pero en ese momento se trataba de animar a Agatha, de sacarle de encima aquel desánimo que tanto parecía agobiarla. Eso era ahora lo más importante para ella. Por eso dijo:

—¿Y qué ha descubierto la librera sobre las mujeres que me dijiste que había ido a ver?

Agatha aparcó las cavilaciones que en ese momento la tenían prisionera. Se quedó mirando fijamente a la secretaria.

—¡Oh, las mujeres! Comenzamos con una lista de las que cumplían los requisitos: hay tres que rondan los sesenta, no son nacidas en Dartmouth y el carpintero las conocía y había trabajado en sus casas poco antes de morir. Era una posibilidad. Un hilo por el que empezar a tirar.

Hizo una pausa que le permitió reordenar sus pensamientos.

—Barbara Price es una viuda rica que, buscando un retiro tranquilo, supongo, recaló hace ya unos años en Dartmouth tras recorrer el mundo. Según la señorita Marbury, que estuvo en su casa, es una mujer refinada, amante de lo bello. Pero...

—¿Pero? —preguntó Carlo, realmente interesada.

Agatha soltó el aire que retenía en los pulmones y continuó:

—La etérea y delicada Barbara Price no parece la persona idónea para matar con un objeto pesado a un hombre robusto como dicen que era la víctima.

Ambas dejaron escapar un suspiro de frustración.

—Bien —dijo Carlo, a quien nunca le fallaba el sentido práctico—. Aún nos quedan dos.

—May Carpenter lleva años viviendo en Kingswear. Llegó para casarse con un viudo, un rico terrateniente, el señor Carpenter.

—Eso sería muy propio de una mujer que quiere esconderse bajo otra personalidad, ¿no crees? —concluyó Carlo, más animada.

—May Carpenter va en silla de ruedas. Este detalle no constituiría ningún obstáculo para convertirla en una sagaz asesina en una novela policíaca.

Asintió con la cabeza mientras reflexionaba:

—Sí, en una novela, lo de la silla de ruedas sería una simple tapadera. Pero, en la vida real, probablemente sea lo que representa.

Carlo estuvo totalmente de acuerdo.

—Y, en cuanto a Agnes Cowley, es la figura más siniestra de todas. Se trata de una persona antisocial que vive en el bosque como una auténtica indigente, apartada de todos. Incluso John me confesó que le tenía miedo.

—Quizá llegó a Dartmouth huyendo de sus delitos.

—¡Qué fácil creer que es una asesina sin escrúpulos! No, Agnes sería una asesina demasiado evidente para una novela.

—Pero hemos convenido en que realidad y ficción no van siempre de la mano.

En ese momento Agatha usó su curiosa habilidad para no oír lo que no quería oír. Por tanto, hizo caso omiso del comentario de Carlo.

—No, Agnes no mató a Ernest. Por lo que me dice la librera, ¡es pequeña como un enanito!

Un silencio concentrado siguió a esta última observación.

Movió la cabeza a un lado y otro bajo la mirada preocupada de la secretaria.

—No, Carlo; aunque no lo he comentado con la señorita Marbury para no desanimarla aún más de lo que ya lo está, no me parece que ninguna de ellas pueda haber asesinado al carpintero. Y, sin embargo...

Agatha levantó los ojos hacia la secretaria como si acabara de descubrir que la tenía al lado.

—... la intuición me dice que una de estas tres mujeres debe de tener la clave de este crimen. Hay un nudo que todavía no hemos sido capaces de desenmarañar, querida Carlo. Un nudo que se me escapa. Que se nos escapa. Hemos descubierto algo, es cierto. Pero es tremendamente sutil. Estoy convencida de que sabemos algo que no sabemos que sabemos.

# El motivo

Las campanillas de The Blue House sonaron tan alegres como siempre. Emma levantó la cabeza, dejó el libro que estaba leyendo sobre el mostrador y los ojos se le quedaron pegados a la figura que en ese momento entraba por la puerta. Era el superintendente Bantry. El hombre avanzó hacia la chica con actitud tranquila y segura, con andar firme, pausado, e incluso con una sonrisa amigable en los labios. Se quitó el sombrero para saludar a Emma, dejando libre aquella mata de pelo que empezaba a blanquear en las sienes y que le daba un aire interesante.

—Ya ve, señorita Marbury, volvemos a encontrarnos.

—Sí, ya lo veo —dijo Emma intentando recuperarse de la sorpresa, con la curiosidad asomada a sus ojos—. ¿Cuál es el motivo de su presencia en Dartmouth? ¿Se trata de una visita oficial?

Bantry ensanchó la sonrisa. Se quedó mirando fijamente a Betty, que de pie en un rincón fingía trabajar sin quitarle los ojos de encima.

—¿Podemos hablar en un sitio tranquilo?

—¡Por supuesto! Si le parece podemos subir al piso —respondió la librera saliendo de detrás del mostrador y mirando de reojo a su ayudante. Sabía que si iban a la trastienda, la chica aguzaría el oído para intentar escucharlo todo.

—Te quedas sola en la tienda, Betty. No tardaré.

La chica los siguió con los ojos hasta que desaparecieron por la puerta. Estaba segura de que la conversación que iba a tener lugar en el piso de Emma estaría llena de misterios y de detalles interesantísimos sobre los hechos que habían ocurrido en el pueblo meses atrás. Porque, si no se equivocaba, y estaba segura de que no se equivocaba, ese caballero ya había visitado Dartmouth entonces, cuando asesinaron al carpintero. Ella lo había visto. ¡Estaba segura! Pero ¿quién era?

Al parecer, la única clienta que había en la tienda en ese momento se acababa de decidir por un libro de cuentos infantiles. Se acercó al mostrador con el ejemplar en la mano:

—¿Me lo puedes envolver para regalo?

—¿Cómo dice?

—Que me lo envuelvas para...

—¡Es el policía de Exeter! —gritó Betty golpeándose la frente con la mano como si acabara de descubrir el origen de la vida en la Tierra.

—¿Cómo dices?

La chica se quedó mirando a la mujer y el libro que le tendía. ¿De dónde habían salido? ¿Y qué estaría pasando en el piso de la jefa? Habría dado un brazo y quizá incluso una pierna para poder oír aquella conversación.

—Sí, estoy de visita oficial.

Emma había acomodado al inspector en el comedor y le había ofrecido un té. Ella se había servido otro y ahora se dejaba reconfortar por el calor de la taza mientras contemplaba cómo una espiral de humo se elevaba hacia el techo dando vueltas caprichosamente.

El humo, el calor, incluso el intenso sabor de la bebida caliente la transportaron a aquella otra conversación con el inspector en Londres, que ahora le parecía que hubiera tenido lugar en otra vida. Una repentina tristeza la sobrecogió. Aquel día habían condenado a John a muerte y ella se había jurado a sí misma que lo ayudaría, que demostraría su inocencia.

—Se ha quedado muy pensativa, señorita Marbury.

—Le ruego que me disculpe —dijo Emma, e improvisó una sonrisa que le salió un poco desangelada.

—Mi entrevista con usted en Londres hizo que me planteara algunas cosas sobre el caso del asesinato de Ernest Head.

Emma entrelazó las manos sobre la falda y se aclaró la garganta. En ese momento le hubiera gustado preguntarle un montón de cosas al superintendente, pero estaba tan nerviosa que las palabras se negaban a salir de su boca. Por suerte, Bantry siguió hablando.

—Recuerdo muy bien que estaba usted totalmente segura de la inocencia de John Head. ¿Todavía lo está?

La chica asintió con la cabeza. El recuerdo del juicio de John le provocó un nudo en la garganta. Además, la visita del policía y los motivos de su presencia en Dartmouth le habían hecho saltar todas las alarmas. Estaba expectante.

—Ese día me dijo que John Head era inocente y que, por tanto, un asesino corría libre por Dartmouth. Entonces empecé a preguntarme qué pasaría si eso fuera cierto. Empecé a..., ¿cómo se lo diría?, a mirar el asunto desde otra perspectiva.

En la voz del hombre había una especie de tono reflexivo. Emma lo escuchaba conteniendo la respiración, perdida entre la incredulidad y la esperanza. Por último, se atrevió a preguntar:

—¿Significa eso que también usted considera que John es inocente?

El inspector se removió en la silla algo incómodo.

—Yo no he dicho tal cosa, señorita Marbury. No me malinterprete. Lo que quiero que entienda es que consideré que podían haber quedado hilos sueltos en la investigación de los hechos. Había un hombre condenado a muerte, y pensé que no estaría de más echar otro vistazo a las pruebas, a los testigos..., en pocas palabras, revisar la investigación. No podía hacer ningún daño a nadie, y menos a mi conciencia. Por eso, y por mi cuenta y riesgo, puse a mis hombres a investigar de nuevo.

Se acabó la taza de té de un sorbo.

—Han estado revisando el caso durante meses y han descubierto algunas cosas. ¿Quiere saber cuáles?

El corazón de Emma se aceleró todavía un poco más. Tenía un nudo en la garganta del tamaño de una manzana.

—¡Oh, claro que quiero saberlo!

—Descubrieron que había más gente husmeando en este asunto. Gente que no pertenece al cuerpo de policía, no sé si me entiende.

La taza de té resbaló de las manos de Emma y cayó al suelo con gran estruendo.

—Vaya, se ha roto.

La chica se levantó para recoger los pedazos de la taza rota, pero Bantry la detuvo agarrándola suavemente por el codo:

—Hablemos claro, señorita Marbury. Usted también ha estado investigando. Entró en la casa precintada de la víctima, no me lo negará.

Emma había vuelto a sentarse, temblaba y tenía los ojos brillantes de lágrimas. Tragó saliva ruidosamente.

—No sé a qué se refiere —dijo para ganar tiempo mientras pensaba alguna salida digna.

—Entonces, ¿no reconoce que haya estado husmeando en todo este asunto?

Pese a lo corta que es la palabra *NO*, Emma tardó una eternidad en pronunciarla entera. Los nudillos de los dedos con los que apretaba la mesa estaban completamente blancos. Se derrumbó en la silla, sin fuerzas. Se veía en la cárcel, juzgada, sentenciada. Nadie podría salvarla. Y, por si eso fuera poco, cuando se supiera todo, el escándalo salpicaría a la señora Christie, a quien había metido imprudentemente en aquel lío. Tenía ganas de gritar.

El hombre se puso de pie y se quedó delante de la galería, contemplando la calle. Desde allí, de espaldas a Emma, volvió a hablar:

—Lo que más me preocupa, señorita Marbury, no es que me mienta, sino que no sé si se da cuenta de que este es un juego muy peligroso —sentenció con voz fría como el acero—. Tengo entendido que hace poco su librería sufrió un incendio, ¿no?

—Un accidente, sí.

Se volvió.

—¿Está segura de que fue un accidente?

—Bueno... Yo creo... No tengo motivos para pensar que...

Las palabras le habían brotado a trompicones.

—Señorita, la puerta quedó muy dañada, ¿no?

—Sí, de hecho tuve que cambiarla.

—Pero no lo estaba tanto como para que mis hombres no se dieran cuenta de que la habían forzado.

Emma pareció quedarse sin sangre en el rostro.

Bantry volvió a acercarse a la mesa; se apoyó en ella y posó los ojos sobre la chica como si estuviera escrutándola.

—¿Sabe, señorita Marbury? Creo que ha llegado la hora de que colaboremos.

—Tal y como lo oye. Se hallaba a la vista de todos.

Bantry estaba sentado en la silla con las manos entrelazadas y tocándose las yemas de los dedos. Emma lo escuchaba abriendo los ojos como una lechuza.

—¿Y cómo puede ser que nadie se hubiera dado cuenta de que aquella era el arma del crimen? ¿Y cómo llegaron a la conclusión de que lo era?

—A veces, créame, señorita, no nos damos cuenta de las cosas porque simplemente no las miramos por donde deberíamos mirarlas. O, dicho de otra forma, miramos las cosas desde el ángulo equivocado.

—Eso es lo que dice...

Emma tuvo que morderse la lengua. El nombre de la señora Christie debía seguir oculto y a resguardo.

—¿Quién?

—¿Quién... qué?

—¿Quién dice que...?

—¡Ah! ¿Eso? Nadie, una buena amiga que lee muchas novelas policíacas.

—A menudo ese tipo de novelas no resultan demasiado exactas en cuanto a los detalles.

El hombre sacó una pitillera del bolsillo de la americana.

—¿Le molesta si fumo?

—En absoluto.

Bantry cogió un cigarrillo y lo encendió con un mechero que también llevaba en el bolsillo. Emma seguía todos sus movimientos sentada al borde de la silla. Pese a que el comportamiento del superintendente no parecía amenazante, ella todavía no las tenía todas consigo. No podía olvidar que estaba hablando con un policía y que cualquier desliz podría acarrearle serios problemas.

—Como le decía, buscábamos el arma del crimen fuera del escenario del crimen, y estaba dentro. Todo se despejó cuando cambiamos el punto de vista.

Soltó una gran nube de humo blanco por la boca.

—Nada escapa al ojo observador de un buen detective, señorita —sentenció en un tono de profunda satisfacción.

—¿Y cómo la descubrieron?

—Cómo la descubrí, querrá decir.

El superintendente se levantó de nuevo y, mientras paseaba por la estancia, siguió desgranando los hechos:

—En el salón de la casa de la víctima había una chimenea...

Emma tuvo que volver a morderse la lengua para reprimir el «ya lo sé» que se le había estado a punto de escapar.

—... y junto a ella, dentro de un soporte de hierro negro, se guardaban los accesorios para el fuego: una escobilla, un gancho, una pala y un atizador.

El hombre sonrió enigmático.

—Hasta aquí nada extraño, ¿no le parece?

—Nada extraño.

—Todo el mundo había pasado mil veces por allí delante mientras se analizaba la escena del crimen y se buscaban pruebas. Pero un buen policía debe ver más allá de lo que es evidente. Y lo evidente era que el atizador era la única pieza de todas las herramientas que estaba impoluta. Vamos, como si hubieran acabado de limpiarlo y de darle brillo.

Hizo una pausa, como recordando:

—Era una pieza curiosa. Un atizador terminado en una cabeza de perro. Una rareza, supongo.

—Si era tan rara, quizá Ernest nunca la había utilizado. Quizá la tuviera como una pieza de coleccionista, sin estrenar, ya me entiende —razonó Emma.

—Eso mismo pensé yo, señorita Marbury. Eso mismo.

Bantry miró ahora a la joven con cierto respeto. Por lo que podía comprobar, la cabeza no le funcionaba del todo mal.

—Acudí entonces a quien mejor conocía la casa.

—La casera, ¿no? La señora Gannet.

—Exactamente. Le pregunté si aquella pieza podía tener algún significado especial para Head y si creía que era posible que nunca se hubiera utilizado.

—¿Y...?

—La mujer la miró extrañada. Le dio la vuelta por un lado y por el otro. Vaya, que llevó a cabo un examen minucioso y, finalmente, me dijo, y cito textualmente: «¿Puede creer que nunca me había fijado en esa cabeza de perro? Había tanto hollín que ni siquiera podía distinguirse».

—Entonces, esto significa que alguien la limpió.

Emma se detuvo para reflexionar:

—Quizá el propio Ernest. Podría ser, ¿no?

—¿Y por qué solo limpió una pieza que, según la señora Gannet, nunca se había limpiado?

Siguió un silencio.

—Si pensamos que esa fue el arma que el asesino utilizó para asesinar al señor Head, lo que acabará de confirmar la policía de Londres, que la está analizando, el escenario del crimen se nos despeja un poco.

El hombre volvió a sentarse frente a Emma.

—Imagínese. Alguien llega a casa de Head más o menos sobre las cuatro de la tarde, ya que el forense sitúa su muerte entre las cuatro y las cuatro y media. No había puertas forzadas. Las ventanas estaban cerradas por dentro. En consecuencia, parece claro que la víctima abrió la puerta a su asesino y le dejó entrar.

—O sea, que lo conocía.

—Muy probablemente —afirmó Bantry—. Es de suponer que hubo una discusión. En algún momento, el misterioso visitante, sin que Head se dé cuenta, agarra uno de los utensilios de la chimenea.

—El atizador de cabeza de perro.

—Exactamente: el atizador. Lo levanta y descarga un golpe brutal sobre la víctima. Un golpe que lo mata en el acto. Y, antes de devolverlo a su sitio, se le ocurre limpiarlo para borrar sus huellas, seguramente influenciado por esas novelas policíacas baratas que tanto abundan.

Bantry puso los ojos en blanco y suspiró ruidosamente.

—Un trabajo inútil, por lo demás. Es evidente que el asesino, como la mayoría de la gente, desconocía que hoy en día se puede detectar una cantidad microscópica de sangre en un objeto gracias a los potentes reactivos de los que disponemos.

Dejó escapar una pequeña sonrisa satisfecha.

—Después empieza a abrir cajones y a esparcir su contenido por el suelo. Revuelve todo el salón. Puede que buscara algo; o, simplemente, puede que simulara la escena de un robo para ocultar el verdadero motivo del crimen.

Sin apenas respirar, Emma seguía la secuencia de los hechos que el inspector iba desgranando. Preguntó:

—Y a partir de ahí, ¿a qué conclusiones llega, inspector?

—Que el asesino debía de ser un hombre fuerte, sin duda alguna. Y no muy avispado a la hora de destruir u ocultar pruebas.

—Y usted cree que John, además de ser un hombre fuerte, es poco avispado —saltó la chica sin poder evitar un gesto de desagrado.

Bantry le lanzó una mirada severa.

—Yo sigo creyendo, señorita, que todos los indicios apuntan a él. Y el tiempo para demostrar que hemos estado considerando la situación desde el ángulo equivocado se agota. Mientras, aún no sabemos nada del motivo que llevó al asesino a acabar con la vida de ese pobre hombre. ¿Buscaba algo, realmente? ¿Dinero?

Hizo un gesto de impaciencia antes de continuar:

—La teoría del robo del dinero también cojea. Se basa únicamente en el testimonio de la casera, que afirmó que Head guardaba el dinero en su casa, pero no sabemos si realmente lo tenía allí. Tampoco John Blake llevaba dinero encima cuando fue detenido.

Se quedó pensando durante unos segundos. Finalmente, salió de su ensimismamiento exhalando una gran bocanada de aire.

—Quizá el motivo del crimen no fue el robo. Aquí es donde nos atascamos siempre. Con el motivo.

Emma se levantó sin decir nada. Con pasos silenciosos, se acercó a la cómoda de la tía Penn en la que guardaba las cartas y el recorte de periódico que había encontrado en casa de Ernest Head. Cogió esto último y lo dejó sobre la mesa. El inspector clavó los ojos en él y después su mirada formuló una pregunta muda a la chica.

—Sí que entré en casa de Ernest Head, inspector. Fui allí guiada por la esperanza de ayudar a John. No sabía muy bien para qué. Ni si podría entrar. Pero la cerradura de la puerta estaba forzada y cedió fácilmente cuando la empujé.

—Entonces, ¿no la forzó usted? —preguntó Bantry, cada vez más interesado.

La chica dijo que no con la cabeza. Continuó el relato:

—Fui muy imprudente. Me equivoqué, lo sé. Me equivoqué entrando y también escondiendo lo que encontré en una maleta vieja: ese recorte de periódico.

El inspector cogió el recorte y pasó la mirada ávidamente por encima.

—Mis hombres se llevaron algunas de las cosas que había en esa maleta para analizarlas. Eran objetos personales de la víctima que la casera había guardado allí por si alguien los reclamaba.

—El recorte estaba dentro de un libro viejo. Sus policías no debieron de darle importancia.

—¿Por qué no me lo envió?

Emma había tenido tiempo de ir pensando una respuesta convincente para aquella pregunta, que estaba segura de que acabaría llegando:

—Supuse que para usted el caso estaba cerrado.

El hombre asintió con la cabeza.

—¡El crimen Crippen! ¿Por qué cree que este recorte estaba en poder de la víctima?

—El motivo, superintendente Bantry. Ahí tiene su motivo.

# Sombras

El coche avanzaba por la estrecha carretera comarcal bajo el gris furioso de aquella tarde de domingo de principios de abril. El cielo desprendía olor a tormenta y estaba cada vez más negro.

Al llegar a Dartmouth, las primeras gotas golpearon con furia sobre el capó del automóvil. El repiqueteo se intensificó al atravesar el pueblo. De repente, la lluvia se volvió tan violenta que la carretera que conducía al bosque se convirtió en un pequeño torrente.

El coche se detuvo a un lado del camino. Salir fuera bajo ese aguacero era inviable. Afortunadamente, la tormenta fue poco a poco perdiendo fuerza. Pasados solo unos minutos, la lluvia tintinaba suavemente en los cristales, como si estuviera agotada del esfuerzo realizado. El paisaje se despejaba y el cielo iba recobrando un lánguido brillo. El bosque se sacudía de las sombras que lo mantenían prisionero y se desperezaba solitario, recluido en sí mismo, iluminado por la tenue luz de aquella tarde gris.

La mujer aspiró el silencio y la quietud que la tormenta había dejado tras de sí. Cerró los ojos. Recuerdos de tiempos pasados, de cuando era una niña, fueron a su encuentro. En aquel entonces le gustaba la atmósfera limpia y diáfana que la lluvia esparcía y cómo los árboles se pintaban de un verde más puro. Se habría quedado allí, dentro del automóvil, contemplando el paisaje después de la lluvia, oliendo ese perfume fresco que parecía liberarla de la vida que llevaba. Pero tenía algo que hacer antes de volver a casa. Y tenía que hacerlo ahora que aún disponía de un rato de luz. Estaba a punto de abrir la portezuela cuando vio a alguien que bajaba por el camino del bosque. Se acurrucó en el asiento intentando en vano hacerse pequeña y pasar desapercibida.

Oyó cómo los pasos se acercaban apresurados y pasaban de largo, alejándose del vehículo. Se enderezó en el asiento y fijó los ojos a la altura de la ventana.

Nadie.

Bajó y se dirigió a casa de Agnes Cowley.

—¡He dicho que no, Daisy! ¡Y no se hable más!

Rebecca Williams, la madre de Daisy, era la única persona en el mundo con quien las argucias de la chica no servían de nada, ni tampoco la insolencia; ni ese lenguaje arrollador con el que solía abatir a los contrincantes, incluida la señora McGregor, que cada vez más a menudo caía vencida por la lengua viperina de la joven.

—Pero mamá... —se quejó Daisy.

—¡No hay *peros* que valgan! Ya me has oído. No vas a salir sola. Si quieres salir tendrá que acompañarte Betty. Tú eliges.

—Pero mamá... —murmuró ahora Betty.

Rebecca dio la discusión por finalizada y salió a tender la ropa. Con cinco hijos en casa, el trabajo nunca se acababa, y ella no descansaba ni un solo día de la semana; tampoco los domingos.

Las dos hermanas se quedaron frente a frente.

—¡No puedo creerlo! Para una tarde que la vieja arpía me da fiesta y resulta que no puedo salir de casa.

—Sí que puedes salir de casa, Daisy. Conmigo.

Daisy fusiló a su hermana con la mirada.

—¡Sí, claro! Estás pirada si crees que el único domingo por la tarde que libro lo dedicaré a pasear contigo. Tengo otras cosas que hacer, yo.

—¡Oh, sí! ¡Claro! Tontear con Charlie, ¿no? —dijo Betty con voz burlona, poniendo cómicamente los ojos en blanco.

—Baja la voz, ¿quieres? —saltó la mayor, acercándose a la hermana con gesto amenazante y con una nota de histeria en su voz. No soportaba que se le torcieran los planes. Tenía el rostro convulso, lleno de rabia, los labios le dibujaban un gesto airado.

Betty, adelantando tercamente su mentón, se dispuso a abandonar la pequeña estancia dando por terminada la discusión.

—¡Espera!

—¿Qué quieres ahora?

—Podemos llegar a un pacto, hermanita.

—Ya me conozco tus pactos.

—Este te va a gustar.

Una semana entera sin ayudar a su madre a hacer la colada era una razón de peso para pactar con Daisy. Pero Betty había tensado aún más la cuerda y había puesto sobre la mesa de negociación la exigencia de librarse de hacer las camas durante todo ese tiempo. Y se salió con la suya. Apenas podía creérselo. Su hermana debía de estar muy enamorada del zopenco de Charlie. ¿Cómo podía ser? Ciertamente, Daisy tenía a menudo ideas alocadas e imposibles, pero nunca hubiera pensado que se enamoraría hasta el extremo de perder la poca sensatez que le quedaba. A ella, se dijo Betty, eso nunca le pasaría. Por nada del mundo se comportaría como una tonta del bote, que es lo que hacía Daisy.

Como dos hermanas bien avenidas, las jovencitas salieron de casa acicaladas como correspondía a un domingo por la tarde. Un domingo que, por cierto, se presentaba con aires de lluvia.

—Ahora saldremos del pueblo por la carretera e iremos hacia el bosque.

—Pero ¿estás loca? ¿No has visto lo negro que está el cielo? Nos pillará la lluvia en medio del bosque.

—He quedado con Charlie cerca de la casa de la bruja.

—Yo no pienso acercarme allí. ¿No sabes que tiene un perro rabioso?

—Lo tiene atado, mujer. Tú te esperas en el bosque, cerca de la casa, y si se pone a llover siempre puedes resguardarte en el cobertizo sin que Agnes te vea. Yo me encuentro con Charlie y después te vengo a buscar.

—¡Estás loca, Daisy! No me da la gana, no lo haré.

—¿Qué quieres, entonces? ¿Volver a casa y confesarle a mamá que teníamos un trato que no has cumplido? Repartirá leña, te lo aseguro. Y tú no te escaparás.

Betty se quedó callada. El argumento de la leña era bastante definitivo.

—¿Y cuánto tardarás?

—¡Bah, muy poco! Como mucho una hora. Ni siquiera te darás cuenta.

—Y si el perro empieza a ladrar, Agnes sale y me descubre... Entonces, ¿qué?

—No sabía que fueras tan cobarde.

Betty levantó la cabeza en un gesto de dignidad. No era cobarde. Pero el plan de su hermana le parecía de todo menos sensato. Claro que en algo tenía razón: no había demasiadas posibilidades de echarse atrás.

—Vale —se oyó decir a sí misma con una voz que era casi como un maullido.

Todo fue como habían planeado. Y, como había previsto Betty, poco después de separarse de su hermana en el bosque, una lluvia enfurecida empezó a golpear los cristales de la casa de Agnes. La tarde se convirtió en noche profunda y la chica corrió hacia el cobertizo medio derruido. El hedor allí dentro era insoportable y casi llovía más que fuera. El perro ladraba furioso, pero los truenos y el estruendo de la lluvia tapaban los ladridos. Por fin el perro se cansó y se escondió en su casita. Pero Betty no las tenía todas consigo. Empezó a pensar que nunca había hecho un trato tan desastroso y que prefería un mes seguido de coladas diarias que permanecer allí cinco minutos más.

La lluvia fue amainando y el cielo se deshizo de la negrura que lo había envuelto. Ante los ojos de la chica, cobijada en aquel refugio destartalado, una cortina de árboles seguía agitándose con fuerza. Olía a tormenta. Se respiraba humedad. Betty no soportaba la lluvia. Empezó a ponerse nerviosa. No sabía cuánto rato había pasado desde que Daisy se había marchado, pero seguro que hacía más de una hora. Decidió que no esperaría ni un minuto más. Salió del cobertizo y emprendió el camino de regreso.

Daisy corría.

Hacía más de dos horas que había dejado a su hermana en el bosquecillo. Había caído una tormenta espectacular y a Betty le daban miedo las tormentas.

Corría.

Corría.

Iba empapada de pies a cabeza, y sabía que le esperaban las protestas de su hermana y la bronca de su madre.

Corría.

Corría.

Corría.

Se sentía feliz. No había en el mundo ninguna bronca ni ninguna protesta capaz de borrarle de los labios el sabor de los besos de Charlie ni el dulce rastro de los abrazos sobre su piel.

Corría. Y, sin dejar de hacerlo, tomó el caminito que llevaba hacia abajo, hacia el pueblo, y que iba a parar delante de la casa de Agnes pasando entre bosquecillos. Aún no era totalmente de noche, pero la luna ya asomaba por el horizonte. Tras la lluvia torrencial, el atardecer era ahora sereno.

¡La casa!

Daisy se detuvo jadeando. Tuvo la sensación de que los dedos de los árboles se le paseaban sobre la piel. Estaba algo aturdida; asustada.

Susurró el nombre de su hermana:

—Betty... Betty... ¿Estás aquí?

Le respondió el silencio.

Insistió:

—Bettyyyyy...

Se estremeció ligeramente. Oculta entre las sombras, salió del bosque y se dirigió al cobertizo.

—Bettyyy... ¡Oh, Betty, dime que estás aquí!

Flotando a través de las contraventanas abiertas de la casa, le llegó una voz. Una voz que le pareció conocida.

El perro empezó a ladrar.

Daisy trató de fundirse con la oscuridad del cobertizo.

Un portazo.

Un ruido.

—¿Betty?

El corazón le latía deprisa.

Deprisa.

Un gemido. El perro.

De nuevo el silencio. Inmenso. Opresivo.

El cobertizo se llenó de temores silenciados. Daisy miró hacia fuera.

Alguien estaba de pie ante la casita del perro. El animal yacía silencioso en el suelo.

¿Un hombre?

Una sombra.

La sombra desapareció. Huyó a toda prisa por el camino de Dartmouth.

Daisy salió del cobertizo. Un resquicio de luz que se filtraba a través de la puerta abierta de la casa iluminaba el cuerpo del perro, que yacía en medio de un charco de sangre. Los ojos aterrorizados de la chica se clavaron en la figura desgarbada del animal. Después, sin dejar de temblar violentamente, los desplazó hacia esa puerta abierta que parecía llamarla.

Entró.

Agnes Cowley estaba sentada en una mecedora, inmóvil. Su rostro pálido bajo la tenue luz de una bombilla. Los ojos cerrados. De la boca encogida en una mueca trágica caía un hilo blanco, baboso.

Daisy se acercó un poco más. No sabía por qué hacía lo que hacía. No podía dejar de hacerlo. Con una mano tocó el cuerpo. La cabeza de la vieja cayó inerte hacia un lado.

—Muerta. ¡Está muerta!

La chica boqueó como un pez fuera del agua. Luego empezó a sollozar, histérica.

Salió de la casa.

Corría.

Corría.

Corría.

# Cuarta parte

No hay nada más gratificante que resolver un misterio y devolver la paz a los inocentes.

Hercule Poirot

# El esplendor del tejo

*Amo los árboles.*

*A lo largo de mi azarosa vida me he dejado llevar a menudo por la necesidad de perderme en los bosques y abrazar a sus silenciosos habitantes vegetales. Pocas cosas me producen tanta felicidad como adentrarme por altas hondonadas y recorrer los sombríos roquedales; levantar los ojos y descubrir un trocito de cielo dibujado entre las copas espesas.*

*Los árboles, ¿sabéis?, me regeneran. Me ayudan a respirar. Me entienden.*

*Y entre todas esas criaturas hay una que me extasía:*

*El tejo.*

*El árbol de la muerte.*

*El tejo es más que un árbol; es una joya ancestral que ya veneraban los antiguos pueblos celtas del Viejo Continente. Admiraban su longevidad, al tiempo que temían su toxicidad. Por aquel entonces, era considerado símbolo de fertilidad eterna. Esto se debía, en parte, a que el tejo renace de sí mismo y de forma inversa. El interior del tronco está vacío, y desde los nódulos de las ramas desciende una raíz interna por la cavidad hasta llegar al suelo, donde, si logra arraigar, genera un nuevo tronco. Mientras, la madera que la rodea se va secando y, poco a poco, la corteza cae de nuevo. Esto hace que, si lo observamos con aten-*

*ción, nos dé la impresión de que se levanta del suelo, pues las raíces crecen directamente de las ramas.*

*Recuerdo que al descubrirlo me pareció maravilloso. Y quise saber más sobre ese árbol milenario. Con el tiempo, lo he ido conociendo más íntimamente. ¡Es tan hermoso! ¿Verdad que parece un árbol de Navidad? Tan bonito por fuera, con sus frutos de color rojizo, los arilos, tan carnosos y llamativos.*

*Tan generoso, místico y espiritual.*

*Tan venenoso.*

*Porque en el tejo todo o casi todo es venenoso: desde las hojas a la corteza pasando por las semillas. Y es que la taxina, que está entre sus componentes principales, es uno de los venenos más potentes que existen en la naturaleza. Sus alcaloides actúan como un cóctel letal en el organismo, provocando un cuadro de alteraciones cardiorrespiratorias que conducen a la muerte a la media hora de haberlo ingerido. Y, lo repito, la taxina está presente en todo el árbol, desde la raíz hasta la punta más alta de la copa. Una sola infusión de corteza de tejo puede resultar letal.*

*Sí, amo los árboles.*

*Y adoro el tejo.*

He de dejarme de digresiones. Para avanzar en esta historia, debo parar de escribir un momento y cerrar los ojos. Han pasado muchos años, y mi memoria tiene que viajar muy atrás en el tiempo hasta recuperar el momento en que conocí al doctor Crippen y empecé a trabajar para él. Pero, a pesar de que el viaje es largo, solo necesito unos segundos para verlo de nuevo tal y como era entonces, como si el tiempo se hubiese detenido voluntariamente en aquellos días felices para ahorrarme el recuerdo doloroso de todo lo que aconteció después.

Retomo mi relato.

*Hace muchos años, cuando yo todavía era un retoño joven, todo el mundo me conocía como Ethel Clara Neave. Mi padre era Walter William Neave, empleado de ferrocarril; mi madre se llamaba Charlotte Anne Neave. Yo vivía con mis padres en Diss, Norfolk, hasta que me trasladé a Londres con la intención de ampliar mis horizontes. Allí estudié mecanografía, cambié mi nombre por el de Ethel Le Neve y logré mi primer empleo en la consulta de un médico homeópata americano, Hawley Harvey Crippen. Corría el año 1906.*

*El doctor Crippen era, por aquel entonces, un hombre de treinta y ocho años, veinte más que yo. Hacía poco que había llegado a Londres desde su Míchigan natal con su esposa Cora. Había recibido una oferta de una empresa farmacéutica interesada en sus preparados homeopáticos. Apenas se lo pensó. La oferta conllevaba un buen sueldo, una casa en Londres y todo el material que necesitara para enseñar a sus colegas ingleses a preparar sus remedios.*

*Era de constitución delgada. Sus ojos grises brillaban pálidamente detrás de unas gafas redondas y eran, junto al bigote, sus rasgos más característicos. Más que el aspecto físico, lo que me atrajo de él en cuanto lo conocí fue su carácter tranquilo y amable. La cortesía con la que me trataba me hacía sentir especial. Y, por supuesto, el brillo de su inteligencia me tenía cautivada.*

*Muy pronto empezó a fluir entre nosotros una mutua corriente de simpatía. Yo no era solo una secretaria eficaz, sino que con gran placer por mi parte me convertí en su con-*

*fidente. El doctor Crippen me hablaba a menudo de su matrimonio. Cora, su mujer, una artista de cabaret que se hacía llamar Belle Elmore, siempre había aspirado a triunfar como estrella de variedades, y al llegar a Londres se le habían abierto las puertas para actuar en el music-hall de la ciudad. Llevaban vidas muy distintas. Él vivía de día; ella de noche. Según me contaba, su mujer tenía una personalidad arrolladora. Nada la detenía, y las discusiones y las desavenencias eran cada vez más frecuentes.*

*Pero no quiero volver a enfrentarme al recuerdo de Cora. No quiero que su presencia se haga constante y visible en estas páginas.*

*El caso era que la vida había puesto al doctor Crippen, al que yo llamaba cariñosamente Hub, en mi camino. La vida tiene siempre sus motivos. Y yo creí firmemente que estábamos predestinados a vivir juntos, a iniciar una nueva etapa en nuestras existencias.*

*Mi trabajo en la consulta de Hub era muy relajado. Yo sabía, aunque él ni siquiera lo insinuara, que me había contratado porque mi presencia juvenil y atractiva era un aliciente a la hora de recibir a los pacientes. Se podría decir que, aparte de eso, había poco trabajo para mí en el consultorio. Pero siempre he sido curiosa por naturaleza. Y puedo decir, sin faltar a la verdad, que también soy bastante inteligente. De modo que me dediqué a husmear por aquí y por allá, y así fue como hice un descubrimiento sorprendente: estaba rodeada de venenos.*

*Gracias a las enseñanzas de Hub, aprendí a reconocer algunas especies vegetales tóxicas. El estramonio, con sus flores blancas, que contiene un alcaloide venenoso: la atropina. El beleño, que en dosis altas puede alterar el sistema vascular y causar la muerte. La cicuta, que se parece al perejil pero es tóxica y mortal, y no existe ningún antídoto para contrarrestar sus efectos. El tejo y su taxina, que provoca hipotensión, depresión y después la muerte.*

*Descubrir ese mundo fue una gran revelación. Me gustó tanto, me despertaba tanta curiosidad y tantas ganas de aprender, que pronto Hub, para complacerme, dejó que lo ayudara. Siempre vigilándome de cerca, por supuesto. Si la gente supiera hasta qué punto resulta fatídicamente fácil envenenar a una persona por error, no haría tantas bromas. De esta forma, aprendí a medir las dosis de los componentes de algunos remedios con la máxima exactitud. También repartía las mezclas en varios botes. Hub me insistía a todas horas en la necesidad de medir y pesar cuidadosamente los venenos y drogas peligrosas. Con esas sustancias, los errores podían resultar fatales, me repetía sin descanso.*

*Cuando pienso en el terror nervioso que me producía en aquellos días cometer una equivocación, se me dibuja una sonrisa benévola en los labios. ¡Cuánta vida vivida y cuántas cosas aprendidas!*

*Por supuesto, Hub verificaba siempre los preparados y vigilaba de cerca cualquier proceso en el que yo hubiera intervenido. Fue un maestro excelente. De hecho, le debo todo lo que sé sobre venenos. Aunque lo cierto es que la ambición por aprender, por saber más, me ha acompañado siempre. Por eso, hacia finales de 1909, solo unos meses antes de lo de Cora, pasé varias semanas en la biblioteca del Royal College of Surgeons estudiando detenidamente libros de toxicología. Luego, en el laboratorio, ponía en práctica lo que aprendía.*

*Volaba.*

*Había extendido las alas y volaba sola.*

*Tuvieron que pasar cuatro largos años para que Hub y yo pudiéramos hacer realidad nuestro sueño de iniciar una vida juntos. Mientras tanto, nuestras aspiraciones se vieron frustradas por el mismo impedimento de siempre: Cora.*

*Fue entonces, quizá impulsada por la impaciencia propia de los jóvenes y por la frustración que el paso del tiempo iba acumulando en mi interior, cuando tomé una decisión.*

*La solución me la proporcionó mi mágico y letal amigo: el tejo. Había muchos en el laboratorio de Hub, y yo me sentía lista para utilizar su poder sin dejar rastros inoportunos. Estaba convencida de que era una forma limpia de poner fin a aquel problema. Nunca he sido partidaria del dolor ni de la brutalidad.*

*Tampoco Ashley sufrió. A nuestro jardín de rocalla de la mansión de Nueva York se accedía por una valla de tejo que yo había hecho plantar. Me fue útil cuando después de unos años de matrimonio mi marido enfermó y se convirtió en un serio estorbo para mi libertad. Se fue en paz, dejándome su fortuna, y durante años pude gozar de una existencia dorada. Hasta que sentí la necesidad de volver a Inglaterra y encontré en Dartmouth el lugar idílico y tranquilo que buscaba. Compré una casa grande y confortable, e inicié allí una cómoda existencia rodeada de todo lo que había ido atesorando a lo largo de mi vida.*

*Una existencia que ahora se ve amenazada.*

*Es hora de volver a actuar.*

*Porque, ¿sabéis?, yo soy un tejo. Y como un tejo, renazco de mí misma. Pierdo la corteza y arraigo por dentro. Y, de ese modo, sobrevivo.*

# El secreto

Emma entró en The Cherub Inn por la mañana, como cada día. También como cada día, el hostal estaba bastante lleno de parroquianos que, como ella, iban allí a desayunar o a tomar un café antes de acudir a sus trabajos.

Vio un sitio vacío en la barra y se apresuró a ocuparlo antes de que alguien más espabilado se lo quitara, pero en el camino tropezó literalmente con la señora McGregor, que llevaba una bandeja en cada mano y avanzaba por el local como una locomotora.

—¡Oh, perdóneme!

La hostelera estaba acostumbrada a mantener el equilibrio con las bandejas en las manos y, con una pirueta digna de un número circense, evitó que cayesen al suelo y esparcieran su contenido.

La mujer sirvió las mesas y volvió hacia la barra secándose el sudor de la frente con el delantal.

—¿Pasa algo, señora McGregor?

—¡Ay, hijita! Mal empiezo la semana. Esta moza, Daisy, me tiene más que harta. Ayer le di la tarde libre y hoy se ve que está enferma. Y es que no me extraña, seguro que salió a pasear bajo la lluvia. Debió de quedar empapada y hoy, ya lo ve, ¡enferma! O eso es lo que dice su hermana Betty, que ha venido a avisarme.

Y a mí quién me saca el trabajo de encima, ¿eh? —preguntó sin dirigirse a nadie en particular. Luego siguió murmurando por debajo de la nariz, mientras con una mano calentaba el agua para el té y con la otra hacía las tostadas. Parecía haberse olvidado de la presencia de Emma.

—Todos podemos ponernos enfermos de vez en cuando —dijo la chica, intentando quitarle hierro a la situación.

La hostelera le dirigió una mirada de desesperación, le plantó una taza delante y puso los brazos en jarras en un gesto mudo pero elocuente.

—No me haga hablar, señorita Emma. Que soy gato viejo. A mí no me enredan ni Daisy ni cuatro como ella.

—¿Qué quiere decir?

—Esa moza aprovecha cualquier instante para tontear con ese cagabandurrias que le baila el agua.

—¿Charlie?

—Hay quien los ha visto salir del pueblo y adentrarse en el bosque. La pobre Rebecca ya puede atar corto a esta descarriada hija suya.

Frunció el ceño y movió la cabeza:

—Seguro que esto es lo que estuvo haciendo ayer...

—Pero, señora McGregor, no puede estar segura de ello.

—¡Y lloviendo a cántaros! —dijo dirigiendo a Emma una mirada fulminante que, en realidad, iba dirigida a Daisy—. Seguro que hoy tenía demasiado sueño para levantarse y se ha quedado con la nariz bajo las sábanas. Tal como se lo digo: ¡con la nariz bajo las sábanas!

—¿Qué haces acostada, Daisy? ¡Es tardísimo! Mamá ya hace rato que ha salido. Deberías estar vestida y arreglada para ir al hostal.

Betty abrió la ventana de la habitación que compartía con su hermana. Una luz rosada y delicada empezó a invadir el cuarto. Después del gran chaparrón de la tarde anterior, hacía una mañana más invernal que primaveral. Sería un día frío.

Alargó una mano y la puso sobre la suave montañita que el cuerpo de su hermana formaba bajo las mantas. La sacudió. Primero suavemente, después con fuerza. Daisy apenas se movió.

—¡Daisy! ¡Daisy! ¡Despierta! ¿Qué tienes? ¿Qué te ocurre? ¿Estás enferma?

Poco a poco, el embozo de las sábanas fue cediendo y, debajo, apareció el rostro desencajado de Daisy. Tenía la mirada trémula, vacilante. Respiraba descompasadamente.

La chica se incorporó, perdiendo el cobijo de las mantas.

—¡Pero si vas vestida! ¿Y esa cara? —exclamó Betty sorprendida—. Oh, Daisy, todo esto es culpa de Charlie, ¿no? ¡De ese estúpido! Dime, ¿qué te ha hecho?

Daisy se sentó en la cama y agarró las manos de su hermana pequeña entre las suyas. Dijo que no con la cabeza sin pronunciar ni una sola palabra.

—¿Qué te pasa? —preguntó Betty, cada vez más preocupada.

La noche anterior ella había llegado a casa antes que Daisy, empapada y con la respiración entrecortada por lo mucho que había tenido que correr para llegar hasta el pueblo. Su madre se había subido por las paredes al ver que llegaba sola. La había sometido a un interrogatorio, pero ella no había hablado. La joven sabía conservar la sangre fría y era perfectamente capaz de aguantar el tipo cuando le convenía. A pesar de sus diferencias con Daisy, la quería con locura y nunca la habría delatado.

Rebecca la mandó a la cama sin cenar. Se durmió enseguida; había sido un día movido y estaba agotada. La despertaron unos gritos. No sabía cuánto tiempo había pasado desde que se había acostado ni qué hora era. Supuso que su hermana acababa de llegar y que le estaba cayendo una bronca tan fuerte como la lluvia fría que había caído aquella tarde en el bosque. Volvió a dormirse. Durante la noche, ahora lo recordaba, había oído un llanto.

—Esta noche has llorado, ¿verdad? ¿Es por mamá? ¿Te ha castigado?

Daisy seguía muda, con las manos fuertemente agarradas a las de su hermana. No parecía ella; era como si tuviera un fuego dentro, algo que la estaba consumiendo. Betty nunca la había visto así. Y, sobre todo, nunca la había visto muda.

—Daisy, por el amor de Dios, ¡habla! ¿Qué te ocurre?

Por toda respuesta, la chica se puso a temblar violentamente y empezó a sollozar. Poco a poco, los sollozos se fueron haciendo más ruidosos. Betty la atrajo hacia sí y la abrazó.

Cuando aquellos espasmos se calmaron un poco, Daisy acercó su cuerpo al de su hermana. Le pegó la boca al oído y le susurró unas palabras. Al oír aquello, Betty dio un salto hacia atrás. Estaba atónita, con la boca abierta. En un primer momento la cara se le puso roja, pero después se quedó completamente pálida. Soltó las manos de su hermana y se levantó.

Daisy había bajado la cabeza, apesadumbrada. Preguntó con inquietud:

—¿Y ahora qué haré?

—Déjamelo a mí —respondió Betty.

Emma se había acurrucado en la butaca de la trastienda y parecía que incluso le costase abrir los ojos. Se hubiese podido oír el ruido de un alfiler cayendo al suelo.

—A ver, chicas...

Se detuvo. Guardó silencio unos segundos, como si estuviera reordenando la información. Por último, preguntó con un hilo de voz:

—Entonces, Daisy, ¿estás del todo segura de lo que viste en casa de Agnes?

La chica estaba apoyada contra la pared como si quisiera fundirse con ella y desaparecer. Asintió con la cabeza.

A pesar de la fría temperatura del exterior, el aire de aquel cuartucho era cálido y estaba como estancado. Emma y las dos hermanas Williams sudaban de angustia.

Betty enseguida se había hecho cargo de la situación. Había salido corriendo hacia el hostal para avisar a la señora McGregor de que su hermana tenía fiebre y no podría ir a trabajar. Con eso ganaba tiempo y evitaba que su madre se enterara por la hostelera de que pasaba algo.

Al volver a casa, había encontrado a Daisy sentada en la cama, tal y como la había dejado, con un pañuelo empapado y arrugado en sus manos.

—¡Cámbiate de ropa, va! Tenemos que salir.

—No pienso ir a ninguna parte.

—Sí, saldremos. Tenemos que ir a buscar consejo —le había dicho Betty, lanzándole la ropa limpia a su hermana y dándole prisa para que se vistiera.

—Consejo... ¿de quién?

—Confía en mí. Sé lo que me hago.

Daisy retuvo a su hermana por el brazo.

—Nadie debe saber que estuve en casa de Agnes, ¿no te das cuenta?

—La policía encontrará el cuerpo. Y no te quepa ninguna duda de que también encontrarán pruebas de nuestra presencia allí. Siempre las encuentran.

Daisy pareció pensar en esa posibilidad.

—Quizá tarden mucho en encontrar el cuerpo. Quizá... ¡ni siquiera lo encuentran!

Se echó a llorar:

—¡Oh, Betty!, no quiero que nadie se entere de mis encuentros con Charlie en el bosque.

La chica no pudo evitar estallar en una carcajada:

—¿Eso es lo que te preocupa? ¿De verdad? ¡Si lo sabe todo el pueblo!

—Pero mamá todavía no. Y cuando se entere me matará —dijo Daisy, con la cabeza gacha y retorciendo el pañuelo nerviosamente con los dedos.

—Mira, mejor morir a manos de mamá que morir en la cárcel. ¡Vamos!

—¿Dónde?

—A la librería.

Emma estaba aturdida y un poco asustada. Tras escuchar lo que las hermanas Williams habían ido a decirle, había preparado una cafetera con el poco café que le quedaba del que la señora McGregor le conseguía en el mercado negro. La ocasión lo merecía. Aquello era demasiado grande para asimilarlo sin una taza humeando entre las manos.

Sirvió el café en tres tazas. No tenía azúcar. Aun así, empezó a remover el líquido con la cucharilla compulsivamente.

Las dos hermanas sorbían el café con los ojos clavados en la librera.

—Entonces, Daisy, ¿estás segura de que viste lo que dices que viste?

Emma trató de adoptar un tono natural y neutro que escondiera los nervios que sentía por dentro. Tosió antes de continuar:

—Quiero decir que tú..., bueno...

Se hundió un poco más en el sillón, como si quisiera que se la tragara.

—Tú..., a veces...

—¡Oh, sí, señorita Marbury! —la interrumpió Betty—. Ya sabemos que mi hermana es exagerada y malhablada, que critica a todos y que cuando no sabe algo se lo inventa.

Suspiró enarcando las cejas:

—Pero no es capaz de inventarse algo así. No tiene tanta imaginación. ¡Créame! Se lo digo yo, que la conozco bien.

Daisy, que todavía no había abierto la boca, bebía de su café hecha un manojo de nervios.

—Y con respecto a ti, Betty...

—Yo también vi lo que digo que vi.

Emma suspiró profundamente.

—Entonces debo suponer que cuando tomaste el camino del pueblo para volver a casa te cruzaste con un coche parado. Y que dentro...

—Dentro no parecía haber nadie. Pero me escondí detrás de un...

—Entonces te pareció ver a una mujer salir del coche y dirigirse a casa de Agnes.

—No me pareció nada; la vi. Y no era una mujer. Era Arlena Greer.

—¿Estás segura?

Por toda respuesta, Betty levantó el mentón en un gesto desafiante y se cruzó de brazos.

—Muy bien, prosigamos —concedió la librera—. Más tarde, Daisy llegó frente a la casa de Agnes para buscarte y oyó una voz que no le era del todo desconocida. Luego vio a un hombre...

—No sabe si era un hombre —replicó Betty—. Era una sombra. ¿Verdad, Daisy?

La interpelada dijo que sí con la cabeza.

—Y este... Esta sombra, según dice, mató al perro de Agnes y también la mató a ella. Es eso, ¿no?

El silencio que se hizo a continuación era pesado y denso. Como la niebla.

—¿Cómo puedes saber que estaba muerta?

Daisy empezó a sollozar espasmódicamente, hundiendo el rostro entre las manos.

—¡Oh, pobrecita! —intentó consolarla Emma—. Estás muy asustada. ¡Lo que debiste ver ayer en esa casa!

—Lo que importa ahora, señorita Emma, es que nadie pueda acusarnos de nada, porque, claro, nosotras estuvimos en el lugar de los hechos. ¿Verdad que lo entiende?

—Entonces, tenemos que ir a la policía.

Daisy estalló ahora en un llanto histérico.

Betty se quedó mirando a la librera. Tenía una expresión extraña que Emma no le había visto antes.

—Verá, señorita Emma. Hay algunas cosas que, ¿cómo se lo diría...?

Se pensó las palabras.

—Que nadie debe saber —afirmó finalmente, recordando la frase que había utilizado su hermana.

—¿Quieres decir un secreto?

Las dos hermanas asintieron a la vez con la cabeza.

El superintendente Bantry se disponía a salir de Exeter para dirigirse de nuevo a Dartmouth. La noticia de la aparición del cadáver de Agnes Cowley suponía un giro inesperado para ese caso que tanto se le resistía.

—Pero ¿qué está pasando en Dartmouth?

Pese a la sorpresa ante un nuevo episodio violento, Bantry estaba seguro de que este crimen tenía que ver, y mucho, con el del carpintero. En su trabajo no había margen para las casualidades. Como tampoco era casualidad que hubiera sido precisamente la librera, Emma Marbury, quien se hubiera puesto en contacto con él para hacerle saber la existencia de unos «posibles testigos» con los que podría interesarle hablar.

—Otra vez la señorita Marbury en medio de este asunto. Quizá me saldría más a cuenta dejarla hacer y que me avisara cuando lo tuviera todo resuelto —se dijo, sin poder evitar una sonrisa irónica, mientras subía al coche oficial que debía llevarlo a Dartmouth.

—Y bien, señoritas...

—Esta es Daisy Williams, la mayor. Y ella es Betty, su hermana pequeña.

Emma hizo las presentaciones. Había citado al policía en su piso. A la librera le pareció que las chicas estarían más tranquilas allí que si debían ir a declarar a comisaría.

El superintendente Bantry agradeció la aclaración de Emma con un movimiento de cabeza. Resumió lo que Emma le había contado para ponerlo en antecedentes.

—O sea, que, si lo he entendido bien, ustedes fueron al bosque el domingo por la tarde.

Durante un segundo o dos escrutó a las jóvenes en silencio, esperando una respuesta. Daisy tironeaba de su falda compulsivamente. Betty, más tranquila, con la cara bien alta y los ojos serenos, asintió con la cabeza.

—Un día extraño para ir a pasear por el bosque. Por lo que me han dicho, cayó un buen chaparrón. ¿Me pueden contar qué fueron a hacer al bosque bajo la lluvia?

Daisy clavó los ojos en los de su hermana pidiéndole auxilio. Al mismo tiempo, esta los clavó en los de Emma, que por alusiones se vio obligada a hablar:

—Verá, superintendente —dijo—. Las chicas querrían que el asunto que las llevó al bosque aquella tarde quedara, ¿cómo se lo diría?, en privado. O sea, que nadie supiera nada.

—¿En privado? ¿Por qué?

—Porque mi madre me matará si sabe que fui a ver a Charlie.

—¡Ah, es eso! Una cuestión personal, vamos.

Bantry golpeó la mesa con los nudillos y se aclaró la garganta de forma elocuente.

—Verá, lo que me digan ahora quedará entre nosotros, señoritas. Pero no puedo asegurarles que, según vayan las cosas, no tengan que ir a declarar. Claro que si ahora deciden no contarme nada de lo que vieron, debería considerarlo obstrucción a la justicia y llevármelas a la comisaría.

Daisy ya había acabado con la falda y ahora se acariciaba el puño de la manga de la chaqueta. Betty la miró con ojos decididos y le dijo:

—Se lo contaremos todo, ¿verdad, Daisy?

Y sin esperar respuesta empezó a hablar. Cuando acabó el relato, se quedó mirando a su hermana mayor y, con una sonrisa para darle ánimos, le cedió el turno. Daisy explicó a trompicones lo que había visto. A medida que recuperaba los recuerdos de aquella tarde funesta, tironeaba con más fuerza de la manga del pobre jersey, tan dado que casi tocaba el suelo.

Terminó su relato y dejó escapar un suspiro lastimoso.

El superintendente había ido tomando notas en su cuaderno. Cuando Daisy terminó de hablar, levantó los ojos de la libreta y se quedó mirando atentamente a las hermanas Williams. Luego dijo:

—O sea, que, al parecer, la víctima tuvo una tarde distraída. Primero recibió la visita de una mujer, que según usted, Betty, era la señorita... —miró el nombre en el cuaderno— Arlena Greer, y después la de un hombre que quizá no era un hombre sino una sombra, según lo que ha contado Daisy.

Las dos asintieron a la vez.

—Usted, Betty, está segura de que la mujer del coche era la tal Arlena, ¿verdad?

—Estoy segurísima. Me escondí y la vi bajar del coche. Nadie podría confundir a Arlena Greer con cualquier otra mujer. Iba pintada como una mona, llevaba un pañuelo en la cabeza y unos zapatos de tacón que se le hundían en el barro.

—Una jovencita muy observadora, sin duda.

Ella sonrió con orgullo y se irguió en su asiento.

—¿A qué hora vio a Arlena Greer, Betty?

—Oh, hacía más de una hora que Daisy se había

ido a... Bueno, que se había marchado. Debían de ser casi las seis.

—Y usted, Daisy, ¿a qué hora llegó a buscar a su hermana?

—No sé... Se me había hecho tarde. Fui corriendo hacia la casa de la bru..., de Agnes. Quizá eran casi las siete.

—Y una vez allí, estando en el cobertizo, oyó una voz.

—Sí.

—Y le resultó conocida.

—Sí.

—Y vio a alguien delante de la casita del perro. Un hombre...

Betty saltó como un resorte:

—Ella no ha dicho que fuese un hombre. Vio una sombra, ¿verdad, Daisy? Tanto podía ser un hombre como una mujer.

—¿Y qué ocurrió con la sombra?

Daisy sufrió otro ataque de llanto. Su hermana la abrazó y la animó a continuar.

—Mató al perro.

—¿Por qué entró usted en la casa?

—La puerta se había quedado abierta. Todo estaba muy silencioso. No sé por qué entré. Ojalá no lo hubiera hecho.

—¿Qué vio, Daisy?

—Agnes Cowley estaba sentada en la mecedora. Me pareció que dormía. La toqué para despertarla. Pero... ¡Estaba muerta!

Se hizo un silencio... mortal.

Las dos hermanas ya se habían ido. El superintendente Bantry cerró la libreta de notas mientras Emma preparaba un poco de té.

—¿Usted cree que podemos dar crédito a estos testimonios, señorita Marbury?

Emma se sentó a la mesa frente al inspector y sirvió el té.

—Son buenas chicas, aunque algo inmaduras. De una ingenuidad a veces desconcertante. Pero hay que entender que no lo han tenido ni lo tienen fácil.

—¿Usted les cree?

—Estoy segura de que vieron lo que dicen que vieron.

—O sea, que, según lo afirmado por Betty, deberíamos dar por bueno que esa tal Arlena salió de un coche sobre las seis de la tarde y se dirigió a casa de la víctima.

Emma asintió con la cabeza.

—Eso es lo que dice.

—Y que, más o menos una hora más tarde, su hermana vio a un hombre...

—Una sombra.

—Me interesa más la versión del hombre. Estará de acuerdo conmigo en que es bastante difícil seguir las huellas de una sombra.

La joven sonrió, dio un pequeño sorbo a su taza y concluyó:

—Fuera lo que fuera, un hombre, una mujer o una sombra, queda claro que se trata de quien asesinó a Agnes. Y que, cuando salió de la casa, mató también al perro.

—¡No! —exclamó Bantry elevando la voz.

—¿Cómo?

—Agnes Cowley llevaba ya horas muerta cuando Daisy Williams vio salir aquella sombra de la casa.

Encendió un cigarrillo y se quedó mirando con expresión escrutadora y pensativa el rostro de Emma, que se había quedado lívido.

—El estudio del cadáver nos ha dado algunas pistas. Agnes Cowley fue envenenada con taxina al mediodía; a más tardar, a primera hora de la tarde. Por tanto, llevaba horas muerta cuando Arlena Greer fue supuestamente a la casa y cuando la hermana mayor oyó una voz y vio la sombra de otra persona saliendo de allí.

—Entonces, ¿quién es el asesino?

El superintendente no pudo ofrecer una respuesta. Se encogió de hombros. Emma se preguntó qué pensaría Agatha Christie de todo aquello.

—Y otra cosa.

—¿Otra cosa?

—La víctima llevaba una fotografía escondida entre la ropa.

—La de la mujer del periódico, ¿no?

Bantry pareció algo irritado. Emma acababa de arruinarle la sorpresa.

—Sí, señorita Marbury. El original de la foto del periódico que usted encontró en el libro de Ernest Head. La fotografía de Ethel Le Neve, con ese sombrero enorme sobre una melena abundante y rizada, y esa mirada de quien nunca ha roto un plato.

—¿Por qué? —preguntó la chica—. ¿Por qué a Agnes Cowley le interesaba tanto esa fotografía?

Bantry se quedó en silencio mientras observaba la espiral de humo que surgía de su cigarrillo.

—Yo creo que la pregunta que hay que hacerse es: ¿de dónde sacó Agnes Cowley aquella fotografía y por qué la escondía con tanto esmero? ¿Y sabe algo? Creo que para ello también puede haber una respuesta, si tenemos en cuenta que en casa de la mujer se encontró una importante cantidad de dinero.

—¿Quiere decir que era el dinero que guardaba Ernest Head en su casa?

El hombre miró a Emma como si de pronto hubiera recordado que la chica estaba allí escuchándolo:

—Yo no creo nada. Solo expongo unos hechos que no están demostrados. Pero que tienen alguna lógica, sobre todo considerando que usted se encontró la puerta de casa de Ernest forzada cuando entró esa noche.

Emma se levantó y empezó a pasear por el pequeño comedor. Estaba nerviosa.

—O sea, que es posible que Agnes Cowley entrase en casa de Ernest Head después de que este fuera asesinado. Y que encontrara y cogiera el dinero que el carpintero guardaba en casa.

—Y posiblemente la fotografía —siguió razonando Bantry—. Lo que no entiendo es por qué no se llevó también el recorte de periódico.

—El recorte estaba dentro de un libro viejo, bastante escondido. Agnes ni lo debió ver.

El superintendente también se puso en pie. Se disponía a irse.

—Pues todo lleva a pensar que Agnes Cowley encontró algo que el asesino buscaba. Algo que había estado en posesión de Ernest Head, la primera víctima. Y que también le costó la vida a ella.

—¡La fotografía de Ethel Le Neve! —concluyó Emma.

El policía se puso el sombrero. Antes de irse le hizo a Emma una última pregunta:

—¿Por qué cree que la gente conserva sus fotografías, señorita Marbury? Sobre todo si estas pueden ser comprometedoras.

—Depende. Puede haber muchos motivos, ¿no le parece?

El hombre reflexionaba en silencio. Emma concluyó:

—Creo que normalmente es por motivos sentimentales.

—Es posible. Pero también puede ser porque simplemente se olvide de que las tiene guardadas. ¿Sabe?, creo que cuando descubramos el motivo por el que alguien conservó esa fotografía encontraremos al asesino.

# El viejo policía

Detrás de la ventana de la cocina empezaban a asomar las primeras y tenues luces del día. Pronto el sol se filtraría por cada rendija de la casa.

Agatha tenía los ojos fijos en los árboles que empezaban a iluminarse. Soñaba con el momento en que estallarían en mil brotes de formas diferentes.

Sobre la mesa se acumulaban las cartas del día anterior. Después de leerlas había hecho tres montones: las no importantes, las importantes y las muy importantes. En este último montón solo había dos cartas: una era de Emma Marbury; la otra, de Max.

La lectura de la carta de la librera le había dejado un regusto agridulce. Le comunicaba la noticia que estaba en boca de todos y de la cual Carlo la había informado hacía unos días: el asesinato de Agnes Cowley.

—La segunda víctima... —murmuró Agatha. No por esperada era menos dolorosa. Siempre había estado convencida de que el asesino volvería a actuar.

En la carta, Emma la ponía al corriente de toda una serie de detalles sobre lo ocurrido en Dartmouth aquellos días: el testimonio de las hermanas Williams, que habían estado en el lugar de los hechos, la visita de Bantry y las últimas noticias sobre la investigación del crimen que este había puesto en su conocimiento.

Unas noticias que Agatha consideró sumamente importantes y que se apresuró a escribir en su libreta de notas.

—Hummm..., taxina. Envenenada con taxina.

Hizo tamborilear los dedos sobre la mesa; el sonido pareció repetir aquella palabra: ta-xi-na, ta-xi-na...

—El ser humano siempre está lleno de curiosas sorpresas —concluyó moviendo imperceptiblemente la cabeza.

Al menos, en medio de aquella espiral de crímenes que parecía sacudir a Dartmouth, la carta de Emma era portadora de una buena noticia:

> El superintendente Bantry me ha comunicado que la sentencia de John se aplazará hasta que se investiguen estos últimos hechos. Para él, como para nosotros, ambos crímenes guardan una estrecha relación.
>
> ¿No es maravilloso, señora Christie?

Sí que era una buena noticia. Como decía la señorita Marbury, era una maravillosa noticia. Agatha guardó la carta dentro del sobre y miró hacia fuera. El inicio del día se anunciaba agradable y suave, pero ella no podía quitarse de la cabeza que había un asesino cerca y que ya había matado en dos ocasiones. Sintió una ola de desánimo. Para atajarla, se dispuso a leer la otra carta, la de Max:

> Hoy hemos llegado a Fallujah, junto al Éufrates. ¿Te acuerdas de Fallujah, querida? Hemos atravesado el puente frente a la estación aérea de Habbaniya y enseguida han aparecido ante nuestros ojos los grupos de palmeras y aquella carretera que sube. Ya se distinguían en el horizonte las cúpulas doradas de Kadhimi-

ya. Después hemos pasado por otro puente y hemos entrado en Bagdad por una calle de edificios derruidos, en medio de los cuales se elevan impertérritas hacia el cielo las cúpulas de la mezquita.

Un raudal de maravillosos recuerdos acarició el corazón de Agatha Christie. Acudieron a su mente las imágenes de su primer viaje a Bagdad, cuando se acababa de divorciar de Archie. Había ido allí con el deseo de encontrar un bálsamo para su dolor en el país de *Las mil y una noches*. Fue una experiencia maravillosa. Y después había vuelto más veces en compañía de Max.

Volvió a centrar su atención en la carta de su marido:

> En Nimrud ya nos están preparando una casa entre el *tell* y el Tigris. En el piso de abajo dispondremos de un comedor al lado de la cocina. En el de arriba hay dos habitaciones. He dado instrucciones para que cuelguen una placa en la puerta. Pondrá: BEIT AGATHA.

«La casa de Agatha», repitió ella emocionada. Los ojos se le humedecieron. Tenía ganas de reunirse con su marido. De coger los pinceles y ponerse a limpiar las piezas que Max y su equipo extrajesen de la excavación. Era una ferviente admiradora de las grandes riquezas que la tierra escondía en sus entrañas. Se encargaría también, como en otras expediciones, de la fotografía. Casi por diversión, había empezado a sacar fotos de los lugares, de las piezas y de las personas que intervenían en las expediciones. Pero Agatha había acabado haciendo lo que hacía siempre: se había lanzado de cabeza, había asistido a algún curso y se había convertido en una experta fotógrafa. Ahora, en cada expedición, disponía de un cuartito en el que podía revelar las fotos e ir documentando las piezas. Era de gran ayuda para los arqueólogos, y ella se divertía mucho.

Esa era la vida que llevaba junto a Max. Y su vida le encantaba. Qué ganas tenía de volar hacia Oriente. Claro que antes aún le quedaba un trabajo por hacer. Nunca le había gustado dejar las cosas a medias.

En ese preciso momento, Carlo entró en la cocina. Su rostro relucía con una sonrisa victoriosa mientras blandía alegremente una carta en la mano.

—Sus camelias son envidiables, señor Legge.

Al hombre se le escapó una sonrisa llena de orgullo por debajo del bigote canoso.

—Es usted muy amable. Lo cierto es que la floración de este invierno ha sido sorprendente. Y ya ve, señora, bien entrado abril y todavía dan flores.

—En mi casa, en Greenway, tengo un jardín lleno de camelias. Lo llamamos, como no podía ser de otra manera, el jardín de las camelias. Aún se pueden ver los restos del invernadero que hubo allí hacia 1832. Las camelias eran sin duda las flores preferidas en la Inglaterra previctoriana, pero entonces existía la creencia de que necesitaban crecer protegidas.

—Creo que es evidente que la mayoría de las camelias se sienten más que felices de crecer al aire libre en el suave clima de Devon, ¿no le parece?

—Tiene toda la razón. Aun así, hay que tener cuidado con las camelias blancas: no toleran las heladas.

—Es usted toda una experta.

Los ojos azules y bonachones del hombre sonrieron afables detrás de las gafas.

—Y ahora, si me hace el honor de entrar en casa, mi Kathy ha preparado un poco de merienda. Aún no se puede creer que Agatha Christie en persona nos visite.

—El honor es mío, créame, inspector Legge.

Carlo había hecho bien su trabajo. Le había prometido a Agatha que la ayudaría a buscar el rastro de Ethel Le Neve. Había tenido que tirar de muchos hilos; como se temía, la guerra había complicado mucho las cosas y seguirle la pista a una persona en esas circunstancias no era fácil. Pero la suerte se había puesto de su lado y, tras llamar a muchas puertas, había encontrado un testigo de primera mano: Arthur Legge, inspector jubilado de Scotland Yard.

Por eso aquella mañana había entrado en la cocina agitando una carta en la mano.

—No te lo vas a creer, Missus. No vas a creer lo que te traigo.

Agatha Christie no había apartado su mirada perdida de la tranquilidad del paisaje. Parecía que estuviera esperando el nuevo día enredada en los hilos de una red invisible.

Carlo se sentó a su lado y le puso la carta delante de los ojos.

—¡Mira, lo tenemos! Un testigo de primera mano. Alguien que sabe qué pasó con la amante de Crippen.

Rectificó:

—O, al menos, es muy posible que tenga una ligera idea al respecto.

Agatha miró alternativamente el rostro sonriente de Carlo y la carta.

—¿Has encontrado el rastro de Le Neve? —exclamó, sin poder disimular la emoción.

—Bueno, he encontrado a alguien que vivió el caso Crippen muy de cerca. Se llama Arthur Legge. Fue inspector de Scotland Yard hasta que se jubiló, hace unos cinco años. Entonces volvió al lugar en el que había nacido. ¿Y sabes lo mejor? Ese lugar solo está a unas ochenta millas de aquí. El señor Legge vive en Plymouth.

—Las pastas están buenísimas. ¿Las hace usted misma, señora Legge?

La mujer estaba tan emocionada que titubeó un poco antes de contestar.

—¡Oh, sí! Cómo me alegro de que le gusten. Le daré la receta antes de que se vaya.

—No sabe cómo se lo agradeceré.

Arthur Legge estaba encendiendo su pipa. Soltó la primera y placentera calada y dijo en tono jovial:

—Antes de que Kathy le entregue todo su recetario, dígame, señora Christie, ¿en qué puedo ayudarla?

La esposa se sintió aludida y, muy educadamente, se apresuró a salir de la habitación.

—Los dejo solos.

Legge continuó:

—Supongo que ha venido hasta aquí por algún asunto relacionado con una nueva novela. ¿Me equivoco?

—Sí, eso mismo —respondió Agatha; no creía oportuno dar más explicaciones—. Mis aventuras literarias suelen estar basadas en crímenes reales. Ya sabe lo que dicen: la realidad supera siempre a la ficción. El caso Crippen me interesa mucho en este momento.

Sonrió amablemente. No había dicho la verdad. Pero tampoco había mentido.

—Sin duda, de ese caso saldría una buena novela. Sobre todo si es Agatha Christie quien la escribe. En esta casa somos unos fervientes admiradores suyos.

Ella se sonrojó. Los halagos siempre le venían grandes. Decidió ir al grano.

—He sabido que vivió usted de cerca el caso, señor Legge.

—¡Ya lo creo!

El hombre se acomodó en el sillón. Sin duda, estaba más que dispuesto a contar todo lo que sabía.

—Yo fui uno de los tres policías que acompañaron al inspector Dew en la detención del doctor Crippen y la señorita Le Neve cuando viajaban a bordo del *Montrose*.

Agatha Christie se quedó boquiabierta. La pasta que estaba comiendo se le cayó sobre la falda dejando un reguero de migas. Aquello era mucho más de lo que esperaba oír.

Legge acababa de hacer un resumen del crimen Crippen.

—Veo que recuerda el caso con todo detalle, señor Legge.

—Yo era bastante joven entonces. Apenas tenía treinta años, acababa de casarme con Kathy y nos habíamos trasladado a Londres. Era mi primer caso en Scotland Yard. Pensé que, si todas las investigaciones eran como aquella, no podría resistirlo.

Se echó a reír abiertamente.

—Por suerte no hubo muchos casos más como aquel.

Agatha Christie intervino. Tenía que reconducir la conversación hacia el tema que le interesaba: Ethel Le Neve.

—Verá —dijo—, a lo largo de los años he reunido una abundante documentación sobre este caso.

Hizo una pausa y sonrió. Su mente viajó hacia Carlo. Si no hubiera sido por ella, todavía estaría buscando toda esa documentación. Continuó:

—A pesar de todo, hay un punto oscuro en esta historia. Un punto llamado Ethel Le Neve.

—¡Oh, claro, ella!

—Le he seguido la pista, pero parece que después del juicio se la tragó la tierra.

—Qué personaje, ¿verdad? ¿Sabe que mientras esperaba a ser ajusticiado Crippen hizo testamento y le dejó todos sus bienes?

—O sea, que ella sacó provecho de aquel terrible crimen, ¿no?

—No crea. La esposa de Crippen había muerto intestada, y él, aunque lo intentó, no logró apoderarse de su patrimonio. Una vez fallecido, Le Neve trató de reclamar esa herencia. Pero el tribunal de sucesiones rechazó su reclamación. Si a Crippen no se le permitió beneficiarse del asesinato de su esposa, tampoco debería beneficiarse ninguna otra persona que reclamara en su nombre.

—Es sorprendente que se atreviera a pedir algo así.

Legge dio una pipada y asintió con la cabeza.

—La señorita Le Neve era todo un personaje. No dejaba indiferente a nadie.

—Es decir, que una vez exonerada de toda culpa en el crimen, y sin poder sacarle provecho económico, cabe suponer que Ethel Le Neve quedó en una situación delicada.

—Muy delicada, se lo aseguro, señora Christie.

Pareció que el hombre retrocedía en el tiempo.

—Tengo que confesarle que durante años Ethel Le Neve llegó a obsesionarme. Por ello, intenté seguirle los pasos por mi cuenta y riesgo.

Agatha notó cómo un hormigueo se le instalaba en el pecho. Había acudido a ver al policía con curiosidad y expectante. Pero los resultados de esa visita podían ser mucho más reveladores de lo que había sospechado.

—Al principio, seguirle la pista fue relativamente fácil. Pocos días después de que colgaran a Crippen en la cárcel, Le Neve se embarcó en el *Majestic* rumbo a Nueva York. Utilizó un nombre falso, naturalmente. Se hacía llamar Alice Allen.

Agatha anotaba cada palabra de Legge en su libreta.

—Pude saber que había trabajado como mecanógrafa en Nueva York. Debieron de ser años difíciles para ella. No tengo ninguna duda de eso. Pero su suerte cambió poco después.

La mujer levantó la cabeza.

—Me consta que una tal Alice Allen contrajo matrimonio hacia 1914 con un rico empresario neoyorquino, un tal Ashley Brewis.

—Su vida debió de cambiar, sin duda. Y entonces, entiendo que Ethel Le Neve, o Alice Allen, Brewis de casada, vive todavía en Nueva York y que es ahora una mujer adinerada, ¿no?

—¡Si fuera tan fácil! —exclamó Legge—. Por lo que llegué a saber, el señor Brewis murió en 1920 en circunstancias bastante extrañas. Y, a partir de entonces, Alice Brewis desapareció en medio de una espesa niebla que ocultó sus huellas a los ojos curiosos.

—¿No se ha sabido nada más de ella?

—No pude encontrar el rastro de ninguna Ethel

Le Neve ni de ninguna Alice Allen o Alice Brewis. ¡Nada!

Legge parecía compungido:

—Claro que, como le he dicho antes, no hubo ninguna investigación oficial. No había motivo para ello. Ethel era una mujer libre. Mi búsqueda se debía al interés que me había suscitado su persona. Pero cuando le perdí la pista tuve que dejarlo.

Concluyó:

—Ethel Le Neve desapareció. Esta vez para siempre.

Agatha dejó escapar un suspiro. Se había quedado mirando fijamente a Legge, pero en realidad su pensamiento estaba muy lejos de allí.

—¿Usted cree que Ethel Le Neve fue realmente cómplice del crimen de Crippen?

—De lo único de lo que estoy seguro es de que no era ni mucho menos la víctima inocente por la que se hizo pasar durante el juicio.

El exinspector se quitó la pipa de la boca y la sostuvo en la mano. Sus ojos claros y vivos seguían viajando por aquellos tiempos lejanos:

—Recuerdo como si fuera hoy lo que mi jefe, el inspector Dew, opinaba de ese caso. Según él, la idea de acabar con Cora, la esposa de Crippen, fue de ella, de Ethel. De ella y solo de ella, decía siempre Dew. Parece como si lo estuviera escuchando ahora mismo. Y añadía que no solo tuvo la idea, sino que la llevó a la práctica.

—¿Y cómo lo hizo? —preguntó Agatha totalmente entregada.

—Piense que no había ninguna prueba que confirmara la teoría de Dew. Pero era el policía más intuitivo que he conocido nunca. Él decía que un buen día, al regresar a casa, Crippen se encontró con el trabajo hecho. Si tenemos en cuenta que durante el registro en Hilldrop Crescent se descubrió taxina en gran cantidad, es probable que Ethel envenenara a Cora y que creyera que se consideraría una muerte natural.

—Pero Crippen no pensó lo mismo, ¿o me equivoco?

—No se equivoca en lo más mínimo, señora mía. Él se asustó y se encargó de hacer desaparecer el cadáver. Ya sabe cómo, ¿verdad?

Agatha asintió con la cabeza.

—¡Qué historia! Me pregunto qué se habrá hecho de Ethel. Quizá murió hace años y por eso no se ha encontrado ninguna pista más.

—Señora Christie, siempre he estado de acuerdo con la teoría de Dew. Ethel Le Neve era una mujer con una mente retorcida y enferma. No era una pobre chica a la que engañaron, sino una asesina con un sentido de la supervivencia muy desarrollado. No me extrañaría nada que todavía estuviera viva. Claro que no tengo ninguna prueba de ello.

Hizo una pausa para ir atando cabos a medida que las ideas aparecían en su cabeza:

—Si fuera así, ahora rondaría los sesenta años. Y podría estar escondida en cualquier sitio y bajo cualquier nombre. Creo que en estos momentos sería muy difícil encontrarla.

—A menos que volviera a asesinar.

Kathy entró en la habitación. La intuición de Agatha le dijo que había estado escuchando la conversación detrás de la puerta.

—¿Quiere algo más, señora Christie? —preguntó la mujer del policía—. ¿Otro té?

—Oh, soy terriblemente desconsiderada. Se ha hecho tarde y no quiero robarles más tiempo.

Se levantó del sillón y Legge hizo lo mismo.

—Quizá le gustaría ver algunas fotografías que conservo del caso.

—Señor Legge, es usted una caja de sorpresas.

Aquella noche, en Greenway, Agatha fue a refugiarse a su cuarto en cuanto terminó de cenar. Había escogido aquella habitación como dormitorio principal por sus generosas proporciones y, en especial, por sus vistas sobre los jardines y el río.

Estaba sentada ante la mesita redonda de caoba en la que pasaba tantos ratos escribiendo. Detrás, lucía en todo su esplendor la cómoda con incrustaciones de nácar que había comprado en Damasco en 1929. Según decía siempre, mirar ese mueble la transportaba a un cuento de hadas. Pero esa noche la fantasía y las hadas se hallaban muy lejos. La mesa estaba llena de papeles y notas que Agatha intentaba ordenar. Lo que le había dicho el viejo policía era de vital importancia para esclarecer el caso. Le proporcionaba nuevas pistas y le parecía que llenaba aquellos huecos que le habían hecho avanzar a tientas.

Sin duda, lo que le había resultado más esclarecedor de todo habían sido las fotografías.

—Mire, señora Christie, estos éramos los policías que acompañamos a Dew al *Montrose*. El del medio soy yo —le había dicho Legge con orgullo mal disimulado.

—¿Una mujer? —preguntó Agatha mirando atentamente la fotografía.

—Sí, por supuesto. Con nosotros venía una mujer policía. Anne Foster. Fue la encargada de custodiar a Le Neve en el viaje de regreso a Londres.

Cogió otra fotografía:

—Mire esta: es del juicio. Anne también estaba allí. Y en esa otra, ¿ve? Aquí está detrás de Le Neve en el momento de bajar del barco.

Agatha había observado aquellas fotografías con mucho interés. Sobre todo, había intentado retener los rasgos físicos de Anne, la mujer policía. Era muy alta y corpulenta. De hecho, junto a la etérea Ethel, se la veía fuerte como un caballo. Las facciones de su rostro eran duras, algo inexpresivas.

Se dirigió a la cómoda y abrió un cajón. Sacó la cadenita con la inicial de plata que había encontrado frente a la librería tras el atentado y que había guardado allí para preservarla de miradas curiosas. Agatha tenía prohibido a todo el mundo que tocaran la cómoda de Damasco. Ni Max se atrevía a acercarse. Era un escondite seguro.

Estuvo reflexionando durante un buen rato.

—Anne...

Entonces, se dispuso a escribir dos cartas. La primera era para Emma Marbury. Solo escribió una pregunta.

La segunda iba dirigida al superintendente Bantry.

# Mover ficha

Cuando el superintendente Bantry recibió la carta de Agatha Christie convocándole a Greenway para hablar de los crímenes de Dartmouth, estuvo tentado de rechazar la invitación.

—¡Lo que faltaba! Primero la librera y ahora la escritora. Y no una escritora cualquiera. Agatha Christie en persona afirma tener datos que debo saber sobre los crímenes. Pero ¿qué es esto?

Por su cabeza desfilaron ideas como la de la profesionalidad, la dignidad y, también, el miedo al ridículo. Pero era un policía. Un buen policía. Tenía a sus espaldas toda una vida de experiencia y sabía cómo hacer hablar a la gente. Y también cómo escucharla. No podía ignorar a alguien que decía saber algunas cosas que podían ayudar a resolver aquel caso tan engorroso.

Así pues, Bantry se había presentado en Greenway en el día y a la hora fijados.

Una mujer lo había recibido en la puerta y lo había acompañado hasta una sala de estar muy elegante con sillones tapizados de plumas blancas, un piano, una chimenea y vitrinas llenas de figuras de cerámica. Allí había conocido a la famosa Agatha Christie, que le había parecido una señora mayor más bien tímida pero adorable. Le habían servido un té y había intercambiado varias frases amables con la anfitriona sobre las inigualables vistas al jardín y sobre el tiempo benévolo que lo reverdecía; después habían pasado a hablar del magnífico piano que había en la sala y la señora Christie le había confesado que solo lo tocaba en la intimidad.

Y entonces, cuando ya se le acababan los temas de conversación, pues por suerte o por desgracia nunca había leído ningún libro de la autora y, por tanto, no podía hablar de ello, la puerta se abrió y la mujer que lo había acompañado hasta la sala, y que al parecer se llamaba Carlo, apareció y anunció una nueva visita.

¡La señorita Marbury!

¡No se lo podía creer!

Los nervios se la comían por dentro.

Emma estaba a punto de cumplir su sueño: tomar el ferri, bajar en Greenway, seguir el caminito de la derecha, llegar a la casa, llamar a la puerta y ser recibida por Agatha Christie.

Estando frente a la puerta principal de la mansión, la mente de Emma viajó hasta aquel día, que ahora le parecía tan remoto, en el que John la había llevado a Greenway. Las lágrimas le hicieron cosquillas en los ojos. Cómo le hubiera gustado compartir ese momento con él. Si al menos pudiera escribirle para explicarle que su sueño de ser recibida por Agatha Christie estaba a punto de convertirse en realidad...

La chica intentó sobreponerse a aquellas emociones. Sacó un pañuelo del bolso y se secó los ojos mientras se obligaba a recordar que no iba a Greenway solo a tomar el té. La señora Christie le había notificado que la invitaba a asistir a una reunión con el superintendente Bantry en la que, si no estaba equivocada, y no creía estarlo, podrían encontrar respuesta a algunos interrogantes sobre los crímenes de Dartmouth. Le había advertido que los secretos se habían acabado y que tendrían que sincerarse por completo con el policía. Había que cerrar filas para trazar un plan que les permitiera pillar definitivamente al culpable.

Imbuida de este sentimiento de responsabilidad, alargó una mano hacia el timbre de la entrada. Pero antes de llamar se giró para contemplar el jardín. El río se asomaba entre las hojas de los árboles, que parecían custodiar la casa. Todo allí transmitía paz. Pensó que los crímenes de Dartmouth y las miserias humanas que los habían hecho posibles quedaban muy lejos de aquel paraíso. Suspiró y, ahora sí, apretó el timbre con mano temblorosa.

Una mujer de mediana edad, alta y rubia, bien vestida y de gesto amable, abrió la puerta.

—Soy...

—¡Oh!, claro, usted es la señorita Marbury, ¿no? La librera de Dartmouth. Pase, por favor.

Emma se sonrojó, esbozó una tímida sonrisa y entró.

—Yo me llamo Carlo y soy la secretaria personal de la señora Christie. La está esperando. El superintendente Bantry ya ha llegado. ¿Es tan amable de seguirme?

La librera no se hizo de rogar y siguió a Carlo por el estrecho vestíbulo. Con ojos asombrados contempló las vitrinas de madera oscura que a ambos lados albergaban todo tipo de objetos, desde piezas que le parecieron antiquísimas hasta cerámicas modernas.

Carlo no necesitó girarse para adivinar la cara de sorpresa de Emma. La intuía. Sin dejar de caminar, le dijo:

—Una buena colección, ¿verdad? La familia de la señora Christie ha sido siempre amante del coleccionismo. Ahora, ella y su marido son los encargados de continuar con esta tradición familiar.

—Parece un museo. ¡Y cuántos cuadros! —observó tímidamente Emma.

Esta vez, Carlo se detuvo y se quedó mirando a la chica.

—Sí, y de gran valor. Sobre todo sentimental. ¿Ve este de aquí?

Le señaló un retrato junto a las escaleras que subían al piso superior. Representaba a una mujer vieja con uniforme negro y delantal y cofia blancos.

—Es el retrato de Nursie, un personaje muy importante en la infancia de la señora Christie.

Emma lo contempló en un respetuoso silencio.

—Sígame, señorita Marbury.

Cruzaron una puerta a la derecha que se abría a una encantadora salita. Sin detenerse, la mujer le explicó:

—Esta era la sala de estar. Cuando la casa se construyó, la dueña la utilizaba para sus tareas diarias, pero ahora, como puede ver, sirve para guardar y exponer las colecciones.

Los ojos de Emma no sabían dónde detenerse. Las mesas, las vitrinas y las dos hornacinas de la pared estaban llenas a rebosar de todo tipo de objetos: relojes de bolsillo, cajitas de rapé, miniaturas...

—¡Es extraordinario! —exclamó boquiabierta.

—Muchos de estos objetos provienen de Ashfield, la casa familiar de la señora Christie. Como esa muñeca que reposa en la silla.

La chica clavó en ella sus ojos mientras Carlo bajaba la voz, que adquirió un tono confidencial y un tanto travieso:

—Se trata de Rosie, la muñeca preferida de la pequeña Agatha.

Abrió una nueva puerta y anunció la llegada de Emma. La mujer que se sentaba de espaldas a la puerta se volvió y sonrió.

—¡Oh, querida! Ya ha llegado. Adelante, por favor.

El corazón de Emma se aceleró. Acababa de conocer a Agatha Christie.

Agatha se dispuso a explicarle al superintendente todo lo que Emma y ella habían hecho desde que después del juicio en el que se había condenado a John, el pasado diciembre, la chica le había solicitado su colaboración para demostrar la inocencia del joven.

—Fue cuando volvía a Dartmouth desde Londres —confesó Emma a Bantry con voz trémula—. Después de hablar con usted, yo...

La chica titubeó. ¿Cómo podía explicar lo que había sentido en su interior? Esa tristeza al ver a John injustamente condenado. La ira ante la vileza que se estaba cometiendo. La frustración por no poder hacer nada y, de repente, aquella idea disparatada.

—Sé que fue un atrevimiento, algo totalmente fuera de lugar —siguió explicando Emma, y miró a Agatha mientras enrojecía visiblemente—. Pero habría hecho cualquier cosa para ayudar a esclarecer la verdad.

—¡Oh, querida! No se ofusque. Ha sido un verdadero placer ayudarla dentro de mis modestas posibilidades —la tranquilizó la escritora con una sonrisa apacible.

La mirada del superintendente iba de una mujer a otra. Era la experiencia más rocambolesca que le había tocado vivir en toda su carrera. De hecho, no sabía si debía agradecerles el trabajo realizado o si lo más adecuado era arrestarlas en ese mismo momento. Claro que dicha posibilidad no era viable. Detener a Agatha Christie sería un escándalo de alcance nacional. Y, además, ¿quién sería capaz de arrestar a una dama tan absolutamente encantadora?

Sacó un cigarrillo del bolsillo de la americana y, tras pedir permiso a la dueña de la casa, lo encendió. La primera calada lo calmó un poco. Se dispuso a escuchar hasta dónde habían llegado la escritora y la librera en sus investigaciones.

—Como usted ya sabe, superintendente, la señorita Marbury encontró el recorte de un periódico viejo dentro de un libro en casa de Ernest Head, que acababa de ser asesinado. Era un artículo sobre un crimen ocurrido en Londres en 1910. El caso Crippen.

El hombre asintió con la cabeza.

—En mi visita a John Blake en la cárcel, este me dijo que Ernest estaba convencido de que la mujer implicada en el caso, Ethel Le Neve, cuya foto aparecía en el artículo, vivía actualmente en Dartmouth.

—Cuesta creer que llegara a esa conclusión —objetó el policía—. La foto del periódico es de mala calidad, y hacía casi cuarenta años de todo aquello.

—Cierto. Pero creo que el fallecido señor Head se basaba en alguna prueba más contundente que el artículo del diario. Según John, Ernest no se cansaba de repetir que había encontrado «algo» que demostraba su teoría.

—¡Se basaba en la fotografía original, sin duda! La que apareció escondida en el cadáver de Agnes Cowley —saltó Emma.

Agatha Christie estuvo de acuerdo:

—Es probable que Ernest Head hubiera encontrado el original de la foto del periódico en posesión de alguien, no sabemos quién. Ni dónde la encontró, por supuesto. Pero debió de atar cabos. Ya no se trataba tan solo de una intuición, sino de una probabilidad mucho más clara. Sobre todo si tenemos en cuenta que por culpa de esa fotografía han muerto dos personas. Todo parece probar que Head no andaba muy equivocado en sus conclusiones.

Bantry se levantó y empezó a pasear por la sala. Siempre pensaba mejor cuando se movía.

—Muy bien —dijo deteniéndose frente a la chimenea y encarándose a las dos mujeres, que lo observaban fijamente—. La señorita Marbury comete la imprudencia de entrar en casa de la víctima y encuentra el recorte de periódico dentro de un libro. Y usted, señora Christie, como si tal cosa, se va a la cárcel a ver qué saca del acusado del crimen. Debo reconocer que no les asustan los peligros. Son ustedes mujeres de mucho coraje.

—¡Uy, no crea, superintendente! No hay para tanto —dijo Agatha tomándoselo como un cumplido y enrojeciendo visiblemente.

—¿Y el siguiente paso que dieron? ¿Puedo saber cuál fue, señoras?

—Intentar dilucidar de quién sospechaba Ernest Head. Dado que el carpintero llevaba una vida social escasa, por decirlo generosamente, era lógico suponer que la fotografía la habría encontrado en una de las casas donde había trabajado antes de los hechos. Por eso centramos nuestras sospechas en tres mujeres.

Agatha cedió la palabra a Emma.

—May Carpenter, Barbara Price y Agnes Cowley.

—Y lo hicieron basándose en unas suposiciones tan débiles que, llegado el caso, no convencerían a ningún jurado.

Agatha se sirvió un vaso de agua. Tras beber un poco, respondió:

—Creo que esas suposiciones deberían ser consideradas mínimamente aceptables si tenemos en cuenta que después de que la señorita Marbury contactara con ellas se produjo el atentado en la librería.

La chica interpeló al policía:

—Y usted sabía que había sido un incendio provocado. Me lo dijo en mi casa.

—Es cierto, pero eso no quita que sus conclusiones sigan siendo precipitadas —respondió Bantry defendiendo su actitud.

—Y luego nos encontramos con una segunda víctima, inspector —contraatacó Agatha—: Agnes Cowley. Y el original de la foto del periódico aparece escondido entre su ropa.

Agatha Christie había terminado de exponer el hilo de aquella investigación que había llevado a cabo codo con codo con Emma. En la estancia se hizo un espeso silencio. La tarde caía tras los ventanales y el jardín empezaba a llenarse de sombras. El río era una presencia que solo se intuía.

—Cada nuevo dato que usted aporta hace más difícil la investigación —concluyó Bantry encendiendo el segundo cigarrillo.

—¿Está seguro de ello, superintendente?

—Señora Christie, no se ofenda, pero esto no es una novela. Es la realidad. Y no podemos olvidar que ya tenemos dos personas asesinadas y otra en prisión con su destino pendiente de un hilo.

La voz de Bantry sonaba suplicante. No tenía ni idea de cómo eran los escritores de novelas policíacas, pero lo cierto era que Agatha Christie le daba un poco de miedo.

No. Mucho miedo.

—Este es uno de los casos más sorprendentes de toda mi carrera. Y, por el momento, no veo una vía de solución clara. Hay muchos puntos oscuros que aún deben ser resueltos. Ustedes se han basado en conjeturas que no se han demostrado.

Hizo una pausa y resopló pesadamente.

—Y yo he hecho lo mismo —reconoció—. No crean que paso por alto que ni mis hombres ni yo fuimos capaces de encontrar el recorte de periódico.

Emma respondió a continuación:

—No puede culparse por ello. Es comprensible que la presencia de un viejo libro perdido en medio del desorden de aquella sala no les pareciera significativa.

—Debería haber sido más riguroso. Algunas de mis conclusiones están basadas en testigos poco fiables. En suposiciones. Nada más que en suposiciones.

Volvió a sentarse. Parecía abrumado.

—No olviden que no sabemos cómo esa fotografía fue a parar a manos de Agnes Cowley. Solo lo sospechamos. De lo único de lo que empiezo a estar seguro es de que John Blake no mató al carpintero.

Emma dejó escapar un suspiro de alivio mientras Agatha miraba con cariño al superintendente y le sonreía, como si le quisiera dar ánimos.

—Sospechas, sospechas. Debemos convertir las sospechas en certezas, señoras. Y para ello necesitamos pruebas.

De nuevo se hizo el silencio. Emma dirigía alternativamente su mirada inquieta hacia el policía y hacia la escritora. ¿Por qué callaban? ¿Acaso habían llegado a un empate? Nada más lejos de la realidad. Agatha se preparaba para contraatacar. Inclinó el cuerpo hacia la mesita baja que tenía delante. Cogió una cajita de cerámica y la abrió. Sacó la cadenita de plata que había encontrado delante de la librería y se la mostró a Bantry y a Emma, que seguían expectantes sus movimientos.

—Pruebas.

Los seis ojos, como hipnotizados, se habían clavado en aquel objeto que Agatha Christie sostenía en las manos.

—Miren, esto puede cambiarlo todo.

—¿Qué es? —preguntó la chica.

—Ya lo ve, querida. Un colgante. Una cadena de plata de la que cuelga una inicial también de plata. Concretamente, una A.

—¿Y qué tiene que ver con el caso que nos ocupa?

La mujer hizo una pausa un tanto teatral.

—Por sí misma no demuestra nada. Lo importante es el lugar donde la encontré.

Bantry levantó las cejas en un gesto de interrogación. Salía de una sorpresa para caer en otra.

—Lo encontré en el suelo, frente a la librería, la misma noche de la explosión. Brillaba entre los restos de cristales del escaparate.

Volvió a guardar el colgante en la caja.

—Créanme si les digo que esto puede ser la clave para acabar de resolver el caso.

—Explíquese, señora Christie —dijo el policía en tono exigente.

Agatha se acercó un poco más a sus interlocutores. Su voz se convirtió en un susurro casi imperceptible.

—Escúcheme bien porque tengo un plan. Hay que mover ficha, créame.

# La reunión

The Blue House volvía a abrir sus puertas un domingo por la tarde. Se había convocado una nueva reunión. Pero esta vez no había té, ni sándwiches, ni pasteles. Tampoco un libro que comentar.

La convocatoria la había realizado el superintendente Bantry.

Eran las cinco de la tarde y todo estaba a punto. Emma había dispuesto el espacio de la librería para recibir a los asistentes; había colocado cinco sillas formando un círculo y en medio había puesto la butaca de la trastienda.

Las primeras en llegar habían sido May Carpenter y su sobrina, Arlena Greer. Emma las fue a recibir a la puerta y las hizo pasar. Invitó a Arlena a sentarse y abrió el círculo de los asientos para acomodar la silla de ruedas de la señora Carpenter. Luego se retiró a la trastienda, dejándolas solas.

Arlena, con el ceño fruncido, se miraba las uñas, que llevaba pintadas de un rojo furioso. De repente estalló en un grito lleno de rabia:

—¿Qué hacemos aquí? Te dije que no debíamos venir.

May Carpenter se apresuró a aplacar los ánimos exaltados de su sobrina.

—No olvides que nos ha convocado la policía.

—¿Aquí, en la librería? No me lo creo. Debe de ser otra idea de la librera para vender libros.

Hizo el gesto de levantarse. May la detuvo agarrándola por el brazo.

—Siéntate, Arlena.

En ese momento llamaron a la puerta Barbara Price y su ama de llaves, Ursula. La librera salió a recibirlas.

—Les agradezco su presencia.

Barbara Price, delgada y frágil, pero haciendo gala de un carácter indomable, la miró con desprecio:

—¿Acaso teníamos elección, señorita...? Perdone, he olvidado su nombre.

—Marbury. Emma Marbury. ¿Son tan amables de pasar y tomar asiento?

—Supongo que nos explicará lo que hemos venido a hacer aquí —preguntó Barbara Price con el mismo tono agrio y la mirada airada.

Emma no contestó porque tuvo que ir a abrir al superintendente Bantry, que entró acompañado de una señora alta y voluminosa de pelo gris y sonrisa bondadosa. El hombre avanzó hacia las asistentes, saludó sacándose el sombrero, cedió el sillón a la señora que lo acompañaba y se sentó a su derecha. Emma se apresuró a sentarse a la izquierda.

El círculo estaba cerrado.

Bantry fue el primero en hablar:

—Buenas tardes, señoras. Soy el superintendente Eduard Bantry, de la policía de Exeter. Llevo el caso de los asesinatos del señor Head y de la señora Cowley.

Los ojos de Barbara Price permanecían fijos sobre la mujer que acompañaba al policía.

—¿Usted no es Agatha Christie?

May Carpenter afirmó:

—Por supuesto que lo es.

La escritora se sintió incómoda, como siempre que la reconocían. Se removió en el sillón y saludó levemente con la cabeza.

—Son buenas lectoras suyas, señora Christie —le susurró Emma al oído, con un deje de orgullo en la voz.

También Arlena hablaba al oído de su tía:

—¿Lo ves? Ya te he dicho que era un truco de la librera para vender libros.

—Por desgracia se equivoca, señorita Greer —le respondió Bantry, que había oído sus palabras—. El asunto que nos trae aquí es más grave que una simple treta comercial.

Y, alzando un poco más la voz, anunció:

—Ya estamos todos. Si les parece, podemos empezar.

—¿Qué hacemos aquí? —preguntó Barbara Price a Bantry con altivez, sin dar tiempo a explicaciones—. Me parece de muy mal gusto que se nos convoque sin informarnos de los motivos. Esto es un abuso.

Agatha Christie, que tras el sofoco provocado por su timidez había recuperado el aplomo y la calma para abordar la reunión, respondió con seguridad:

—El superintendente Bantry ha creído que teníamos una tarea por hacer y ha considerado oportuno que nos reuniéramos para hacerla juntos.

Se quedó mirando a Bantry esperando una confirmación de sus palabras, pero el hombre parecía divagar por sus propios pensamientos y no respondió.

—¿Verdad, superintendente? —insistió ella.

—¡Oh, sí! Por supuesto.

—¿Y qué tarea es esa que nos une en un encuentro tan agradable? —insistió la señora Price con sarcasmo.

Ahora fue Bantry quien tomó la palabra:

—Hablaremos de algunos acontecimientos que han tenido lugar en este tranquilo pueblo de Dartmouth de un tiempo a esta parte y que, al parecer, amenazan con acabar con su tranquilidad. Concretamente, hablaremos de la muerte del señor Ernest Head, el carpintero, y de la de Agnes Cowley...

—... ¡la bruja! —no pudo dejar de rematar Arlena, mientras soltaba una carcajada nerviosa con esa pose de insolencia afectada que tanto la caracterizaba.

Barbara Price se había aflojado el elegante abrigo primaveral que llevaba y lo había dejado caer hacia atrás en un gesto de estudiada superioridad. Ursula, a su lado, resopló. May Carpenter miró al resto de los allí congregados y tomó la palabra.

—La verdad, me cuesta entender qué podemos tener que ver nosotras con estos desgraciados hechos que, como bien dice usted, superintendente, han perturbado la paz de este lugar. Llevo muchos años viviendo aquí y nunca había oído hablar de asesinatos ni de nada parecido.

—Estamos aquí para buscar la verdad, señora Carpenter.

Sin hacer caso de la tormenta que se dibujaba en la cara de aquellas mujeres, el superintendente continuó:

—La causa por la que murieron Ernest y Agnes fue una fotografía.

—¿Murieron por una fotografía? —preguntó Arlena con aire incrédulo, levantando la mirada del suelo y abandonando, por unos segundos, su pretendida indiferencia.

Agatha asintió con la cabeza y siguió con su explicación:

—Una fotografía que apareció reproducida en un periódico antiguo. Ernest Head creía que la mujer de la fotografía, a la que según el recorte del diario se relacionaba con un crimen de 1910, vivía en Dartmouth.

El superintendente Bantry había cedido la palabra a la escritora mientras él estudiaba subrepticiamente los rostros de las cuatro mujeres que se sentaban frente a él. Siempre debía afrontar la misma sensación de incredulidad cuando se encaraba con el crimen. ¿Qué podía llevar a alguien a cometer un asesinato? Y en este caso, ¿cómo se podía llegar a asesinar por una fotografía? ¿Qué representaba esa fotografía? ¿Se debía realmente, como creía la señora Christie, al deseo de alguien de pasar por respetable? ¿De borrar las huellas de un pasado que debía ocultarse?

Se quedó pensando en todo ello hasta que las palabras de Agatha lo devolvieron a la realidad.

—... lo que hemos hecho, señoras, ha sido ir atrás en el tiempo para poder descubrir qué ha pasado realmente en Dartmouth.

—¡Lo que ha pasado es evidente! —saltó la señora Price con indignación—. Si no me equivoco, hay un culpable en prisión esperando a que se cumpla su sentencia.

Emma palideció. Cerró los puños y apretó los dientes.

—Me refería a lo que realmente ha pasado —respondió la escritora, resaltando la última palabra—. No sé si se da cuenta de que el acusado de la muerte de Ernest no ha podido de ningún modo cometer otro asesinato estando encarcelado.

El superintendente intervino cortando de raíz una nueva intervención airada de la señora Price.

—Tenemos la firme teoría de que los dos crímenes están estrechamente relacionados y podrían haber sido cometidos por la misma persona.

Agatha tomó el relevo:

—Una persona que debió de sentirse molesta cuando la señorita Marbury —dedicó una amable mirada a Emma— empezó a investigar por su cuenta. Seguramente recordarán el episodio del incendio en la librería.

—¿Qué tiene que ver una cosa con otra?

—Enseguida lo entenderá, señora Carpenter.

Agatha abrió su bolso y cogió una cajita. Extrajo su contenido mientras preguntaba, con la seguridad de que no obtendría ninguna respuesta:

—¿Reconocen este colgante?

Lo paseó ante los ojos de las mujeres.

—Fíjense bien, es una cadenita de la que cuelga una A de plata. Es una joya delicada. ¿La ven?

Tampoco ahora obtuvo respuesta. La mano con la que sujetaba la cadenita se detuvo frente a Arlena Greer.

—Lo lógico es que perteneciera a una persona cuyo nombre empieza por A, ¿no les parece? Un nombre como Arlena, por ejemplo.

La joven se levantó con tanta violencia que hizo caer la silla.

—¿Qué insinúa?

—Arlena nunca ha tenido un colgante como este —dijo May, con la voz pausada, mientras agarraba a su sobrina por el brazo y la obligaba a sentarse de nuevo—. Yo lo sabría.

Bantry intervino:

—Así, usted cree que lo sabe todo sobre su sobrina.

—Yo...

—¿Está segura de que sabe lo que hizo la tarde del domingo en que murió Agnes? —remató el superintendente.

El brillo hostil en los ojos de Arlena se acentuó. Se volvió hacia su tía:

—No los escuche, tía. ¡Mienten! ¡Mienten!

El policía continuó:

—¿Puede decírnoslo, señorita Greer? ¿Puede decirnos dónde fue aquella tarde y por qué?

Arlena exclamó con furia:

—¡Eso que insinúan es una mentira maligna! Yo esa tarde no fui a casa de Agnes Cowley.

—Nadie ha dicho nada de Agnes Cowley.

La joven, que había palidecido, fijó los ojos en Agatha.

Bantry tomó la palabra:

—Dejémonos de juegos y medias palabras. Está claro que sí que fue allí. Tenemos un testigo que la vio salir de un coche y acercarse a la casa.

—¿Arlena? —preguntó May Carpenter con el desconcierto reflejado en sus ojos grises.

—¿Puede explicarnos qué fue a hacer a casa de Agnes Cowley la misma tarde de su muerte?

—Arlena, querida. Tienes que decir todo lo que sepas.

Cuando respondió, la voz de la joven sonó fría como el acero:

—Pero ¿qué dicen? ¿Agnes Cowley? ¿Qué podría tener yo que ver con esa pobre desgraciada?

—Eso es lo que nos gustaría que nos aclarara, señorita Greer.

La joven levantó la mirada de acero hacia el superintendente. Luego se quedó mirando a Agatha Christie.

—Me doy cuenta muy bien de lo que quieren. Ustedes quieren que cargue con un crimen que no he cometido. Niego rotundamente que yo tenga algo que ver con ese crimen.

—Entonces, si como dice no tiene nada que ver con la muerte de Agnes Cowley, no le resultará muy complicado aclarar qué fue a hacer a su casa aquella tarde.

Arlena respiró con fuerza y clavó los ojos en el suelo para evitar todas aquellas miradas que parecían querer agujerearla. Sobre todo, la de su tía.

—Yo... no entré en la casa. Es verdad que fui con el coche. Cuando llegué, llamé a la puerta. Pero no me contestó. Agnes no estaba. Regresé al coche y me fui.

—Eso confirma lo que ya sabíamos, pero no aclara qué hacía usted en el escenario del crimen —insistió Bantry.

La chica se encerró en un terco mutismo.

Agatha Christie tomó la palabra:

—Antes se ha referido a Agnes como una bruja. Todos lo hemos oído. Usted sabrá mejor que nadie si Agnes Cowley era o no una bruja, ¿verdad, señorita Greer?

La chica desvió la mirada.

—No sé por qué dice eso.

—Es mejor que responda a la pregunta de la señora Christie, señorita Greer —dijo el superintendente con voz amenazadora.

Siguieron unos segundos tensos. Finalmente la chica dijo:

—De vez en cuando, Agnes me preparaba unas hierbas y yo iba a buscarlas. Eso es todo.

—¿Unas hierbas? Debían de ser muy importantes para ir a buscarlas un domingo bajo una terrible tormenta, ¿no?

—Superintendente Bantry, yo le responderé a esa pregunta, ya que Arlena no se atreve a decir la verdad. O no toda la verdad.

Agatha hizo una pausa. Luego habló serenamente.

—A Agnes Cowley la despreciaba todo el mundo en el pueblo. Ese desprecio la convirtió, con el paso de los años, en la mujer extraña e inadaptada que era. Pero ella tenía algunos conocimientos que a menudo resultaban muy útiles. Había gente que requería sus servicios, aunque, por supuesto, nadie confesaría hacerlo.

—¿Puede hablar más claro, señora Christie?

—Sí. Por supuesto. Al parecer, Agnes era una experta en plantas. Una curandera para algunos. Una bruja para otros. Yo sé un poco de estas cosas.

La mujer percibió una mirada burlona en el rostro de Bantry.

—¡Oh!, no es lo que usted cree, superintendente. Si he llegado a tener cierta experiencia en el tema no ha sido gracias a mis novelas. Lo que sé lo aprendí durante la guerra del 14. La pasé sirviendo en el dispensario del hospital de Torquay. Fue una gran escuela, puedo asegurárselo.

El policía tosió, un poco avergonzado por su transparencia.

—Yo no quería decir... En fin, su experiencia seguro que nos resultará esclarecedora. Continúe, señora Christie, por favor.

La escritora volvió a clavar los ojos en Arlena:

—Agnes le preparaba unas hierbas, ¿verdad, señorita Greer? Debían de ser una mezcla sedante. Según mis conocimientos, y teniendo en cuenta algunos de los síntomas que presenta la señora Carpenter, me atrevería a decir que podría tratarse de una mezcla de *Hedera helix* y pasiflora. La saponina que contiene la hiedra es altamente tóxica y puede producir parálisis corporal. Pero tiene un sabor terrible. Por eso es necesario infusionarla con alguna otra hierba sedante pero de gusto más agradable. Es ahí donde entra la pasiflora.

Todos se habían quedado mirando a Agatha con los ojos muy abiertos.

—No deja de sorprenderme, señora Christie. ¿Es que sabe de todo?

—¡Por favor, señor Bantry! ¡Pobre de mí! —respondió ella con la modestia que la caracterizaba—. Yo solo quería explicarles que una infusión de estas dos hierbas en dosis adecuadas puede provocar en quien la ingiera una debilidad creciente en las extremidades, hasta el punto de que la persona a veces no es capaz de andar ni de moverse. Como le pasa a usted, ¿verdad, señora Carpenter?

—¿Arlena? —logró decir May, que se había quedado sin apenas aliento.

Arlena parecía una muñeca deshinchada. Sin la máscara que siempre llevaba puesta, era realmente una chica patética.

—No puede ser. Pero ¿por qué? En casa siempre te hemos tratado bien. Yo...

May Carpenter clavó los ojos, brillantes de lágrimas, en Agatha Christie. Ella la miró con ternura antes de responderle:

—Sobre eso tengo una teoría. He pensado mucho al respecto.

Hizo una pausa y tomó impulso. Cómo le costaba tener que decirle aquello a la pobre May Carpenter. Pero estaba segura de que no se equivocaba.

—Está usted delicada desde hace tiempo. Necesitaba cuidados continuos. Con el señor Carpenter no podía contar, ¿no? Supongo que es de ese tipo de hombres que huyen de todo lo que les molesta.

Emma asintió con la cabeza. La señora Christie acababa de retratar a Carpenter en pocas palabras.

—Pero su marido encontró la solución ideal para poder seguir haciendo su vida sin molestias.

Clavó los ojos en Arlena.

—Aquí entra usted, señorita Greer —dijo, y continuó dirigiéndose a la señora Carpenter—: May, cuando su salud se complicó, su marido mandó llamar a la sobrina que vivía fuera para que la cuidara.

Desvió de nuevo la mirada hacia Arlena:

—Usted era entonces una jovencita que no había visto mundo. Ir a vivir a una mansión en Kingswear le debió de parecer un cambio interesante. Pero pronto se dio cuenta de que Kingswear no era precisamente Londres. No hay cines, ni bares, ni ningún tipo de diversión. La vida allí debió de parecerle terriblemente aburrida, a una chica tan joven y con tantas ganas de abrirse camino. Y empezó a impacientarse, ¿no es así?

—Si usted lo dice.

—¡Ya lo creo que lo digo! Lo suyo es un caso de manual, señorita Greer. Usted lo que quería era poder salir y divertirse, aprovechar las ausencias de su tío para ir a Paignton o Torquay, en lugar de tener que quedarse todo el día en casa cuidando a una señora delicada y seguramente demasiado exigente. Y entonces conoció a Agnes y sus hierbas.

Hizo una pausa. Arlena había bajado la mirada. May Carpenter lloraba en silencio.

—Las hierbas de Agnes iban muy bien para conseguir sus propósitos. Adormecían a su tía, la dejaban fuera de combate, como quien dice, y usted podía ir a su aire. Claro que había un inconveniente: May se iba debilitando hasta tal punto que cada vez necesitaba más a menudo la silla de ruedas. Se estaba convirtiendo en una inválida.

—Yo..., yo no comprendía realmente el efecto de las hierbas. Agnes me dijo...

—Lo que usted no comprende es el sufrimiento de los demás, Arlena. Usted no tiene ningún tipo de moral. Está claro que esto no significa que sea una asesina. Al menos, no es la asesina de Ernest Head, ni tampoco la de Agnes Cowley.

Todas las miradas convergieron en Agatha Christie. La expectación era máxima.

—No. La A del colgante no es la inicial de Arlena.

La mano que sostenía el colgante se desplazó lentamente dejando de señalar a Arlena. Emprendió un suave vuelo y se detuvo delante de Ursula, el ama de llaves de la señora Price.

—¿Verdad, Ursula? ¿Verdad que esta es la inicial de su nombre real? Porque usted es Anne Foster, y hace años, de joven, había sido policía.

El ama de llaves no se inmutó. Su mirada se mantuvo impertérrita. No había pronunciado ni una sola palabra en todo aquel rato, y ahora tampoco pronunció ninguna. Barbara habló por ella.

—¿Qué están diciendo? Ustedes van a tientas. Esta mujer es Ursula Akeroyd, mi ama de llaves. La conozco desde hace años y puedo dar testimonio de su integridad. ¿Cómo pueden insinuar que ha matado a alguien? Esto es una calumnia y lo pagarán caro.

—¿Que ha matado a alguien, señora Price? —preguntó el superintendente con mucha calma—. De momento, según lo que yo he oído, la señora Christie solo ha afirmado que este colgante podría ser suyo.

El hombre se llevó una mano a la mejilla y adoptó una actitud reflexiva:

—Claro que ya es bastante extraño que la señora Christie lo encontrara después del atentado que estuvo a punto de quemar esta librería. Como también es bastante extraño que su ama de llaves esconda su identidad bajo un nombre falso.

Los ojos de Barbara Price destilaban odio:

—Eso tendrán que demostrarlo.

Bantry sacó una fotografía de la americana. Se la enseñó directamente a Ursula, que clavó en ella sus ojos bovinos, vacíos de cualquier emoción.

—¿Reconoce esta foto? Fue hecha en 1910 en el *SS Montrose*. Esta es usted —dijo señalando una de las figuras con un dedo—, la agente Anne Foster, mujer policía enviada desde Londres para acompañar al inspector Dew en la detención del doctor Crippen y de su amante, Ethel Le Neve. O sea, ¡usted, señora Price!

La mujer soltó una carcajada llena de desprecio.

—¿Lo han deducido por esta fotografía de hace cuarenta años? ¿De verdad que esta es la gran prueba que tienen? ¿Y creen que alguien puede reconocer a estas mujeres a partir de la fotografía?

Entonces Bantry sacó la fotografía original que habían encontrado en el cuerpo de Agnes. La fotografía por la que habían muerto dos personas.

—También tenemos esta otra prueba, señora. Aquí quizá se la reconoce mejor. Al menos, para su desgracia, Ernest y Agnes lo hicieron.

—Es ridículo. Es su palabra contra la mía. No tienen pruebas. No tienen pruebas.

Agatha miró al inspector, que al mismo tiempo hizo

una señal con la cabeza a Emma. La chica fue a abrir la puerta de la librería y entraron unos agentes de policía que se dirigieron hacia Ethel y Anne y las esposaron.

—Las detengo como presuntas autoras del asesinato de Ernest Head y de Agnes Cowley. Todo lo que digan a partir de este momento podrá ser utilizado en su contra...

—¡No!

El grito de Anne Foster había resonado entre las cuatro paredes de la librería con una fuerza abrumadora.

—No ha sido ella. Yo maté a Agnes Cowley porque encontró la maldita foto en casa de Ernest Head y me chantajeaba. Los dos me chantajeaban. Yo los maté a los dos.

Anne se quedó mirando a Ethel con sus ojos inexpresivos. Si hubiera sabido llorar, seguramente lo habría hecho.

—Ella no sabía nada.

De repente, pareció que el cuerpo se le hubiera vuelto de paja. Se tambaleó como si fuera a perder los sentidos. Obedeciendo una señal de Bantry, los policías la sentaron de nuevo. Empezó a hablar con una voz cansada que parecía venir de muy lejos:

—Agnes Cowley encontró la foto en casa del carpintero.

Tuvo que hacer una pausa. Susurró con rabia renovada:

—La foto que yo había ido a buscar a casa de Ernest Head y que no supe encontrar.

Levantó la cabeza.

—Sí, es verdad: los dos reconocieron a Ethel en esa foto. Y los dos pusieron un precio a su silencio. Por eso tuve que matarlos.

Repitió:

—Los maté a los dos.

Agatha Christie suspiró. Habló mirando a la mujer directamente a los ojos.

—Es verdad que mató a Ernest. De un golpe en la cabeza con un atizador. Y era su intención matar a Agnes. Pero alguien se le adelantó.

—Agnes Cowley llevaba horas muerta cuando usted llegó —corroboró Bantry—. No pudieron asesinarla ni la señorita Greer ni usted. La había envenenado Ethel antes. Con taxina. Por eso, llena de rabia, usted tuvo que conformarse con matar al perro.

Anne no se dio por vencida.

—¡Mentira! Ethel no estaba al corriente de nada.

Bantry miró a sus hombres y les hizo una señal con la cabeza.

—Lleváoslas. ¡A las dos!

# Conclusiones

—¡Dios mío! —exclamó Emma dejándose caer en una silla. Ya había pasado todo. O quizá todavía no. Pero habían dado el paso más difícil.

Hacía un rato que Ethel Le Neve y Anne Foster habían sido detenidas por la policía.

—Tengo que reconocer, señora Christie, que tiene usted la intuición de un auténtico lebrel —dijo Bantry mientras encendía un cigarrillo—. Y nervios de acero.

—¡Pobre de mí! No exagere, superintendente. Se trata solo de la pizca de experiencia que me ha dado escribir novelas policíacas. ¿Sabe?, no hay nada nuevo bajo el sol. El ser humano repite una y otra vez los mismos errores, y se deja llevar por las mismas pasiones. Y lo cierto es que empecé a verlo claro después de mi conversación con el inspector Legge. Podríamos decir que él ha solucionado el caso.

—No se quite méritos, señora.

—Verá, después de visitar al inspector, las piezas fueron encajando. Escribí a la señorita Marbury para que me facilitara una descripción física de Ursula Akeroyd. Lo que me dijo, a pesar de los años transcurridos, cuadraba por completo con la fotografía que Legge fue tan amable de dejarme y que usted se ha sacado como un as de la manga, inspector.

—La verdad es que ha sido lo mejor de todo, señora Christie —respondió él rememorando ese momento—. Gracias a su plan, la reunión ha funcionado como una máquina bien engrasada.

—Lo teníamos perfectamente ensayado —concluyó Agatha, y sonrió satisfecha.

Emma, sentada en la silla, seguía moviendo la cabeza a un lado y otro. No podía sacudirse de encima todo lo que sus oídos habían escuchado y lo que sus ojos habían visto en aquella reunión.

—¿Y Arlena Greer? ¿Qué me dicen de ella? La consideraba una chica antipática, una neurótica. Pero es tan asesina como las demás.

Preguntó directamente al inspector:

—Dígame, ¿no le pasará nada? Habría podido matar a su tía.

—Solo podremos actuar si la señora Carpenter pone una denuncia. Pero me temo que no lo hará. El escándalo y el dolor que le produciría pesarán demasiado a la hora de decidirse. Y no crea, la entiendo. ¡Pobre mujer!

—No se preocupe, Emma. Arlena ya lleva el castigo marcado en la piel. ¿Qué tipo de vida cree que le espera a una persona así?

Emma reflexionó sobre las palabras de Agatha.

—El destino no siempre da a cada uno lo que merece.

Eduard Bantry se había acercado al expositor en el que se mostraban con orgullo los libros de Agatha Christie. Cogió uno y empezó a hojear distraídamente mientras decía:

—La verdad, señora Christie, es que todavía no sé cómo ha podido llegar a unas deducciones tan acertadas en lo que respecta a la historia de Ethel y Anne.

—Ha sido como desarrollar el argumento de una novela. Un argumento que he ido construyendo poco a poco y que terminé de perfilar, primero, con lo que Emma me dijo sobre las conclusiones que ustedes habían extraído al examinar el cadáver de Agnes Cowley, y luego, por supuesto, con lo que me contó el inspector Legge. La casualidad también ha tenido algo que ver: el hallazgo del colgante fue un hecho fortuito y fundamental, ¿no les parece?

Hizo una pausa.

—Además, toda historia tiene unos antecedentes. Y, en este caso, estoy bastante segura de cuáles fueron esos antecedentes y qué los originó.

Bantry dejó el libro y Emma levantó la cabeza. Ambos se quedaron mirando expectantes a la escritora.

—Ernest y Agnes murieron por culpa de una foto. Una fotografía que Ernest descubrió por casualidad en casa de la supuesta Barbara Price y que Agnes encontró, también por casualidad, en casa de Ernest. La foto era de Ethel, pero no era ella quien la guardaba. Ella se había deshecho completamente de su pasado y se afanaba en no dejar ningún rastro.

—Entonces, ¿de quién era?

—Pertenecía a Anne. También era suya la pequeña joya que siempre llevaba en el cuello y que perdió el día del atentado contra la librería.

—¿Y por qué Anne guardaba la fotografía de Ethel? Era peligroso, si lo que querían era pasar desapercibidas, ¿no? —preguntó Emma.

—Lo era. Pero Anne sentía una pasión culpable hacia Ethel. Por eso no había podido deshacerse de aquella foto que le recordaba cómo era cuando la conoció. Tampoco se desprendía nunca del colgante con la inicial de su nombre real. Seguramente le recordaba quién había sido.

—¿Una pasión culpable? ¿Qué quiere decir con eso?

—Estaba obsesionada con Ethel desde que la conoció en el *Montrose*. Seguramente, Anne era una mujer solitaria y reprimida que cayó enseguida en las redes de una depredadora como Ethel. Tras el juicio ya no volvió a separarse de ella. La acompañó a Nueva York. Ha vivido casi cuarenta años a su lado, al lado de una mujer fría y calculadora que planeó el asesinato de la esposa de su amante y se salió con la suya. Una mujer que fue eliminando a todo aquel que se interpusiera en su camino o que ya no le resultara necesario. Como Ashley Brewis, el marido al que muy probablemente envenenó en Nueva York.

—¿Cómo puede estar segura de lo que dice, señora Christie? —preguntó Bantry.

—¡Oh, no lo estoy! Esta es mi hipótesis. Cómo se lo diría...: es mi novela. Evidentemente, les dejo a ustedes, los policías, el esclarecimiento de todos estos hechos. Pero créame, inspector, sin un pasado oscuro y criminal, estas dos mujeres no habrían tenido ningún motivo para matar a nadie.

—Continúe, señora Christie, por favor —suplicó Emma.

—En resumen, Ernest Head encontró por casualidad la foto de Ethel Le Neve cuando fue a trabajar a su casa. Pensó que era una fotografía de la señora Price de joven, evidentemente. Pero algo le picaba la curiosidad. Él ya había visto aquella fotografía en algún sitio.

—¡En el artículo del periódico! —exclamó Emma.

—Así es. Buscó aquel viejo artículo y, al encontrarlo, pudo comprobar que se trataba de la misma fotografía.

—Y de la misma mujer.

—Guardó el artículo y la fotografía por separado. Eran sus pruebas y nadie debía encontrarlas: si jugaba bien sus cartas, podían proporcionarle una buena cantidad de dinero.

—Es evidente que el carpintero era un hombre avaricioso. Su casera lo dejó entrever durante el juicio —puntualizó el policía.

—Efectivamente. Y, llevado por ese afán de dinero, se presentó en casa de la señora Price y le expuso sus exigencias. Anne, que debía de sentirse culpable por haber dejado aquel rastro, decidió arreglar las cosas por su cuenta. Fue a casa del carpintero y le reclamó la foto. Ernest, que no sabía de lo que Anne era capaz, se negó a dársela.

En este punto, Agatha cedió la palabra a Bantry.

—Siga, superintendente. Creo que la parte que viene ahora la domina mejor usted que yo.

—Es posible que Anne perdiera los nervios, atacara al carpintero con el atizador y lo matara. Entonces, buscó la foto por toda la sala y, cuando estaba a punto de subir a la habitación...

—... oyó una voz que venía de la cocina. Alguien acababa de entrar en la casa.

—¡John! —gritó Emma.

—Anne huyó por la puerta de delante para no encontrarse con él.

—Pobre John. Su llegada fue su perdición.

Se quedaron en silencio. Posiblemente, los tres pensaban lo mismo. ¿Qué terrible capricho del destino había llevado a John a casa de Ernest Head justo en el peor momento?

Agatha Christie suspiró con tristeza.

—El resto ya lo conoce, Emma. Cuando usted entró en casa del difunto señor Head, la foto ya no estaba. Ahora sabemos que Agnes había entrado antes y se la había llevado.

—Lo demuestra la cerradura forzada. La cerradura que forzó Agnes Cowley para entrar —afirmó Bantry.

—¿Y por qué quiso entrar en una casa donde se había cometido un asesinato? —preguntó Emma.

—Al parecer, Agnes era como un ave rapaz —concluyó Agatha—. Fue simplemente a ver qué podía sacar de allí. Y estuvo de suerte.

—Yo no lo llamaría suerte —precisó Bantry—. Sospecho que fue directamente a la habitación y que no paró hasta encontrar el tablón en el que Ernest escondía sus ahorros.

—¿Cómo lo sabía ella? —se extrañó Emma—. ¿Cómo podía saber que los guardaba allí?

Agatha sonrió.

—Porque supongo, querida, que ella hacía lo mismo en su casa, ¿no es así, inspector?

—Exacto. Lo comprobamos cuando registramos su casa después de que fuera asesinada. Agnes Cowley guardaba todos sus bienes bajo un listón del suelo de su cuarto.

—Parece todo tan increíble, ¿no creen?

—Quizá a usted se lo parezca, señorita Marbury. Yo ya he visto de todo —puntualizó Bantry, y continuó—: Encontró la madera del suelo bajo la que Head escondía el dinero y la foto. Aquello no se lo esperaba. Enseguida llegó a la conclusión de que podría sacarle algún provecho.

Por la cabeza de Emma todavía bailaban algunas dudas:

—Pero, al parecer, Agnes nunca vio el recorte de periódico que estaba dentro del libro. No pudo relacionar a la mujer de la foto con el asesinato de 1910.

—No. Pero Ernest reconoció a Ethel en la foto original. Y Agnes debió de hacer lo mismo. De hecho, como usted misma habrá comprobado, la foto original es bastante más clara que la del periódico. Alguien que conociera a Barbara podría identificar la mirada, los rasgos de la cara, ese aire de fingida modestia...

—Tanto Ernest como Agnes reconocieron a la mujer de la fotografía. Agnes quizá no sabía quién se escondía detrás de Barbara Price, pero sí intuyó que aquella fotografía era valiosa si Ernest la escondía con el dinero.

—Si le había costado la vida —murmuró Emma, asintiendo con la cabeza. Las piezas iban encajando.

—Y fue a casa de la señora Price y, tal y como había hecho Ernest, le exigió dinero a cambio de devolverle la foto.

—Las cosas se estaban complicando demasiado —afirmó el superintendente.

—Fue entonces cuando todo se precipitó. Barbara, o Ethel, la que más les guste, decidió intervenir; a su manera, por supuesto. Ella es más de venenos que de golpes en la cabeza. Fue a ver a Agnes el domingo por la mañana con la excusa de llevarle el dinero que le exigía y se las arregló para ponerle la taxina en la taza de té. Esta sustancia ya se había encontrado en el cadáver de la mujer de Crippen.

—Es su *modus operandi*.

Agatha movió la cabeza afirmativamente.

—Estoy segura de que Ethel Le Neve sabe mucho más que yo de venenos.

—Es imposible que nadie sepa más que usted de

nada, señora Christie —fingió escandalizarse el superintendente Bantry. Luego dijo, a modo de conclusión—: Hasta aquí las suposiciones, señoras mías. Ahora entraríamos en las certezas. ¿Me equivoco, señora Christie?

—En absoluto. Arlena acude a casa de Agnes la tarde del domingo, pero como no le abre la puerta se va.

—Y Daisy, un par de horas más tarde, oye una voz proveniente de la casa que le resulta conocida —apuntó Emma.

—Ella conoce a todo el pueblo. La voz de Anne le sonó familiar, pero no supo identificarla.

—Tampoco tenía claro si era un hombre o una mujer.

—Era una sombra —recordó el superintendente, que se estaba divirtiendo mucho.

—No fue ni un hombre ni una sombra. Era una mujer grande y fuerte. Era Anne. Debió de entrar en la cabaña dispuesta a deshacerse de Agnes del mismo modo que se había deshecho de Ernest. Pero Agnes ya estaba muerta. Enseguida supo quién había acabado con ella. Llena de rabia por todo lo que había provocado con su imprudencia, salió de la cabaña y mató al pobre perro. Está claro que Anne Foster es una mujer profundamente desequilibrada.

El superintendente hacía un rato que se paseaba arriba y abajo con la mirada perdida en el suelo del parqué. Finalmente dijo:

—Señora Christie, estaría del todo de acuerdo con su hipótesis si no fuera por un pequeño detalle: Anne Foster ha confesado ser culpable tanto del crimen de Ernest como del de Agnes. Lo hemos oído todos hace un rato: ha exculpado completamente a Ethel.

—Es verdad —corroboró Emma—. También podría haber sido ella la que envenenó a Agnes aquella mañana.

El inspector negó con la cabeza:

—No, me convence mucho más el razonamiento de la señora Christie. Si Anne hubiera envenenado a Agnes aquella mañana, ¿por qué habría vuelto por la tarde? ¿Para matar al perro? No. Nunca habría regresado al escenario del crimen. Eso hubiera sido tremendamente peligroso.

—La explicación es mucho más sencilla —afirmó Agatha—. Anne nunca permitirá que Ethel pague por un error suyo. Es una mujer fría y calculadora, pero lo que siente por Ethel está por encima de todo. Seguramente no es la primera vez que le saca las castañas del fuego.

—Hemos tenido suerte de que Anne se haya inculpado con las pocas pruebas que teníamos. Un abogado las habría echado por tierra en un santiamén.

—Tiene razón, superintendente. ¿Y sabe algo?

Agatha suspiró profundamente. Su rostro escondía una gran preocupación.

—Si ustedes, la policía, no consiguen que Anne Foster confiese toda la verdad, Ethel Le Neve volverá a librarse del castigo que se merece. Como ha hecho toda la vida.

La mirada de Bantry mostró una nueva determinación:

—Presentaré mis conclusiones ante las personas adecuadas. Y si deciden que puedo seguir investigando hasta encontrar pruebas más concluyentes de la culpabilidad de Ethel Le Neve, lo haré. Por ahora solo tenemos indicios, y la autoinculpación de Anne juega en nuestra contra. Pero no me rendiré. Ethel Le Neve no se volverá a escapar.

—¿Y John? —preguntó Emma con la voz vibrante de emoción.

—Estoy seguro, señorita Marbury, de que a partir de hoy John Blake puede considerarse un hombre libre.

# Epílogo 1
## Anne

Aquella mañana, al despertarse, me miró.

Nunca antes lo había hecho. Siempre me había tratado con una indiferencia absoluta. Hacía como que yo no existía. No era de extrañar. Ella estaba bajo arresto y yo era su carcelera. ¿De qué otro modo podía tratarme?

Aquella mañana me miró.

Clavó sus ojos en mí hasta que yo tuve que apartar los míos. De soslayo, pude ver que se pasaba las manos por el pelo, que era pelirrojo y llevaba muy corto porque había viajado disfrazada de chico. Entonces fue cuando me habló:

—¿No podría conseguirme un peine para desenredarme el pelo? No sé cuánto hace que no me peino como es debido —me dijo.

Y dentro de mí sentí de manera inconfundible que, a partir de ese momento, Ethel Le Neve podría pedirme cualquier cosa y yo la haría.

Habíamos dejado atrás Nueva York. Los primeros años allí habían sido extremadamente difíciles. Pero juntas lo superamos. Nunca dejé sola a Ethel. Luego apareció Ashley Brewis y las cosas mejoraron.

Cuando Brewis murió, tuvimos que cerrar el paréntesis en el que habíamos vivido. En el transcurso de los años que siguieron, fuimos viviendo diferentes vidas y encarnando diferentes personajes en función de por dónde soplara el viento. A mí me daba igual. Lo único que siempre he querido es estar junto a ella, acompañarla y hacerle la vida fácil. Nunca me perdonaré haberle fallado.

Llegó un momento en que Ethel se cansó de la vida que llevábamos y, juntas como siempre, decidimos regresar a Inglaterra y encarar un futuro sin sobresaltos. Nos hacíamos mayores y nos habíamos ganado un descanso. Había llegado la hora de vivir una vida cómoda, de disfrutar de todo lo que habíamos ido acumulando por el camino. Con absoluta tranquilidad. Sin depender de nadie.

Fue Ethel quien eligió la belleza del condado de Devon para nuestro retiro.

Dartmouth ha sido un hogar acogedor.

El precio que debíamos pagar por esta nueva vida no era demasiado elevado. Teníamos que renunciar una vez más a ser quienes éramos. Ya estábamos acostumbradas. Ahora Ethel era Barbara Price, una viuda rica que volvía a su Inglaterra natal proveniente de Estados Unidos. Yo me convertí en Ursula, el ama de llaves. Todo medio verdad y medio mentira, como siempre.

Me hacía feliz ver a Ethel más contenta que nunca, dulcemente instalada en la orilla del Dart, convirtiéndose día a día en lo que yo había imaginado que sería al llegar a la vejez: una dama pequeña y frágil, de sonrisa fácil y hermosa, grandes ojos negros de mirada inocente y el pelo blanco. Una de esas mujeres mayores en las que todo el mundo puede apreciar la belleza que atesoró en su juventud.

Una mujer amable con todo el mundo, aunque con una vida social escasa.

Una mujer sin historia.

Sin recuerdos.

Sin fotos.

¿Cómo he podido estar a punto de arruinarlo todo?

Voy a luchar por ponerle remedio.

Voy a luchar.

Yo había conservado durante todos aquellos años la foto de Ethel, de aquella Ethel tal y como era cuando la conocí en el *Montrose*. También había conservado el colgante con la A, que era un regalo de mi madre. Lo llevaba desde que era una adolescente. Era el único testigo de mi yo del pasado. De la que yo había sido.

Me equivoqué al quedarme con esas dos cosas. Aun así, reconozco lo fácil que es caer en la melancolía. Será cosa de la edad. De la necesidad de conservar los recuerdos y trascenderlos. De tender puentes entre el pasado y lo que queda de camino.

También Ethel se vio tentada por sus recuerdos, que empezó a plasmar en una especie de memorias. Me las leía al calor de la chimenea, por la noche, y las dos disfrutamos con la remembranza de aquellas vivencias que nos habían unido durante casi cuarenta años. Eran recuerdos comprometedores, sin duda, porque por aquellas páginas desfilaban el muchachito de pelo pelirrojo escondido bajo una gorra, la joven de mirada triste oculta bajo un velo negro, la soñadora de los parques neoyorquinos convertida después en la rica esposa del pobre Bradwin y, sobre todo, la mujer árbol, toda ella llena de luces y sombras como si fuera un tejo.

La mujer venenosa.

Cuando le confesé a Ethel mi terrible error y las consecuencias que estaba acarreando, las dos nos despertamos de golpe de aquella veleidad en la que estábamos instaladas y nos pusimos manos a la obra. Ella destruyó sus memorias: página a página, fue quemando aquel cuaderno que nunca debería haber escrito. Las palabras se convirtieron en cenizas, y cada pensamiento, cada testimonio de nuestra vida pasada salió por la chimenea convertido en humo para ir a reunirse con todo lo que no es tangible: el aire, el viento, las estrellas, el cielo.

Yo asesiné a Ernest Head.

Parecía que todo volvía a su sitio. Todo siempre había acabado volviendo a su sitio. Una vez quemado el pasado, volvimos al presente. Y entonces apareció Agnes Cowley.

Aquel domingo lluvioso fui a visitarla decidida a apartarla de nuestro camino como había apartado al carpintero. A menudo, Ethel me recriminaba mis métodos. Mi brutalidad, según decía ella. Pero había sido esa brutalidad la que nos había salvado más de una vez. Y pensé que también nos salvaría ahora. Yo era la causa de todo aquel despropósito. Las cosas se habían torcido por mi culpa. Y era yo la que debía arreglarlas.

Así que decidí acabar con la mujer que ahora tenía la foto y nuestro pasado en sus manos. Fui hasta el bosque con la excusa de llevarle el dinero que nos reclamaba. Pero Agnes ya estaba muerta.

¿Quién iba a decirme que Ethel había decidido actuar ese mismo día?

¿Quién podía saber que el bosque estaba lleno de ojos, aquella tarde de tormenta? ¿De agua y truenos? ¿De muerte?

Sí, me he inculpado. He hecho lo que tenía que hacer.

No debería haber guardado aquella foto.

El policía que lleva el caso no tiene ninguna duda de que Ethel estuvo en la casa. La escritora también lo sabe. Se basan en el uso de la taxina. También saben que no pueden demostrarlo.

No lo van a demostrar.

Y si un día llegan a hacerlo, a Ethel ya no la encontrarán.

Ella sabe sobrevivir.

Vete a saber quién será entonces.

# Epílogo 2
## La escritora

A pesar de que fuera de la casa el mundo todavía dormía entre sombras, ya hacía un buen rato que Agatha Christie escribía envuelta en el calor de la cocina. El tecleo de la máquina de escribir había cogido un buen ritmo y resonaba en la estancia silenciosa. De vez en cuando, el ruido cesaba y la escritora levantaba la cabeza del teclado para contemplar el hermoso jardín, todavía refulgente por el rocío de la noche.

Rosalind había llegado a Greenway hacía tan solo dos días, con Anthony, su marido, y Mathew, el niño. ¡Qué feliz se había sentido Agatha con aquel nuevo matrimonio de su hija! Anthony Hicks era un esposo encantador y atento, y hacía de padre de Mathew con la misma delicadeza con la que Max había hecho de padre de Rosalind. Había encajado en la familia como un guante, y a ella, poder dejar de preocuparse por la soledad de su hija le había quitado un gran peso de encima.

Se sentía también muy contenta en su papel de abuela de aquel pequeño de casi ocho años. Era un trabajo exigente, no podía negarlo. Casi más que el de escritora. Cuando Mathew estaba en Greenway, la casa se transformaba. Los horarios, las rutinas, los ruidos..., todo era diferente.

También los espacios cambiaban. La sala de estar, por ejemplo, se llenaba de juguetes, libretas, lápices de colores y adquiría un aire alegremente desordenado. Allí pasaban las tardes. Después de comer, Mathew buscaba a su abuela para arrastrarla hasta la sala de dibujo, como la llamaba él. ¡Incluso el nombre de las habitaciones cambiaba bajo el entusiasmo infantil del niño!

Claro que también había cosas de esos días de Navidad de las que Agatha huía como de la peste. De hecho, se pasaba el día evitando a Carlo y sus listas: listas de comida, de regalos, de invitados... Su fiel secretaria dirigía el concierto navideño con batuta de hierro. Nada escapaba a su control. Suerte tenían todos de Carlo. Pero, por decirlo sin tapujos, era agotadora.

Por eso aquella era la mejor hora para escribir. La más tranquila. El resto del día se le escurriría entre los dedos, lo sabía de sobra, entre conversaciones familiares y preparativos navideños.

Agatha oyó unos pasos apresurados bajando las escaleras. De repente, la cara de mejillas rosadas coronada por el pelo rubio y alborotado de Mathew se materializó en la cocina.

—Abuela, tengo hambre. Quiero desayunar.

Detrás del niño apareció Carlo. Como no podía ser de otra manera, llevaba una lista en sus manos.

—¿Verdad que me dijiste que esta mañana tenías que ir a Dartmouth? Ten, he anotado algunas cosas urgentes que necesitamos hoy mismo sin falta. Te ocupas tú, ¿verdad, Missus?

Agatha sonrió. El día comenzaba y lo hacía con ganas. Se levantó y dejó escapar una carcajada:

—¡Vamos allá!

Agatha Christie tenía una cita en Dartmouth. Concretamente en The Cherub Inn.

Desde que había descubierto el hostal, cada vez que iba a Greenway y se citaba con Emma lo hacía allí. Se había enamorado del lugar.

Ni que decir tiene que Angela McGregor vivía estas visitas con un orgullo desmedido, y aunque Emma y Agatha le habían pedido discreción, la hostelera no había podido evitar llenar toda una pared con fotos de la escritora, y había bautizado su pastel estrella con el nombre de Agatha Christie's Carrot Pie.

Aquella mañana, Agatha entró en el local, que rezumaba espíritu navideño por las cuatro paredes, lo más discretamente posible. No hubo nada que hacer. La señora McGregor le echó el ojo al instante y fue a recibirla con un entusiasmo desbordante y ruidoso que atrajo todas las miradas.

—¡Señora Christie! ¡Bienvenida! ¿Por qué la señorita Emma no me ha dicho nada de su visita? Le habría preparado su tarta favorita.

—No se preocupe en absoluto. Ya he desayunado. Solo tomaré un té.

Emma se había levantado de la mesa en la que estaba sentada y se acercaba hacia Agatha con la intención de librarla de los agasajos de la señora McGregor.

—Un té para la señora Christie y otro café para mí, si es tan amable.

Finalmente, pudieron llegar a su mesa sin más interrupciones. Se sentaron una frente a la otra, intercambiaron una mirada afectuosa y sonrieron, contentas por el reencuentro.

—Qué alegría verla, señora Christie.

—También para mí es una alegría. Feliz Navidad, querida Emma.

—Feliz Navidad.

—Así pues, ¿no ha sabido nada más?

—¿De John? No. No, señora.

Emma hundió la mirada en el fondo de la taza, seguramente con la intención de no delatar el dolor que sentía al tener que decir aquello. Suspiró, levantó los ojos y sonrió:

—Bueno, a John no le gusta mucho escribir.

Inclinó un poco la cabeza y su sonrisa se tornó más dulce y nostálgica.

—Después de esa primera carta que me envió al salir de la cárcel, solo he recibido alguna postal desde Gales, o Irlanda. La última desde Escocia. Pero ahora hace tiempo que no...

Agatha puso una mano sobre el brazo de la chica y le dio unos golpecitos cariñosos.

—Seguro que necesitaba dejar atrás todo por lo que tuvo que pasar. Es normal que necesite tiempo —afirmó Agatha, pensando que John seguía siendo el mismo joven silencioso y sin esperanza que había conocido en prisión.

—¡Oh, no, señora Christie! No me engaño. Ya han pasado tres años de aquello. Y él no ha dado ningún paso para verme. En esa carta, la única que me ha escrito, me agradecía todo lo que habíamos hecho por él y me decía que no se sentía con ánimos de volver a Dartmouth.

—Es comprensible.

Emma asintió ligeramente con la cabeza.

—Tampoco quería quedarse en Londres. Desapareció sin ni siquiera darme una dirección a la que poder escribirle. Nada.

—Las heridas de John son muy profundas, querida. Quizá serían muy difíciles de compartir.

Emma se quedó en silencio unos segundos. Luego se enderezó y cambió el tono de voz por uno más animado.

—Yo estoy feliz en The Blue House, señora Christie. No cambiaría mi vida por nada del mundo. Ya ve, sigo las huellas de mi tía Penn. Al parecer, esta librería arrastra una maldición.

—¿Una maldición?

—Las mujeres que nos hacemos cargo de ella nos quedamos solas.

—Solas, libres y felices.

Las dos se echaron a reír. Emma volvió a tomar la palabra:

—John no me escribe, pero Betty no deja de hacerlo.

—¡Oh, la joven Betty! ¿Aprobó el curso de secretariado que me dijo que fue a hacer a Plymouth?

—¡Por supuesto que sí! Sus estudios fueron todo un éxito, señora Christie. Y ya está trabajando en unas oficinas en Plymouth mismo. Aunque su sueño es irse a vivir a Londres.

—Lo conseguirá.

—Conseguirá todo lo que se proponga.

Emma apoyó la cabeza en una mano:

—Cuando recuerdo que no le gustaba leer... Pero le di ese primer libro y... ¡No sé!, fue como un milagro.

—Me pone muy contenta oír eso —dijo Agatha, sirviéndose el té de la tetera—. Betty tiene un futuro por delante. ¿Y la hermana? ¿Cómo se llamaba...?

—Daisy. ¡Oh, ella ya está esperando su segunda criatura!

—¡Madre mía! Quizá me equivoco, pero sospecho que el futuro de Daisy es muy diferente al de su hermana pequeña.

—Su madre no le puso las cosas fáciles cuando la obligó a casarse a toda prisa después de enterarse de su relación con Charlie.

—La gente está dispuesta a hacer lo que sea para evitar las habladurías de los demás —concluyó Agatha—. Quizá la madre de Daisy, por evitar los chismes, empujó a su hija a una vida de privaciones.

—Para Daisy fue duro, muy duro, tener que ir a declarar al juicio.

Las dos sucumbieron a las turbulentas aguas de los recuerdos del pasado:

—Y su testimonio no sirvió para demostrar que Ethel Le Neve fuera una asesina. Anne Foster se siguió inculpando.

—Y Ethel volvió a esfumarse.

—De nuevo no culpable.

—De nuevo libre.

Se quedaron mirando. Luego bajaron los ojos al unísono y, también al mismo tiempo, se acabaron las bebidas de sus tazas en silencio.

Agatha Christie volvía hacia Greenway conduciendo. Le gustaba reencontrarse con Emma. Aquella chica era un ser humano extraordinario, y ella era plenamente consciente de que lo que habían vivido juntas hacía tres años las uniría para siempre.

Iba reflexionando sobre todo lo que la chica le había contado. Tenía algo de mala conciencia porque ella, en cambio, le había ocultado que ya había comenzado la novela sobre los crímenes de Dartmouth que siempre le decía que quería escribir. De hecho, era lógico que todavía lo guardara en secreto, pues estaba al inicio, tenía muchas dudas y todo podía cambiar en un abrir y cerrar de ojos.

Sonrió al pensar que esta era quizá la excusa que se daba a sí misma, pero es que cada vez le costaba más hablar de sus proyectos.

Los escritores, pensó Agatha, somos unos seres extraños y llenos de manías.

Centró sus pensamientos en la novela. Durante esos tres años le había estado dando vueltas a la idea de escribir sobre el caso de los asesinatos de Dartmouth. Sabía que no podía dejar pasar aquella oportunidad. Hasta ahora, nunca se había encontrado con todo un argumento en sus manos. Lo único que tenía que hacer, como quien dice, era introducir algunas pistas falsas para complicarle un poco las cosas a su querido Hercule Poirot y escribirla.

Pero, en cuanto se puso, se dio cuenta de que quizá por ese mismo motivo, el de la proximidad de los hechos, el proyecto sería bastante complicado. Y es que Agatha, que solía buscar la inspiración para sus novelas en crímenes y anécdotas verídicos, se bloqueaba frente a los personajes reales. Así que había decidido que la primera víctima no iba a ser un hombre, sino una mujer. Ya estaba trabajando en ello. Sería una mujer humilde como el carpintero, eso sí, para que no se perdiera la intriga sobre los móviles del asesinato.

En cuanto al argumento de la novela, pensaba que debía centrarse sobre todo en aquellos hechos que pudieran darle juego, que le estimularan la imaginación, lo que en su caso no era muy difícil. Por ejemplo, le parecía que la foto de la antigua asesina escondida bajo un nombre falso sería un excelente punto de partida.

La silueta blanca de Greenway apareció frente a sus ojos bañada por la tímida luz del sol de invierno. Le pareció que tenía algo de irreal e intangible.

Suspiró feliz y aparcó el coche.

¿Cómo se llamaría la mujer asesinada? Aún no le había elegido un nombre.

Mientras bajaba del coche, sin saber por qué, le vino a la cabeza el nombre de la hostelera. ¿McGregor? Era un buen nombre, pero a la señora McGregor seguramente no le gustaría mucho que la asesinaran en los primeros capítulos de una novela.

¿McGooley? ¿McCarthy? ¿McGinty? Sí, quizá sí. «La señora McGinty ha muerto» sonaba muy bien. Podría ser el título de la nueva novela.

Justo entonces recordó que no había comprado nada de la lista que Carlo le había dado antes de irse. Se había ganado una buena bronca.

Se dirigió hacia la puerta de entrada.

Cuando la atravesara se convertiría en la Agatha esposa, madre y abuela. En la amiga.

Dejaría fuera a la escritora.

Había un tiempo para cada cosa.

# Agradecimientos

Estimado lector, esta novela quiere ser un homenaje a una mujer, una escritora, por quien siempre he sentido veneración: Agatha Christie.

También es una especie de juego literario en el que me he imaginado a Christie viviendo en carne propia una aventura llena de misterio que le servirá de inspiración para una nueva novela: *La señora McGinty ha muerto* (1952).

Lo mejor de este proceso ha sido sin duda conocer al personaje; su personalidad, su vida plena, el entusiasmo que ponía en todo lo que emprendía. Agatha Christie era una mujer moderna, adelantada a su tiempo, que viajaba, hacía surf, conducía y acompañaba a su marido en su labor como arqueólogo, participando activamente en las excavaciones.

Si antes me gustaba, ahora puedo decir de manera totalmente sincera que amo a Agatha Christie con locura.

La tarea de documentación de *Apreciada señora Christie* comenzó con un viaje que nunca olvidaré. Quiero agradecer a mi hija Clàudia Prats su compañía en el periplo de descubrimiento de los ambientes y paisajes de esta novela.

Empezamos nuestra aventura en un avión con destino a Bristol, y desde allí emprendimos una ruta que, pasando por Newton Abbot, nos llevaría hasta Torquay, ciudad natal de la escritora.

Durante unos días viajamos en trenes comarcales, de vapor, en ferri, y caminamos mucho.

Visitamos Greenway House, la casa de vacaciones de Agatha, y pueblecitos deliciosos de la orilla del Dart, como Kingswear y Dartmouth, donde decidí que se centrarían los hechos de esta historia.

Gracias, Clàudia, porque no fue solo un viaje de documentación, sino una magnífica aventura compartida entre madre e hija. Gracias por hacerme de intérprete y traductora cuando mi inglés era totalmente insuficiente para abarcar todo lo que iba descubriendo.

También tengo que dar las gracias a los amigos incondicionales que siempre están dispuestos a leer mis manuscritos y opinar con objetividad. Gracias, Tània Juste, Glòria Sabaté y Jordi Campoy.

Y gracias, Glòria Gasch, por querer ser mi editora después de todos estos años de trabajo conjunto y por seguir confiando en mí. No dejes de hacerlo.